W0403414

ARCHE

ANDREAS MOSTER

Der Silberriese

Roman

ARCHE

ISBN 978-3-7160-2815-5

Originalausgabe
1. Auflage 2024
© 2024 Arche Literatur Verlag,
ein Imprint der Atrium Verlag AG, Zürich
Alle Rechte vorbehalten
Gesetzt aus der Chaparral Pro
Satz: Pinkuin Satz und Datentechnik, Berlin
Druck und Bindung: GGP Media GmbH, Pößneck
Printed in Germany

www.arche-verlag.com
Instagram: arche_verlag

Für Anna

Ada, zwölf Jahre alt

Sie sind zu spät.

Sie nehmen den falschen Eingang, sie irren durch Gänge und Umkleidekabinen, durchqueren eine leere Halle, reißen eine schwere Tür auf, schlängeln sich zwischen Rucksäcken, Jacken und Kleinkindern hindurch, hasten die Treppe der Zuschauertribüne hinauf, stoßen gegen Knie und stolpern über ausgestreckte Beine, lassen sich schließlich in der letzten Reihe auf die Bank fallen, vollkommen außer Atem, zu spät, weil Ada im Bad ewig gebraucht und ihm dann auch noch die falsche Adresse genannt hat. Patrik schließt die Augen zu Schlitzen gegen die Sonne, die ihm durch die breite Fensterfront der Halle entgegenfällt. Staub glitzert im Licht, für einen Moment stehen die Körper der turnenden Mädchen an vier Geräten gleichzeitig in der Luft. Die Welt in der Schwebe, in ihren Bewegungen angehalten, bewahrt im Zustand dieser einen goldenen Sekunde. Am Barren wirbeln Talkumwolken auf, hinter dem Sprungtisch liegen blaue Weichbodenmatten bereit, ihre kühlen und glatten Oberflächen fast einladend in der Treibhausluft. Patrik legt einen Arm um die schmalen Schultern seiner

Tochter, spürt ihre Knochen und wie wenig darüberliegt, ein paar Muskeln, ein bisschen Haut, das durchgeschwitzte weiße T-Shirt, das sie sich von ihrem eigenen Geld im Einkaufszentrum gekauft hat.

»Was?«, fragt Ada.

»Beruhig dich mal«, sagt er, »wir haben's ja noch geschafft.«

»Ja, toll.«

»Diskutieren wir das jetzt?«

»Nein, schon gut.«

Sie rückt von ihm ab und beugt sich vor, sodass seine Hand von ihrer Schulter rutscht. Aus einem Lautsprecher scheppert die Titelmelodie von *Fluch der Karibik*, und das Mädchen am Sprung reckt die Arme in die Höhe und dreht sich zum Kampfgericht, nickt, wendet sich ab und atmet tief durch, setzt die ersten Schritte auf die Bahn.

Carla.

Wegen ihr sind sie hier, wegen ihr turnt Ada seit ein paar Wochen im Verein, nachdem sie sich bis dahin allen Sportarten verweigert hat. Adas glühende Wangen, als sie Patrik das Anmeldeformular für den WTV zur Unterschrift vorlegte, ihre Verliebtheit in die Vorstellung, mit diesem Mädchen befreundet zu sein. Er hatte nichts dagegen. Er war froh, dass Ada nach dem Umzug so schnell Anschluss zu finden schien, brachte sie zum Probetraining und wartete zwei Stunden im Auto, sprach danach kurz mit Carlas Mutter, die die Gruppe als Trainerin leitet. Dort steht sie am Rand der Bahn und begleitet den Anlauf ihrer Tochter mit nickendem Kopf, eine Frau in einem weiten grauen Sweater und schwarzen Leggings, die dunklen Haare aufgesteckt, die Hände im Rücken verschränkt. Letzten Mittwoch hat sie Ada erklärt, dass auch sie im nächsten Jahr an diesem Wettkampf teilnehmen wird. Ada tut so, als wäre es nichts, aber sie kann ihm nichts vormachen. Seit zwölf Jahren liest Patrik die Empfindungen aus ihrem Gesicht, erkennt darin auch jetzt auf der Tribüne ihre Angst zu stürzen, abzurutschen oder sich bei einer Drehung auf den Arsch zu setzen, begleitet vom Raunen im Publikum und dem unterdrückten Kichern der anderen Mädchen. Er hatte damals wenigstens seine Muskulatur als trügerische Rüstung gegen die Blicke, Ada dagegen hat nichts, den schwarz-roten Turnanzug vom WTV und einen Körper, der sich viel zu schnell verändert, als dass er ihr in irgendeiner Form Schutz bieten könnte. Elf Zentimeter ist sie im letzten Jahr gewachsen, ihre kindliche Statik hat sich verschoben, ein breiteres Becken unter einem gestreckten Rumpf, Storchenbeine, die eine höhere, neu verteilte Last tragen müssen. Er kann sich nur vorstellen, wie schwer es sein muss, einem solchen Körper zu vertrauen. Darauf zu vertrauen, dass er sie im entscheidenden Moment nicht im Stich lässt, dass er gehorcht, wenn sie nach dem Absprung die Rotation einleitet und am höchsten Punkt kopfüber in der Luft verharrt, so wie Carla, die nach einem gehockten Vorwärtssalto auf den Füßen zu stehen kommt, mit einem leichten Ausfallschritt zur Seite, der sie einen Zehntelpunkt Abzug kosten wird.

»Ich kann dir helfen«, sagt Patrik.

»Wie willst du mir helfen?«, fragt Ada.

»Ich weiß, wie man sich vorbereiten muss. Wenn ich was kann, dann trainieren.«

»Aber doch nicht Turnen!«

»Turnen ist nicht nur hier«, sagt er und umfasst Adas Bizeps mit der rechten Hand, »sondern auch hier.« Er macht eine Faust und klopft mit den Knöcheln gegen ihre Stirn, streicht seiner Tochter über den Kopf, bis sie sich gegen ihn lehnt, bereits jetzt erschöpft von dem Wettkampf, den sie in einem Jahr turnen soll. Nach ihrem Sprung posiert Carla, die Arme erhoben, vor dem Kampfgericht und wartet auf ihre Wertung. Strahlend steht sie im Licht und wirft einen Schattenbalken, Schattenholme auf dem Boden, die riesigen Schatten der Fensterkreuze.

Sie beginnen am nächsten Samstagvormittag mit dem Training. Er hat Mühe, Ada aus dem Bett zu schaffen, wie eine Larve aus ihrer Hülle muss er sie aus der Decke schälen und in die Küche scheuchen, beim Frühstück zupft sie winzige Stücke vom Toast, kaut jedes einzeln. So isst sie, lernt sie, zieht sie sich an, so packt sie ihre Sachen fürs Training, wartet, bis Patrik schon in der Tür steht, und stopft erst dann den Turnanzug, das Handtuch, die Wasserflasche in einen Beutel, muss auf der Straße noch einmal zurück, weil sie ihre Bandagen vergessen hat. Es ist wenig Verkehr, sie fahren schweigend, finden nur langsam in den Tag. In der Sporthalle am Lokstedter Steindamm ziehen sie sich in getrennten Kabinen um. Alter Schweiß, Leder, Schimmel. An Patriks Unterarmen stellen sich die Härchen auf, der Geruch holt alles hoch, Erinnerungen aus der Magengrube, wie er vornübergebeugt auf der Holzbank sitzt und um Atem ringt, über Wochen die Ausbreitung eines Wasserflecks an der Decke beobachtet, Matteo Kaller am Hosenbund an einen Kleiderhaken hängt. Tausende Stunden hat Patrik in solchen Davor- und Danachräumen verbracht, als Kind, als Teenager, als Mann, Holzpaneele an den Wänden, die Böden aus welligem Linoleum. Das Eigentliche fand dazwischen statt, die Trainingseinheiten, die seinen Körper veränderten, die Wettkämpfe, von denen er heute noch zehrt, und doch gehörten die Kabinen nicht weniger zu seinem Leben als der Ring und die von Weitenlinien durchzogenen Rasenflächen. Langeweile und Angst hat er in diesen Räumen empfunden, Abscheu und Euphorie. Er nimmt seine Klamotten aus der Tasche, riecht den Kleiderschrankmuff, kurze Sporthosen und ein Muscleshirt, die er seit Jahren nicht getragen hat. Barfuß betritt er die dunkle Halle, findet nach einigem Tasten den Lichtschalter, wie Korffmacher es bei der Schlüsselübergabe beschrieben hat, links an der Wand neben dem Tor zum Gerätelager. Korffmacher, der Hausmeister und Kumpel eines Arbeitskollegen: »Ich hab dich damals werfen sehen, weiß ich noch genau, gegen den Alekna, richtig? Ich hab geglaubt, den packst du noch, hab ich wirklich geglaubt, im letzten Versuch. Der sah nach Gold aus. Hab dich noch genau vor Augen, wie du dem Wurf nachgesehen hast, hast es selbst geglaubt, oder? War ein Wahnsinnsding, eigentlich unmöglich, dass der nicht gereicht hat. Ja, scheiße. Aber egal, ist lange her. Hast deinen Moment gehabt, kann auch nicht jeder von sich behaupten.«

Auch fünfzehn Jahre nach den Olympischen Spielen in Athen gilt Patriks Name bei einigen noch etwas, nur deshalb hat er den Schlüssel bekommen. Mit einem elektrischen Summen springen die Leuchtröhren an, und er steht für einen Moment blind auf dem kalten Boden, das Licht kaum weniger kalt, fast weiß, als er die Augen langsam öffnet. Die leere Halle am Morgen, auch das eine Erinnerung: als Erster kommen, weit vor allen anderen, die Gewichte über die Schmerzgrenze stemmen und reißen, endlose Wiederholungen in der Stille, kein Geräusch bis auf die kreischenden Maschinen und den eigenen schweren Atem. Er tritt auf der Stelle, dann öffnet er das Tor zum Geräteraum, zieht einen Mattenwagen heraus.

»Das sind die falschen«, sagt Ada.

»Es gibt falsche Matten?«

»Ja.«

Sie zeigt ihm die richtigen, zeigt ihm, wo der Schwebebalken steht und wie man ihn aufstellt, wie man ihn sichert und Matten über die seitlich abstehenden Füße legt, um sich bei einem Sturz nicht daran zu verletzen. Dann stemmt sie sich hoch, schwingt die Beine auf den Balken, setzt die Füße hintereinander.

»Musst du dich nicht erst aufwärmen?«, fragt er.

»Mach ich gleich.«

Die Arme ausgebreitet, steht sie lang und schlank über ihm. Sie lacht ihn an, dann dreht sie den Kopf und macht zwei Schritte, schwankt leicht, geht in die Knie und setzt zum Sprung an, springt, die Arme noch immer gestreckt, rutscht bei der Landung mit dem rechten Fuß ab und hält sich gerade so, richtet sich auf, geht weiter. Patrik folgt ihr auf gleicher Höhe, spürt das Adrenalin bei jedem ihrer Wackler, bei jedem unsicheren Schritt als heiße Welle in seinem Körper. Fast wünscht er sich, sie würde fallen, nur damit er tun kann, was er ihr Leben lang getan hat: Ada auffangen und heil wieder absetzen, wenn sie vom Klettergerüst in seine Arme stürzte, halb im Spiel, zur anderen Hälfte die Welt darauf testend, ob sie halten würde, so wie er es ihr versprochen hatte.

Vom Klettergerüst.

Von der Mauer, auf der sie balancierte.

Von ihrem Fahrrad.

Aus einer Hochstimmung am Morgen in eine tiefe Traurigkeit am Nachmittag, weil sie in der Pause von ihrer besten Freundin aus dem Kreis der galoppierenden Mädchen ausgeschlossen worden war, den Parcours nicht reiten durfte, den sie gemeinsam mit Stöcken und Steinen gebaut hatten.

Er hat Ada so oft fallen sehen.

Aus größerer Höhe als jetzt, wenn er ihr erklärte, dass sie noch einmal umziehen würden, und sie im Einkaufszentrum oder auf dem Spielplatz ganz plötzlich verstummte, eine anhaltende Stille, auch dann noch, als er sie zum Gehen überredet hatte. Auf dem Nachhauseweg seine Hilflosigkeit, weil er nicht wusste, wie er sie trösten sollte, und einfach irgendetwas erzählte, über die Dinge, die zu sehen waren, die Tiere, die ihnen auf ihrem Weg begegneten.

»Da oben, das sind Schwalben, die schnappen sich die Mücken aus der Luft, und wenn sie tief fliegen, also ganz dicht über unseren Köpfen, dann gibt es Regen, dann müssen wir rennen, damit wir nicht nass werden.«

Adas Blick folgte dem Flug der Vögel, gerade Linien und weite Kurven, ein plötzliches Absacken, als stürzten sie in ein Luftloch, bevor sie sich knapp über dem

Boden wieder fingen und aufstiegen. Der Himmel war voll von ihnen, Schwalben und Amseln und Krähen, dazu die Kondensstreifen der Flugzeuge. Auf der Erde die Insekten: Ameisen, Marienkäfer, Feuerwanzen. Kleinigkeiten, die Ada ohne ihn nie entdeckt hätte. Er ging in die Knie und fasste sie an den Schultern, sah ihr fest in die Augen, erzählte von dem Pferd, das ihn abgeworfen habe und auf das er sofort wieder aufgestiegen sei, um der Angst keine Zeit zu geben, sich einzunisten. Ob sie wisse, was nisten bedeute? Ein Nest bauen.

Die Angst solle kein Nest in ihr bauen.

Auf dem Balken schwankt Ada nach rechts, und Patrik packt ihre Hand, hält sie fest, gegen ihren Willen. Noch immer greifen die alten Reflexe, noch immer verschwinden die Dinge, sobald er die Finger um sie schließt. Ada, ein winziges Etwas, als die Hebamme sie ihm nach der Geburt zum ersten Mal in die Arme legte. Damals erschrak er darüber, wie klein sie war, fürchtete seinen Instinkt, die Dinge weit von sich zu schleudern, an die siebzig Meter, die Wilkins als erster Mann 1976 in San José geworfen hatte. Im Kreißsaal betrachtete Patrik seine Tochter, ihre blauen, zu Schlitzen verengten Augen, vertraute seiner Impulskontrolle nicht und gab sie schnell der Hebamme zurück. Einmal aktiviert, liefen die über Jahrzehnte eintrainierten Beugungen, Streckungen und Rotationen automatisch ab, die Muskeln taten, was sie sollten, ohne zu denken, es war Voraussetzung, dass er nicht dachte, den Körper ohne Bewusstsein agieren ließ. Noch heute erwacht er manchmal aus einem System, das er im Traum geworfen hat, um die Längsachse drehend, den überstreckten Wurfarm zunächst flach, dann deutlich ansteigend führend. In ihrer Genauigkeit übertreffen die Muskelerinnerungen sein Gedächtnis bei Weitem. Er weiß nicht mehr, wie lange er Ada nach der Geburt wirklich gehalten hat, ob sie in seiner Hand still lag oder schrie. Seine Muskeln dagegen erinnern sich noch, wie er am nächsten Tag im Training geflogen war. Eine Leichtigkeit, die er danach nie wieder gespürt hat, die Schwerkraft aufgehoben. Vater, ein nicht zu begreifendes Wort. Einhundertachtzehn Kilo wog er damals auf zwei Meter drei, neun Prozent Körperfett. Auch darin trügt ihn seine Erinnerung nicht, in den Parametern seines Körpers und seiner Leistungsfähigkeit, die er elf Jahre nach dem Ende seiner aktiven Laufbahn noch zu einem exakten Bild zusammenfügen kann. In den Wochen nach Adas Geburt erreichte er Bestwerte in der Maximalkraft des Schultergürtels und der unteren Extremitäten, Explosiv- und Wurfkraft der Streckerkette lagen im oberen Bereich. Lediglich in der Rumpfkraft wies er Defizite auf. Er arbeitete intensiv dagegen an, Seitneigungen, Roll-outs, einbeinig gestrecktes Kreuzheben. Bei den Curls, wenn ihn das Gewicht nach oben zog und er keine Wiederholung mehr zu schaffen glaubte, überkam ihn ein solches Glück, dass er am Kabelzug hängend zu lachen anfing, sich fallen ließ in die dunkel glänzende Tiefe von Adas Augen, die sie inzwischen geöffnet hatte. Ein weiterer Curl, eine letzte Rotation an der Langhantel, bevor er endgültig zusammenbrach. Die Lust an der völligen Erschöpfung war noch da, aber sie überwältigte ihn nicht mehr. Ein kleiner Rest Energie blieb ihm, wenn er vom Training nach Hause kam, oder wurde ihm dort verliehen, im Wohnzimmer, wo Kara mit Ada auf dem Arm im Lichtschein der Stehlampe saß, die Lider geschlossen, regungslos bis auf ihren linken Daumen, der sanft Adas winzige Hand streichelte. Patrik blieb stehen und sah sie an, seine Frau und sein Kind, spürte das schlechte Gewissen des Abwesenden, der morgens ging und abends zurückkam und sich dazwischen nur vorstellen konnte, wie anstrengend das Leben für Kara sein musste. Schlafmangel, unruhige Nächte, die ungewohnten, asymmetrischen Haltungen. Mit der schreienden Ada über der linken Schulter sah er Kara am Herd stehen, wie sie mit der rechten Hand an einer Pfanne rüttelte, sich mit Ada an der Brust nach dem Spucktuch bückte, das auf den Boden gefallen war. Vom Stillen bekam sie Rückenschmerzen, bewegte sich abgehackt. Langsam, nachdem sie erst eine Weile starr vor der Wiege gestanden hatte, beugte sie sich über Ada, wehrte ihn ab, wenn er ihr zu Hilfe kommen wollte, *I got to do this*, sagte sie und nahm Ada hoch, setzte sich, die Knie in Zeitlupe beugend, in den Sessel, um sie zu stillen, saß danach aufrecht da, drehte den Kopf Millimeter für Millimeter in seine Richtung. Er ging zu ihr und küsste sie, nahm ihr Ada ab, obwohl er selbst todmüde war. Jener Rest Energie, er war gerade genug, um seine Tochter auf einer Decke abzulegen und Nudeln zu kochen, am Küchentisch zu essen, Ada neben sich, während Kara im Schlafzimmer schlief. Wenn der Tag zu viel für sie gewesen war, übernahm er die Nacht, fütterte Ada mit Karas abgepumpter Milch, trug sie durch die

Wohnung, bis sie eingeschlafen war. Das kleine Leben auf seiner Schulter zuckte und schnaufte, lag plötzlich beängstigend still, sodass Patrik stehen blieb und ihm nachhorchte, bis er ein leises Zittern spürte. Er fürchtete nicht mehr, es wegzuwerfen, hielt es im Gegenteil eher zu fest und musste sich zwingen, die Hand zu lockern, damit es atmen konnte. Ada, bäuchlings auf seiner Brust, atmete. In manchen Nächten schlief sie nur, wenn er mit ihr zurückgelehnt im Sessel saß, schrie bei jedem Versuch, sie in der Wiege abzulegen. Selbst die kleinste Bewegung störte ihren Frieden. Patrik, die Fernbedienung in der rechten Hand, schaute die Filme im Nachtprogramm ohne Ton, erratisches Flimmern an den Wänden, alle Handlungen irrational, weil er den Dialogen nicht folgen konnte und die Motivation der Figuren nicht verstand. Haltlos driftete er hinein und heraus. Trainingsbilder blitzten auf, einzelne Muskelpartien, wie mit Kontrastmittel eingefärbt, leuchteten überdeutlich in seinem Bewusstsein. Peking, in vierzehn Monaten. Das Nationalstadion befand sich kurz vor der Fertigstellung, *the Bird's Nest*, ein Geflecht aus geschwungenen Streben und Membranfeldern, im Inneren Platz für einundneunzigtausend Menschen. Patrik visualisierte den Wettkampf, wie er es seit Athen unzählige Male getan hatte, Anschwung, Umsprung, Abwurf. Ein Zucken in seiner Hand schreckte Ada auf, und sie fing an zu wimmern, beruhigte sich erst wieder, nachdem er sie eine Weile durchs Wohnzimmer getragen hatte. Vorsichtig setzte sich Patrik in den Sessel zurück. Sofort waren sie wieder da, die Gedanken an den Zeitplan bis zu den Olympischen Spielen, die Sequenzierung des Trainings, an dessen Ende er auf dem Höhepunkt seiner Leistungsfähigkeit angelangt sein musste. 19. August 2008, 21.00 Uhr Ortszeit. Nur in den flirrendsten Momenten seiner Übermüdung sah Patrik über diesen Punkt hinaus, über den sechsten Versuch, hinter dem sein Leben ein freies Feld war, und er erkannte dort, auf freiem Feld, Kara, Ada und sich selbst, wie sie spazieren gingen, im Winter zwischen Schneewehen und aufgebrochenen Schollen, im Herbst mit einem Drachen, den er für Ada steigen ließ. Es waren wiederkehrende Bilder, den Jahreszeiten angepasst, ihrem Wesen nach gleich: seine kleine Familie unter freiem Himmel, erlöst von allen Zwängen, die er ihr mit seiner Besessenheit auferlegte. Kara, erlöst davon, allein für ihre gemeinsame Tochter verantwortlich zu sein, wie sie ihre Unbeschwertheit zurückerlangte und auf dem Weg über die Wiesen manchmal lächelte, die Hände tief in den Taschen ihrer Jacke, der Blick in die Ferne gerichtet, wo die dichten Wolken am Horizont aufzureißen begannen. Im Sommer lagen sie zu dritt auf einer Decke, Ada in der Mitte, stellten sich schlafend, bis Ada es nicht mehr aushielt und, von der Sonne gekitzelt, anfing zu lachen. Die Vogelschwärme im Frühling. Patrik zeigte nach oben, malte mit dem Zeigefinger die dreieckige Formation nach, in der die Kraniche hoch über ihnen dahinglitten. Ada, den Kopf im Nacken, staunte mit offenem Mund. Einmal sah er sie Steine vom Feld sammeln. Sie nahm nur die besonderen, glänzend weiße Kiesel oder solche, die mit kalkhellen Adern durchzogen waren, schleuderte die anderen mit einem derartigen Schwung in die Büsche, dass Patrik den Stolz im Magen auch dann noch spürte, als Ada auf seiner Brust erwachte und nach Karas Milch schrie. Es war die letzte, die sie je von ihrer Mutter bekommen würde, und Ada trank schnell, fast gierig, schluchzte, während sie trank, eine Ahnung vielleicht, obwohl die Fernsehbilder an den Wänden flackerten wie immer.

Ada, vier Monate alt

Patrik machte Frühstück.

Er schnitt Obst und kochte Haferflocken, presste Orangen aus, nahm seine Tabletten. Gerade stieg der Tag über die Häuser auf der anderen Straßenseite, und er sah eine Weile zu, wie der Himmel seine Farben änderte, auf eine hellsichtige Art übermüdet, weil er Ada erst spät in ihrer Wiege im Wohnzimmer hatte ablegen können, wo sie auch jetzt noch schlief. Auch Kara war noch nicht wach. Patrik würde sie schlafen lassen, solange es ging. Jede Minute war wertvoll, er kannte es von sich selbst, das unerwartete Glück, wenn er aufwachte und auf dem Radiowecker erkannte, dass er eine halbe Stunde über seine eigentliche Zeit hinaus geschlafen hatte, die Dankbarkeit, dass Kara ihn hatte schlafen lassen, die Verpflichtung, etwas mit jener zusätzlichen Energie anzufangen, die er nach den geschenkten Minuten in sich spürte. Er setzte Kaffee auf, lauschte dem Gurgeln der Maschine, widerstand der Versuchung, zu schnell, zu heiß zu trinken, setzte sich mit der Tasse an den Tisch. Zwei Trainingseinheiten lagen vor ihm, vormittags Schnellkraft, nachmittags Technik. Noch schienen sie ihm unvorstellbar weit entfernt, unvorstellbar, seinen von der Nacht gelähmten Körper durch die Wiederholung verschiedener Sets an seine Grenze zu führen, aber Patrik wusste, dass es gehen würde. Im Bad putzte er sich die Zähne, Karas Zahnbürste fehlte, dann zog er sich an und packte seine Tasche, holte die Trainingsklamotten vom Balkon und die Schuhe aus dem Regal. Karas Jacke fehlte. Er suchte unter den anderen Jacken, hob sie an und schob sie zur Seite, Karas Mantel fiel herunter und blieb liegen. In der Schale, in der das Kleingeld und die Schlüssel lagen, fehlte ihr Schlüssel. Patrik öffnete die Schlafzimmertür. Das Bett war gemacht, die Tagesdecke faltenfrei und parallel zum Holzrahmen aufgezogen. Licht fiel in einem breiten Korridor durch die geöffneten Vorhänge, im Halbdunkel der Kleiderschrank und sein Nachttisch, darauf Taschentücher, Pillendöschen, ein Wasserglas, auf Karas Seite der Murakami, den sie gerade las, und in einem Silberrahmen das Foto von Ada, eine halbe Stunde nach ihrer Geburt.

Kara fehlte.

Patrik atmete tief und regelmäßig, schloss kurz die Augen und öffnete sie wieder. Kara machte einen frühen Spaziergang (wozu dann die Zahnbürste?). Kara hatte eine Nachricht erhalten (von wem?) und musste wegen eines Notfalls für ein paar Tage weg (wozu dann die Heimlichkeit?). Sie hatte ihn im Wohnzimmer schlafen lassen wollen (warum dann kein Zettel?), würde ihn gleich anrufen (warum nicht längst?) und ihm sagen, wann sie zurückkäme (wann?). Er ging in die Küche, öffnete den Kühlschrank, sah, dass sie keine weitere Milch abgepumpt hatte. Ada musste gestillt werden, warum also die Zahnbürste? Patrik nahm sein Handy und rief Kara an, Mailbox, ging ins Bad und suchte im Mülleimer nach der Zahnbürste, durchsuchte den Mülleimer in der Küche und den Papierkorb im Wohnzimmer, wählte noch einmal Karas Nummer. Der Teilnehmer sei zurzeit nicht erreichbar. Er hinterließ keine Nachricht, legte auf, rief sofort wieder an, sprach nach dem Signalton.

»Hey, ich frage mich, wo du bist, ruf doch kurz zurück, ich muss gleich zum Training und …«

Im Wohnzimmer fing Ada an zu schreien. Patriks Magen zog sich zusammen, und er lief zu ihr, nahm sie hoch und drückte sie an sich, trug sie durch die Wohnung, während er noch einmal vergeblich Karas Nummer wählte. An seiner Schulter bäumte sich Ada gegen seine große Hand. Er versuchte, sie mit Sch-Lauten zu beruhigen, brummte Lieder, Bruchstücke davon, legte sie auf ihre Spieldecke unter den Bogen mit den baumelnden Tieren, tippte den Affen an. Ada, die Augen zusammengekniffen, schrie sich in Rage. Er tippte den Löwen an, tippte das Flusspferd an, ein plumpes, fast rundes Tier, tippte den Elefanten an, nahm Ada, nachdem alle Tiere wieder still hingen, hoch und trat mit ihr ans Fenster.

Sie musste trinken, und er hatte nichts.

Auf der Straße der anschwellende Pendelverkehr, Menschen auf ihrem Weg zur Arbeit. Ohne Mittel gegen den Hunger seiner Tochter hätte er irgendjemand sein können, eine beliebige Person dort unten in der Schlange der Autos, ein Fremder für dieses Kind, das ihm gegen seinen Willen in den Arm gelegt worden war. Im Licht, das durchs Fenster und die Balkontür fiel, tanzte der Staub fast schwerelos, darin die Versuchung, abzuwarten und die Schreie auszuhalten, bis Ada vor Erschöpfung wieder eingeschlafen wäre. Noch einmal rief er Kara an, dann trug er Ada zum Wickeltisch im Bad, zog sie in einem langen, erbitterten Kampf aus, wickelte sie, zog sie an. Ada wand sich, trat, zappelte. Wieder nahm er sie hoch und drückte sie an sich, flüsterte ganz nah an ihrem Ohr, bis sie kurz ihr Toben unterbrach und zuzuhören schien, für einen Moment beruhigt, als er das Wesentliche noch einmal wiederholte:

»Ich bin bei dir, alles wird gut.«

Mit Ada im Maxi-Cosi fuhr er in die Drogerie, um Milchpulver zu besorgen. Die Kundinnen drehten sich zu ihm um, sahen, was er selbst in allen spiegelnden Flächen sah: ein monströs Großes und ein verschwindend Kleines, das Kleine gegen sein Verschwinden anschreiend, das Große in seiner Monstrosität fast lächerlich, wie ihm nichts Besseres einfiel, als das Kleine in seiner Schale hin- und herzuschwenken und ihm mit seiner riesigen Hand immer wieder über das Gesicht zu streichen. Auf der Rückfahrt dämmerte Ada kurz weg, schreckte umso heftiger hoch, als er sie abschnallte und im Maxi-Cosi aus dem Wagen hob. Natürlich die Hoffnung, dass Kara zurück wäre, als er die Wohnung betrat. Er rief ihren Namen in den leeren Flur, lauschte mit wild schlagendem Herz, weil er die Konfrontation fürchtete, die auf eine Antwort folgen musste, Vorwürfe und Rechtfertigungen, irgendeine Art von Versöhnung, so hoffte er, auch wenn er sich nicht vorstellen konnte, was um alles in der Welt Kara würde vorbringen können, um ihn zu besänftigen.

In der Küche bereitete er die Milch entsprechend der Packungsaufschrift zu. Er kochte Wasser im Wasserkocher, gab fünf gestrichene Messlöffel Milchpulver in eine Flasche, wartete, bis das Wasser etwas abgekühlt war, und füllte die Flasche auf zweihundert Milliliter auf. Beim Schütteln fühlte sie sich viel zu heiß an, also ließ er kaltes Wasser ins Spülbecken und hielt die Flasche hinein. Ada schrie, während das kalte Wasser seine Finger betäubte, sein ganzes Empfinden betäubt von dem Gedanken, dass seine Tochter kein Teil von ihm war. Sie existierte nur für sich, erlebte ihr eigenes Leid, von dem er sich lediglich einreden konnte, er spüre es selbst. Dabei spürte er keinen Hunger. Spürte Kara nicht, wie Ada es tat, als eine Mutter, die nicht da war, spürte nicht, auf dem Rücken liegend, die Welt als eine Leere über sich, in der Karas Gesicht wie ein Himmelskörper hätte schweben sollen. Als er sich über sie beugte, war er sich der Enttäuschung bewusst, die er seiner Tochter bereitete. Er bemühte sich umso mehr, sprach umso zärtlicher, hielt sie im Sessel umso sanfter mit der linken Hand, während er mit der rechten die Flasche an ihre Lippen führte.

»Jetzt wird alles gut, meine Kleine.«

Ada verstummte und nahm den Sauger in den Mund, Patrik lächelte sie an, Ada warf sich zurück. Fast rutschte sie ihm vom Arm, das Gesicht zu einer Fratze verzerrt, aus ihrem Mund ein Brüllen, dem er nichts entgegenzusetzen hatte. Kein Wort, keine Geste.

Ada trank nicht.

Sie trank nicht, nachdem er den Sauger ausgetauscht hatte, trank auch die andere Sorte Pre-Milch nicht, die er in der Drogerie gekauft hatte und mit zitternden Händen zubereitete, trank nicht mit Musik und nicht, als er den Sessel vorschob und sich mit ihr vor den Fernseher setzte. Er versuchte es mit verschiedenen Temperaturen und Orten, in der Küche auf einem Stuhl, im Schlafzimmer auf dem Bett, kühlte die Milch herunter und erhitzte sie deutlich über Körpertemperatur, machte eine Pause und trug Ada durch die Wohnung, setzte sich wieder in den Sessel, flehte sie an.

»Bitte, trink doch.«

Er träufelte einen Tropfen Milch auf seinen kleinen Finger und schob ihn vorsichtig in Adas Mund. Sie saugte daran, und ihre Därme lösten sich schmatzend, er spürte es an der Hand, roch es eine Sekunde später. Eine Weile saßen sie so da, im Fernseher die grellen Fetzen eines Cartoons, an den Wänden Licht, Unmengen von Licht, die ungehindert durch die Scheiben fluteten.

Nach dem Wickeln fiel Ada in einen unruhigen Schlaf. Er legte sie in der Wiege ab und verließ das Wohnzimmer, wählte im Flur vergeblich Karas Nummer, hob ihren Mantel auf und hängte ihn an die Garderobe. Danach sprach er Torsten auf die Mailbox und entschuldigte sich dafür, dass er beim Training gefehlt hatte. Er werde morgen wieder da sein, spätestens übermorgen, wahrscheinlich morgen, ganz sicher.

Morgen.

Seine Gedanken eilten voraus, über die Nacht hinweg in den nächsten Tag, Karas Schritte im Flur, das leise Schließen der Wohnungstür, wie sie die Jacke an die Garderobe hängen und die Tür zum Wohnzimmer einen Spalt öffnen würde, ihr schmales Gesicht körperlos schwebend in der Dunkelheit des Flurs. Patrik wollte dort verweilen: im Moment ihrer Rückkehr, den er sich ganz unmittelbar vorstellte, frei von allem, was geschehen war und geschehen würde, sodass er weder Angst noch Wut empfand, sondern nur grenzenlose Erleichterung. Es gelang ihm nicht; seine Gedanken hetzten weiter, geradlinig wie Hunde auf der Spur der nächsten Tage, das Training, das er verpassen würde, Adas Dahinschwinden, Krankenhausflure und Behandlungszimmer, eine Sonde in ihrem Magen, ein Schlauch in ihrem Arm, die Gedanken überschlugen sich beinahe so kurz vor dem Ziel, aber Patrik riss sie zurück, versagte ihnen, was er nicht denken wollte und trotzdem ein einziges Mal dachte. In der Küche schenkte er sich ein Glas Wasser ein. Auf eine einfache, kindliche Art wollte er die Lippen fest zusammenkneifen, wollte nicht trinken, wenn Ada nicht trank, wollte sich weigern, wie sie es tat, wenn er sonst schon nichts tun konnte. Ein Verrat, das Glas anzusetzen und in einem Zug zu leeren. Er stellte es auf der Arbeitsplatte ab, zuckte vor dem Klirren zurück. Alle Geräusche verwiesen darauf, dass Ada gerade nicht schrie, ein Zustand, der ihm schon nach diesen wenigen Stunden unnatürlich vorkam. Die Krankenhausbilder kehrten zurück, verstummt die Maschinen, schweigend die Ärzte, Ada in ihrem Bett, von allen Schläuchen befreit. In der Stille der Wohnung spürte Patrik die Verantwortung, seine Tochter am Leben zu halten. Er setzte sich zu ihr an die Wiege und überwachte die Signale, ihren Brustkorb, der sich kaum wahrnehmbar hob und senkte, ihre Augäpfel hinter den fast transparenten Lidern.

Am frühen Nachmittag trank Ada zwanzig Milliliter.

Nachdem sie aufgewacht war und eine Stunde gebrüllt hatte, Arme und Beine zuckend in der Luft, als würde sie fallen, die Milch in allen Varianten verweigert hatte, sich gewunden und aufgebäumt hatte gegen alles, was er versuchte, zunehmend heiser, zunehmend panisch in ihrer Spirale aus Hunger und Verzweiflung, austrocknend, auf der Zunge ein weißlicher Belag, den er nicht kannte, gab Ada plötzlich auf und trank. Patrik küsste ihre Stirn, während er die Flasche hielt und mit geschlossenen Augen dem Sauggeräusch lauschte, lobte sie flüsternd, *so ist gut, meine Kleine, so ist es ganz gut*, öffnete die Augen, nickte ihr zu. Das Glück der zwanzig Milliliter durchströmte ihn, als hätte er sie selbst getrunken. In seiner Euphorie weichten alle Verhärtungen gegen Kara auf, und er erinnerte sich daran, mit welcher Selbstverständlichkeit sie Ada direkt nach der Geburt gehalten hatte und wie Ada an ihrer Brust zur Ruhe gekommen war. Er dagegen blieb als Fremder im Hintergrund des Kreißsaals, stumm und zurückhaltend, um Ada nicht zu überfordern und weil er selbst in höchstem Maße überfordert war. Mit einem Blick lud Kara ihn ein dazuzukommen. Trotz der Schmerzen konnte sie schon wieder lächeln, lächelte, bis er neben ihr auf die Knie ging und seine Wange vorsichtig an Adas Rücken legte. Ihr Herzschlag war wie ein in die Luft geworfener Kolibri, frenetisch flatternd, obwohl sie selbst ganz still lag. Kara nahm seine Hand und führte sie zu Adas winzigen Fingern, die seinen kleinen Finger umklammerten, ein Reflex, den alle Neugeborenen besaßen, nichts weiter. Sie hielt ihn lange, ließ erst los, als er aufstand und zur Seite trat, damit die Hebamme Ada nehmen und vermessen konnte. Auf Karas Gesicht sah er den Trennungsschmerz. Sie hatte nie darüber gesprochen, was es für sie bedeutete, ein Kind zu bekommen, nur dass sie es von Anfang an wollte, unbedingt wollte, nachdem es nun einmal passiert war.

»It's the right thing for us, trust me«, hatte sie gesagt.

»Du weißt, wie es bis Peking sein wird. Noch mehr als zwei Jahre.«

»I know, it's gonna be hard. But it's a good thing. The most beautiful thing. We're gonna be a real Kleinfamilie.«

»Das sagst du jetzt. Aber was ist mit den Wettkämpfen, den Trainingslagern? Wenn ich weg bin, bist du mit allem allein. Ich kann mich nicht richtig kümmern, zumindest am Anfang nicht.«

»You'll do just fine.«

»Vielleicht nicht gut genug.«

»As good as you can. As good as we can.«

Sie hatte seine Hände genommen und auf ihren damals noch vollkommen flachen Bauch gelegt, begegnete ihm mit einer solchen Klarheit, dass er seine Gedanken an eine Abtreibung nicht aussprach. Er dachte sie für sich, wenn er mit dem Fahrrad zum Training fuhr, niemals in Karas Anwesenheit, als täte er etwas Verbotenes, das sie ihm vom Gesicht würde ablesen können. Ein kurzer Eingriff, und alles würde so bleiben, wie es war. Ein kurzer Eingriff, aber kein kleiner, ein schwerer Eingriff in Karas Körper, um das beginnende Leben herauszuholen und zu beenden. Im Stadtwald betrachtete er die Kinder, die ihm entgegenkamen, fragte sich, wann das Leben in Karas Gebärmutter zum Kind werden würde, ab welcher Größe, ab welcher Komplexität, welche Organe und Körperteile sich ausbilden mussten, damit er es nicht mehr als etwas Allgemeines wahrnehmen, sondern seine Einzigartigkeit erkennen würde. Eine Hälfte von ihm, eine von Kara, ein Gesicht mit unverwechselbaren Zügen, weil Karas und seine Gene sich zu einem neuen Menschen entschlossen hatten. Er wusste es theoretisch, fühlte es nicht. Brauchte er einen Kosenamen, wie Kara ihn ständig benutzte? Jelly bean. Kleine Bohnen aus Zucker, Stärke, Aromen und Farbstoffen, die sie abends vor dem Fernseher in einer festen Reihenfolge aus der Tüte aß, Buttered Popcorn, Lemon, Cotton Candy, Grape, bis diese vier Sorten aufgebraucht waren, danach alle roten, Strawberry Cheesecake, Very Cherry, Hot Cinnamon, Red Apple, danach die grünen, blauen, gelben, zuletzt, fast widerwillig, die braunen und schwarzen, Chocolate Pudding, Cappuccino, Liquorice.

Unablässig lagerten sich die Zellen in Karas Gebärmutter an. Wenn man das Leben rechtzeitig aus ihr herausholte, würde es keinen Raum in der Welt einnehmen, Karas Bauch würde nicht wachsen, die Proportionen ihrer Beziehung blieben erhalten. Ein kurzer, aber schwerer Eingriff. Mit jeder Fahrt zum

Training war der Tag näher gerückt, ab dem er gesetzlich nicht mehr erlaubt sein würde, und Patrik war zugleich darauf zu und davon weggefahren, hatte sich nach der Endgültigkeit gesehnt und sie zugleich gefürchtet, weil sie unumkehrbar nur in eine Richtung wies. Im Sessel sitzend, betrachtete er seine Tochter. Aus ihrem Mundwinkel lief Milch, ein dünner Faden, kaum wahrnehmbar auf der blassen Haut, antrocknend, noch bevor er das Kinn erreichte. *My little bean, she's gonna be fine, we're gonna be fine, don't you worry 'bout a thing.*

Sie kämpften sich durch den Nachmittag und den Abend in die Nacht.

Nach den zwanzig Millilitern schrie Ada noch hysterischer als zuvor, unterbrochen von kurzen delirierenden Phasen, in denen sie die Lippen fest zusammenpresste und den Kopf mit geschlossenen Augen immer wieder von rechts nach links warf. Das Wenige war zu viel gewesen und davon viel zu wenig. Mehrfach machte Patrik neue Milch und schüttete sie, nachdem Ada sie verschmäht hatte, in die Spüle, beobachtete die Schlieren im Ausguss, spülte mit Wasser nach, das er viel zu lang laufen ließ. Eine weitere Verschwendung nach der Milch. Für eine Sekunde erlaubte sich Patrik seine Erschöpfung, hielt die Hand unter den dichten Strahl, bevor er sie wegzog und das Wasser abstellte. Aus der nächsten Flasche trank Ada fünfzehn Milliliter. Vom Glück, das er auch diesmal empfand, war die Euphorie schon abgeschliffen, ein nüchternes Glück, in dem er Ada viel klarer erkannte, ihre Wange streichelte, ihre Stirn küsste. Wie ein

Versprechen lag Karas Gesicht unter ihren Zügen, die Ähnlichkeit so offensichtlich, dass Karas Mutterschaft nie in Zweifel stehen würde, während er selbst nur behaupten konnte, Adas Vater zu sein. Undeutlich erkannte er sich in ihren Augen, eine Spiegelung, die verschwinden würde, sobald er sich aus ihrem Blickfeld entfernte. Also entfernte er sich nicht. Wiegte sie im Arm und sang ihr Lieder, wickelte sie, zog sie an für die Nacht. Auf der Schulter trug er sie durch die Wohnung, bis sie eingeschlafen war. Die Räume lagen im Dunkeln, eine Stille im ganzen Haus, keine Musik, keine zu laut gestellten Fernseher, keine Nachbarn, die polterten oder einander anschrien. Patrik setzte sich in den Sessel und legte Ada auf seinen Bauch, atmete regelmäßig im Rhythmus ihres Schlafes. Erst jetzt spürte er, dass er nicht trainiert hatte. Unter der Haut lagen die Muskeln hellwach, über sechshundert Tierchen, nervös, kauernd, vor Unruhe kribbelnd, weil sie nicht wie gewohnt gefordert worden waren. Bei den nächsten Tests am Freitag würde er erfahren, was ihn dieser Tag gekostet hatte. Karas Abwesenheit würde sich als einbrechende Kurve in den leistungsdiagnostischen Diagrammen zeigen, eine Evidenz in den Daten auf Torstens Laptop, auch dann noch nachvollziehbar, wenn Kara längst wieder zurückgekehrt war.

Er schaltete den Fernseher an, stellte den Ton so leise, dass er die Stimmen gar nicht und die Musik nur als Wechsel zwischen tief tönenden Bässen und klirrenden Höhen wahrnahm. In den Hyperschlafkammern an Bord der Nostromo erwachte die Besatzung, während Patrik Mühe hatte, die Augen offen zu halten, und immer wieder wegdämmerte, hochschreckte, überwältigt von der Fremdheit der außerirdischen Strukturen. Unter einer bläulichen Dunstschicht schienen die Eier zugleich fossiliert und fleischig, eingehüllt von dicken Schleimhäuten, die sich wie Blüten zum Licht öffneten. Er kannte den Film, *Alien*, kannte Ripley, und doch blieb sie ihm fremd, vielleicht, weil sie ganz anders war als Kara. Schwarze Locken, ein hartes, kantiges Gesicht. Nur ihre Ausgestoßenheit ging ihm nah. Allein mit dem Organismus, im All treibend unter der Aufsicht von Mutter. Ada regte sich auf seiner Brust, und er streichelte sie entlang des Rückgrats, fürchtete im Halbschlaf, die Wirbel könnten sich im Schwanz fortsetzen, mit dem der Organismus seine Bewegungen stabilisierte und sich an der Decke hielt, bevor er auf Ripley herabstürzte. In den Schächten der Nostromo war das Licht nur ein schwacher Trost. Draußen war es dunkel, und Ada lag wieder ruhig, still treibend das Schiff in der unendlichen Schwärze.

Ada, zwölf Jahre alt

Jeden Samstag gehen sie jetzt in die Halle, bauen zunehmend sicher die Geräte auf, brauchen keine Worte, um den Barren aufzurichten und die Bodenmatten wie ein Puzzle zusammenzulegen. Sie laufen, springen, dehnen die hinteren Oberschenkel, kommunizieren durch die Kraftübungen, die sie machen, manchmal ein Lächeln, die schnaufend ausgestoßene und eingesogene Luft. Sie brauchen kein Wort, um die Planke zu beenden, nur ein Signal, fünf Finger, die Patrik im Sekundentakt herunterzählt. Ada sinkt auf den Bauch, legt die Wange auf die Matte. »Und das hast du früher jeden Tag gemacht?«, fragt sie.

»Zwei Mal am Tag. Und zehn Mal so viel.«

»Das könnte ich nicht.«

»Das musst du auch nicht.«

Einander zugewandt teilen sie ihre Erschöpfung, das gleiche Brennen in der Muskulatur, die gleiche Sehnsucht, liegen zu bleiben und die Augen zu schließen, bevor sie sich hochstemmen und an die Geräte gehen. Von Carlas Mutter hat Ada Anweisungen bekommen, an die sie sich sklavisch hält, sodass Patrik nichts anderes tun kann, als zuzusehen und sich die

Zeit an den freien Geräten zu vertreiben. Ada turnt ihre Bodenübung, und er schwingt am oberen Holm des Stufenbarrens wie ein Sack hin und her. Er hat keine Scheu, sich lächerlich zu machen, auch so sprechen sie miteinander, indem er ihr zeigt, wie wenig er kann, am Barren, am Sprung, wo er den Bock umreißt, am Balken, auf dem er als Menschenaffe hockt und hilflos in die Tiefe starrt. Ada lacht und Patrik mit ihr. Er beugt sich vor, bis sein Oberkörper flach aufliegt, schlingt die Arme um den Balken und fühlt mit einem tastenden Fuß nach unten, lässt sich in Zeitlupe fallen, toter Affe, der weich auf der Matte landet. An der Sprossenwand macht er zwanzig Knieheben, dann geht er in den Liegestütz, dreißig Wiederholungen, absetzen, danach das Set noch einmal, noch einmal. Ein Geräusch lässt ihn aufhorchen, die knarzenden Federn des Sprungbretts. Ada ist schon am nächsten Gerät, während er schwer atmend auf dem Boden liegt, unfähig aufzustehen, weil sein Körper die Anstrengung nicht mehr gewohnt ist. In den letzten Jahren hat er nur sporadisch Sport getrieben, ist alle paar Wochen in die Schwimmhalle oder ins Studio gegangen, hat sich in diesen vereinzelten Momenten bis über die Schmerzgrenze gequält, ohne sie zu einer neuen Routine verstetigen zu können. Auf dem Hallenboden liegend, später auf der Bank, wenn er vorgebeugt sitzt und seine Unterarme auf den Knien abstützt, spürt er es deutlich: Er ist noch nicht hier. Er ist noch dort, steckt noch fest im Morast dieser letzten Jahre, muss sich herauskämpfen, mit Adas Hilfe, muss mit den Füßen strampeln.

Schon immer sind sie in verschiedenen Geschwindigkeiten an einem Ort angekommen. Normalerweise hängt Ada dem alten Leben etwas länger nach, vermisst die letzte Wohnung, die letzte Freundin, trägt ihre Wut und Traurigkeit in die gemeinsamen Tage. Dann tröstet er sie; er, der sich bisher immer schneller mit den neuen Begebenheiten arrangiert hat, weil er weiß, wie vergeblich die Vergangenheit ist. Was war, ist gewesen und kommt nicht wieder. Selektive Demenz. So hat Torsten die Notwendigkeit genannt, den letzten Wurf zu vergessen, um den nächsten unbelastet ausführen zu können:

Du bist dement.

Du hast Alzheimer.

Du nimmst die Scheibe wie beim ersten Mal und wirfst sie nach vorn, in die Zukunft.

Mit der flachen Hand beschirmt Patrik seine Augen gegen das Licht. Sie haben keine Eile, nach Hause zu kommen, duschen, ziehen sich um und essen eine Kleinigkeit zu Mittag, stehen knapp zwei Stunden nach dem Training wieder vor dem Haus und wenden sich nach links. Sie haben sich angewöhnt, an den ersten warmen Wochenenden in einer neuen Stadt zu Fuß in irgendeine Richtung zu gehen, den Straßen des Viertels zu folgen, in der erstbesten Eisdiele Himbeereis zu bestellen und es im Schatten der Markise zu essen. Auf umgedrehten Holzkisten sitzen sie und schauen die von der Frühlingssonne beleuchtete Straße hinunter in die noch fremde Nachbarschaft. Patrik tippt mit der Schuhspitze leicht gegen Adas Fuß, lächelt sie an.

»Besser als bei Di Marco, oder?«, sagt er. »Fruchtiger, nicht so künstlich.«

Sie nickt und wendet den Blick ab, folgt einer Gruppe von Jungen und Mädchen, die kreischend und einander anrempelnd bei Rot über die Straße laufen. Das Himbeereis, wenn es einmal gegessen ist, wird zum Maß für das Eis der Stadt. Die Bäume entlang des Kanals, einmal mit der flachen Hand berührt, sind schon im selben Moment keine Unbekannten mehr.

Die Stufen zum Michel, wenn sie einmal gezählt sind.

Patrik ist zu breit für die Treppe, niemand kommt an ihm vorbei. Auf den Turmböden muss er die Absteigenden passieren lassen, während Ada sich unter ihren Armen hindurchschlängelt und über ihm in den Windungen des Treppenhauses verschwindet. Eine halbe Minute nach ihr kommt er auf der Aussichtsplattform an. Er legt einen Arm um sie, und sie bewegen sich langsam im Uhrzeigersinn, betrachten den Hafen von oben, die Kräne der Containerterminals. Roboterspinnen, sagt Ada und verzieht das Gesicht. Sie will kein Fünf-Cent-Stück zu einer Michel-Medaille pressen und nicht für einen Euro durch eines der Ferngläser schauen. Der Wind weht viel stärker als am Boden, heftige Böen und kurze, trügerische Flauten. Ada streicht sich die Haarsträhnen aus dem Gesicht und wischt über ihr Handy, tippt im Windschatten des Treppenaufgangs eine Nachricht, unbeeindruckt von der Weite der Stadt, in der sie leben werden, von der Ruhe des Flusses, dem bis zum Horizont ausgerollten Hafengelände. Auf dem Dom blinken und rucken die Fahrgeschäfte, und sie macht ein paar Fotos, schaut sie sich an.

»Zeig mal«, sagt Patrik.

Er beugt sich über ihre Schulter, berührt ihre Wange. Auf dem Display sind die Farben blasser, kaum auszumachen die einzelnen Stände und Attraktionen, bis auf das Riesenrad und einen ebenso hohen Propellerarm, der auf einem der Fotos senkrecht in der Luft steht.

»Wollen wir das machen?« fragt er.

Ada lässt das Handy sinken und schaut ihn zweifelnd von der Seite an.

»Echt jetzt?«

»Wenn du dich traust.«

»Wenn *ich* mich traue?«

Als sie vor dem Gladiator stehen, fragt sie noch einmal, *echt jetzt, Papa?*, und er steigt breit grinsend in die Gondel, klopft mit der flachen Hand auf den Platz neben sich, bis sie sich mit einem Schulterzucken zu ihm setzt. Die Rückhaltebügel klappen um, der Propeller läuft an und hebt sie weit ausholend in die Luft. Ada kreischt, die Bässe wummern, die Lichter blitzen, die Fliehkräfte reißen Patrik die Haut vom Gesicht. Die Gondel schwingt frei in alle Richtungen. Sein Magen bewegt sich durch den Körper, rutscht in die Kehle, ins Gehirn, Ada kreischt, und auch er macht ein Geräusch, gurgelt wie unter Wasser, saugt die Luft durch die Zähne, vergisst für einen Moment, dass er gesichert ist, und dreht sich schwerelos im Raum, packt Adas Hand, Ada kreischt, die Bässe wummern, die Lichter blitzen, der Propeller kommt zum Stehen.

Der feste Boden, wenn er einmal verlassen und wieder betreten wird.

»Guck nicht so«, sagt Ada später am Zuckerwattestand.

»Wie gucke ich denn?«

»Komisch.«

Manchmal kann er nicht anders. Dann muss er sie ansehen, leicht gerötet sind ihre Wangen, und er fragt sich, was in ihr vorgeht, während sie neben ihm in der Schlange wartet und mit gesenktem Blick ihre Fußspitzen auf dem Asphalt betrachtet.

»Ich versuche, dir in den Kopf zu gucken.«

»Und da musst du mich anstarren wie so ein Freak?«

»So schlimm?«

»Ja, aber ich sag dir trotzdem, was in meinem Kopf ist: Erstens ist mir noch ein bisschen schwindlig von dem Ding gerade, zweitens glaube ich, dass Zuckerwatte vielleicht gar keine so gute Idee ist, wenn ich jetzt Sport mache. Und drittens ist da noch mein Axolotl.«

»Dein Axolotl?«

»Weißt du, was das ist?«, fragt Ada.

»Ungefähr.«

»Ein aquatischer Schwanzmolch aus der Familie der Querzahnmolche, lebt in freier Natur nur in zwei Seen in Mexiko. Die kann ich aber nicht aussprechen.«

»Habt ihr das in Bio?«

»Hatten wir vor ein paar Wochen.«

»Und so ein Ding lebt in deinem Kopf?«

»Das ist kein Ding, das ist mein Seelentier. Carla hat auch einen. Ihrer ist pink, meiner ist metallicblau, fast so ein bisschen türkis. Die gibt's ja in den verrücktesten Farben, das sind dann aber Züchtungen. Normalerweise sind die dunkelgrau oder braun.«

In der Schlange rücken sie eine Stelle vor, wieder schaut Ada auf ihre Füße, sodass er nicht erkennen kann, ob sie sich gerade ein Lachen verkneift oder ihm aus einem anderen Grund nicht in die Augen sehen kann.

»Du verarschst mich doch, Ada.«

»Nein, das stimmt! Du hast mich doch gefragt!«

»Mal ernsthaft, wie geht's dir?«

»Gut.«

»Wirklich?«

»Ja.«

»Okay.«

Er nickt und streicht Ada über den Kopf, kauft die Zuckerwatte trotz ihrer Bedenken, drückt sein Gesicht mit ihr zusammen in die klebrige Wolke. Spät am Abend, Ada schläft, und er liegt auf dem ausgezogenen Sofa im Wohnzimmer, sucht er das Tier bei Wikipedia. *Der Trivialname Axolotl stammt aus der aztekischen Sprache Nahuatl* āxōlōtl *[aːˈʃoːloːt͡ɬ], ist abgeleitet aus atl (Wasser) und Xolotl (ein Aztekengott) und bedeutet etwa »Wassermonster«.* Aus schwarzen Knöpfchenaugen lächelt es ihn an, je drei Kiemenäste ragen seitlich aus dem flachen Kopf und durchkämmen das Wasser sanft nach Sauerstoff. Alle Farben sind vertreten, wie Ada es gesagt hat. Ein freundliches Seelentier hat sie sich ausgesucht, nicht die schlechteste Wahl, denkt Patrik, für eine Zwölfjährige in einer fremden Stadt.

Dieses Mal ist er es, der sich nur langsam gewöhnt. An die Abläufe im Logistikzentrum, an die Redeweisen, die Rituale der Picker. An die Fahrt über die dunkle

Autobahn, die vom leisen Rauschen noch betonte Stille im Inneren des Wagens. Es herrscht kaum Verkehr, sodass er ohne Tempowechsel auf der rechten Spur bleiben kann, in der erwachenden Landschaft erste Lichter, die rosige Dämmerung. Wenn er Frühschicht hat, muss er lange vor Ada aus dem Haus. Er muss sich darauf verlassen, dass sie rechtzeitig aufsteht, frühstückt, sich wäscht und die Zähne putzt, spätestens um zwanzig vor acht die Wohnung verlässt, damit sie pünktlich zum Unterricht erscheint. Am frühen Nachmittag, bevor sie aus der Schule zurückkehrt, liest er die Spuren: Die Müslischale mit einem angetrockneten Rest steht auf dem Küchentisch, sie hat gegessen, immerhin, hat sich die Zähne geputzt und die Zahnpastatube nicht zugeschraubt, im Kühlschrank die Brotdose mit dem geschnittenen Obst vergessen, ihre Sportsachen vergessen, aber an ihren Schlüssel gedacht, ans Tablet gedacht, das Handy vergessen. Ein Anfang. Er räumt auf, duscht, erledigt den Haushalt, kümmert sich um die Kieferorthopädierechnungen und telefoniert mit der Krankenkasse, bestellt das Schulessen für die nächsten Wochen. Ada kommt zurück und lässt ihre Sachen im Flur fallen. In der Küche trinken sie Tee, und sie erzählt ihm von Carla und ihrer Mutter, formt lange, mäandernde Sätze, wo er ihr sonst jedes Wort einzeln aus der Nase ziehen muss. Dass Carla turnt, »seit sie drei ist, da hat ihre Mutter sie schon an den Barren gehängt, voll süß, ich kann mir das richtig vorstellen, Mirell hat früher ja selbst geturnt, deshalb hören wir immer auf das, was sie sagt, dabei ist das über zwanzig Jahre her, und natürlich ist sie streng, der kannst du nichts vormachen, sagt Carla, und ich hab das auch schon gemerkt, Liegestütze faken, zum Beispiel, kannst du vergessen. Da drückt sie dich runter, keine Chance.«

»Aber du kommst mit ihr klar?«, fragt er.

»Mit Carla?«

»Mit ihrer Mutter.«

Ada führt die Tasse zum Mund, nippt am Tee, stellt die Tasse wieder ab.

»Ja.«

»Nur ja? Mehr nicht?«

»Was denn noch?«

»Klingt ganz schön hart, was du da erzählst.«

»Fürs Training ist das doch gut. Und sonst ist sie ja auch voll lieb, zu Carla und so.«

»Und zu dir auch?«, fragt er.

»Ja«, sagt Ada.

An den Morgen der Spätschicht schaut er ihr vom Fenster aus nach, während sie die Straße entlang zur Schule geht und um die Ecke verschwindet. Sie kann es nicht sehen: Er steht eine ganze Weile so. Sein Atem beschlägt die Scheibe, darin seine Spiegelung vor den Lichtern der Autos, die in einer langen Schlange Richtung Innenstadt kriechen. Rot leuchtende Abgaswolken, gedämpft die Geräusche des Anfahrens und Abstoppens, aus einer Zuhälterkarre Musik, dröhnende Bässe, ein Ziehen in Patriks Magengrube: Was, wenn die Karre Ada erwischt, beim Linksabbiegen an der Ampel? Erst auf der Fahrt zur Arbeit legt sich sein Unbehagen, ein letztes Grummeln, als er das Hochregallager betritt. Über ihm surren die gelben Lifte in allen Dimensionen durch die Regalreihen, setzen Paletten ein, setzen Paletten um, entnehmen Paletten und setzen sie auf die Förderbänder, die die Paletten aus der Halle fahren. Ein sich ständig selbst umbauendes und erneuerndes System. Die Maschinen funktionieren zuverlässig, kein Ausfall, seit er hier ist. Sie würden die Nacht durcharbeiten, wenn sie müssten, würden, ohne müde zu werden, neue Aufgaben übernehmen, ohne zu klagen, die Kapazitätsgrenze überschreiten.

»Digga!«

Cosmin kommt ihm entgegen, zeigt mit dem Arm steil nach oben zur Hallendecke, an die zwanzig Meter über ihren Köpfen.

»Heb mir mal den 33er runter, ich komm da nicht ran.«

Seine Idee von Verbrüderung, jede Begegnung eröffnet er mit diesem Satz. Er hält ihm die Hand hin, und Patrik schlägt ein, quetscht die Finger bis knapp über den Schmerzpunkt, grinst auf Cosmin herab.

»Ich heb dich hoch, dann kannst du dir selbst einen runterholen.«

»Einen runterholen, Digga!«

In der Kantine flirren die Blicke über ihn hinweg. Die Festen haben sich inzwischen an ihm sattgesehen, nur ein paar Flexis starren ihn an, nicht, weil sie wüssten, wer er ist, sondern des Spektakels wegen. Das reine Spektakel seines Körpers, wie er sich aufrichtet und immer höher in den Raum zu wachsen scheint, die Stuhlbeine über das Linoleum kreischen lässt. Die Flexis senken den Blick, als er in voller Breite an ihrem Tisch vorbeigeht, um sein Tablett auf das Geschirrband zu stellen. Am Kaffeeautomaten hält Kerschbaum ihn an, drückt ihm ein Gespräch auf.

»Hat das mit dem Schlüssel für die Halle geklappt? Oder hat Korffmacher sich angestellt?«

»Das hat geklappt, danke«, sagt Patrik.

»Ehrensache. Früher hab ich selbst viel gemacht, Fitnessstudio und so, aber jetzt? Weißt ja, wie es ist.«

»Nein, keine Ahnung.«

»Arbeit, Familie, die ganze Mühle. Du hast doch auch Kinder, eine Tochter, oder nicht?«

Patrik nickt, betrachtet Kerschbaums Birnenform, die schmalen Schultern, die breiten Hüften, seine vom Sitzen verkrümmte, instabile Statik.

»Meiner ist zehn«, sagt Kerschbaum, »vierte Klasse und ständig auf 180. Eine Energie, das kannst du dir nicht vorstellen. Wenn ich nach Hause komme, hat er seine Mutter schon durchgespielt, und dann bin ich dran. Letztens springt er mir vom Schrank auf den Rücken und haut mich um, einfach so. Ist nichts passiert, aber da hab ich gemerkt, dass ich was machen muss. Vielleicht können wir mal zusammen trainieren, würde mir bestimmt einen Push geben mit einem Profi wie dir.«

»Tut mir leid, dazu fehlt mir echt die Zeit«, sagt Patrik.

Er lässt Kerschbaum stehen und geht ins Büro, setzt sich an den Rechner, kontrolliert den Wareneingang in Echtzeit, ohne sich auf die einzelnen Chargen konzentrieren zu können. Kerschbaums Gelaber; er will nichts wissen von seinem Sohn, zehn Jahre, ein Alter, in dem Ada ihm nicht näher hätte sein können, wenn sie auf seinen Rücken sprang und sich von ihm über den Schulhof tragen ließ, obwohl sie dafür eigentlich schon viel zu groß war. Sie warfen einen gemeinsamen Schatten an die Wand des Schulgebäudes, groß und bucklig, irgendein riesiges, unbesiegbares Vieh, und das waren sie auch, unbesiegbar, solange Ada auf seinen Schultern hockte.

Im Programm ploppt die Meldung über eine falsche Chargennummer auf. Er verfolgt die Charge zurück und vergibt manuell eine neue Nummer, zieht das Handy aus der Tasche und tippt eine Nachricht.

Bist du zu Hause?

Ja

Was machst du?

Training, ICC

Werden gleich abgeholt

ICC Werden?

???

Ich werde abgeholt, dir

Sorry *(Affe)*

Von Carla und ihrer Mutter?

Wenn denn sonst

Wem

(Affe)

Hast du die Sachen für morgen gepackt?

Ja

Wirklich?

Nein *(Herz)*

(Herz) mach mal.

Ok

Bin gegen 8 da.

Ok

Bis später

Ok

Eine unsichere Verbindung, abhängig vom Ladestand und davon, dass Ada ihr Handy bei sich hat. Viel zu oft lässt sie es irgendwo liegen, und er schreibt ins Leere, wartet vergeblich auf eine Antwort, während er zwischen Wareneingangshalle, Sortiergebäude und Hochregallager pendelt. Das Unbehagen vom Morgen kehrt zurück, wächst beim Anblick der Lifte auf ihren Bahnen immer weiter an, bis es ihn später, auf der Rückfahrt nach Hause, ganz ausfüllt. Er ruft Ada an, Mailbox, schaut auf die Uhr, längst müsste sie vom Training zurück sein, und doch kann er sich ohne Probleme die leere Wohnung vorstellen, eine Stille, als hätte noch nie jemand dort gelebt. Vor den Elbbrücken stockt der Verkehr. Nachtarbeiten, eine Fahrspur aufgerissen, die von den Schweinwerfern beleuchteten Gesichter der Arbeiter ihm zugewandt, als er sie im Schritttempo passiert. Patrik glotzt sie an und beschleunigt bei der ersten Gelegenheit. Die Parkplatzsuche am Abend dauert ewig. Er findet eine Lücke zwei Straßen weiter, läuft an den fremden Wagen vorbei zur Haustür, spürt schon im Treppenhaus, dass Ada da ist, die letzte Gewissheit beim Anblick ihrer Jacke auf dem Boden im Flur, ihrer Schuhe, die im spitzen Winkel zueinander danebenliegen. Sie kann nicht sehen, wie er durchatmet. Er tut es, bevor er ihr Zimmer betritt, dort hinter der Tür ist Licht, dort spielt Musik, dort liegt ihr Sportzeug, und Ada hockt im Schneidersitz unter ihrem Hochbett, das Handy auf dem Schoß, blickt kaum auf, als er sie fragt, ob alles in Ordnung ist.

»Ja, alles gut.«

»Was hast du gemacht?«

»Nichts.«

»Hast du gegessen?«

Ada nickt, wischt über das Display, sieht ihn an.

»Mirell sagt, wir sollen Videos von Simone Biles und von dieser einen da gucken, diese Russin oder so, von früher, so eine ganz berühmte.«

»Nadia Comăneci«, sagt er. »Rumänin.«

»Ja, die«, sagt Ada.

Sie ziehen ins Wohnzimmer um, nesteln sich auf dem Sofa in ihre Decken. Als er das Laptop öffnet und bei YouTube *Comaneci* eingibt, verdrängt er den Gedanken, dass auch er dort zu finden ist, klickt auf *1976 Gymnastics All Seven Perfect 10's HQ*. Vorgeschaltet eine Werbung für junge Kosmetik, dann die unscharfen und farbblassen Bilder von Comăneci in Montreal, ihr knabenhafter Körper in einem weißen Trikot, vollkommen gerade und schlank, die Haare mit einer langen Schleife zum Pferdeschwanz gebunden. Nervös trippelt sie auf der Stelle, unruhig im Oberkörper, ihr Blick flackert zum Stufenbarren, bevor sie sich in Pose wirft, ein letztes Durchatmen, dann der Anlauf, der Aufgang per Grätsche über den unteren Holm. Alle Unsicherheit fällt von ihr ab, eine Verwandlung mitten im Schwung. Sie dreht um den oberen Holm, mühelos, wie sie den Raum beherrscht und ohne jede sichtbare Anstrengung durch die Übung gleitet, als wären ihre Bewegungen angeboren, nicht antrainiert. Ein Wunder an Eleganz und Leichtigkeit. Ganz beiläufig lässt sie die Zuschauer an dem teilhaben, was sie schon immer gekonnt hat und immer können wird, auch jetzt noch, dreiundvierzig Jahre später in einem körnigen Video mit englischem Kommentar auf Patriks Laptop. Er weiß nicht, was er erwartet hat, aber nicht das, nicht diese Absolutheit. Fast ist er froh, als er ein kurzes Nachfassen am oberen Holm zu erkennen glaubt, ein winziger, menschlicher Fehler, der Abgang dann wieder makellos und ohne Wackler in den Stand. Er pausiert das Video, Comăneci bleibt im Hohlkreuz stehen, die Finger gespreizt, um ihren Mund ein leichtes, selbstgewisses Lächeln.

»Simone ist so viel geiler«, sagt Ada.

»Was?«

»Die macht viel heftigere Sachen, Sprünge und Saltos und so. Das hier ist ja einfach.«

»Einfach?«

»Na ja, nicht total einfach, aber halt auch nicht ... Ach, ich weiß nicht, keine Ahnung.«

»Wenn du das einfach findest«, sagt Patrik, »kannst du das ja in einem Jahr genauso turnen. Da bin ich aber mal gespannt.«

»So hab ich das nicht gemeint. Das ist jetzt voll gemein von dir!«

»Ja, tut mir leid.«

Er legt eine Hand auf Adas Arm, drückt ihn schwach, zieht die Hand wieder zurück.

»Wirklich.«

Auseinanderdriftend, so empfindet er die Schollen, auf denen sie sitzen; nicht zum ersten Mal weitet sich mit einem leichten Schwanken der Raum zwischen ihnen, obwohl sie unter ihren Decken auf dem Sofa doch eigentlich sicher und unbewegt liegen. Schweigend schauen sie das Video zu Ende, schauen anschließend die Bodenübung von Simone Biles bei den

Spielen in Rio, ein athletisches Feuerwerk, Biles wie aus einem Bolzenschussgerät gefeuert. Sie suchen einen Marvel-Film aus, bei dem Patrik die Einschläge der Fäuste und Kometen seltsam kraftlos, die Laser und Feuerstürme seltsam kühl vorkommen. Zwei Mal entschuldigt er sich noch, bevor Ada ins Bett geht. Dann schließt er die Wohnzimmertür hinter sich, tippt seinen Nachnamen in die Suchzeile, klickt auf das Video seines letzten Versuchs in Athen und lässt es ohne Ton laufen. Dort sitzt er mit einem Handtuch über dem Kopf und unruhig wippenden Füßen. Patrik justiert den Bildschirm, sieht sich dabei zu, wie er das Handtuch vom Kopf zieht und von der Bank aufsteht, seine Hände mit Talkum aus einer Schale trocknet und den Diskus vom Rack nimmt, dann wechselt die Einstellung, und er betritt den Käfig, im Hintergrund das flackernde olympische Feuer, die Anzeigetafel und darüber der Lichtring ums Stadiondach, er streift seine Schuhsohlen ab und dreht sich zur Rasenfläche, betritt den Ring, dann wechselt die Einstellung, und er sieht sein Gesicht ganz nah, ganz blass ist er, ganz groß sind seine Augen, dann wechselt die Einstellung, und er nimmt die Abwurfposition ein, wirft den Diskus von der rechten in die linke und wieder in die rechte Hand, schließt die Augen und atmet tief durch, fängt an, den Oberkörper zu drehen, dreht sich mit zwei schnellen Schritten durch den Ring und schleudert den Diskus in die Nacht, schaut ihm nach, über die Kante des Rings gebeugt, dann wechselt die Einstellung, und die Kamera folgt dem fliegenden Diskus, bis er im Rasen einschlägt, zwei Männer in schwarzen Anzügen laufen zur Einschlagstelle und messen die

Weite, dann wechselt die Einstellung: Sein Gesicht, dort schwebt es in der Dunkelheit, wieder ganz nah, immer noch blass, seine Augen, als hätte er einen Geist gesehen.

Ada, sechs Monate alt

An den Wänden hingen keine Fotos mehr von ihr.

Ein Akt der Gnade mit sich selbst, nachdem Patrik in den ersten Wochen nach Karas Verschwinden Tag und Nacht in ihr lachendes Gesicht gestarrt hatte. Niemand lachte auf Fotos so wie eine amerikanische Hürdensprinterin, *all stars and sparkle and blinking white teeth*, der Bronzeton der Haut, das sonnensatte Gold ihrer Haare. Kara und Tamecka. Kara und ihre Collegefreundinnen von der Oregon State. Kara und er in Trainingsanzügen, eng umschlungen vor der Akropolis, die Wangen aneinandergepresst, die Silbermedaille an einem blauen Band um seinen Hals. Von allen Seiten lachte sie in Strahlen auf ihn herab, die sich genau dort zu kreuzen schienen, wo er mit Ada auf dem Arm im Sessel saß, eine Hand zur Stütze unter ihrem Po, in der anderen die Flasche, die ihm manchmal vor Erschöpfung aus der Hand rutschte und zu Boden fiel.

Antrocknende Spritzer auf dem Parkett. Ada trank inzwischen die Milch, die er ihr machte, aber es war ein anderes Trinken als aus Karas Brust, unruhiger und weniger selbstvergessen, eine vom Körper und seinen Bedürfnissen erzwungene Notwendigkeit, die mit dem schwebenden Zustand ihrer ersten Lebenswochen wenig gemeinsam hatte. Sie setzte ab, setzte an, schüttelte sich, quäkte und jammerte, spuckte die Milch aus, trank für ein paar Sekunden so gierig, dass sie sich verschluckte, spuckte wieder, hustete, trank weiter, bog sich abrupt nach hinten. Die Mahlzeiten bedeuteten Stress, hatten nichts Verbindendes. Patrik spürte die Entfremdung im Anschluss, wie wütend sie aufeinander waren, als hätten sie sich gegenseitig etwas angetan. Es folgte eine halbe Stunde, in der er Trost und Mitgefühl nur simulierte, sich zur Zärtlichkeit zwang und Ada kaum berührte, während er mit der Hand über ihren Kopf strich. Zum Ausgleich drückte er sie danach umso fester an sich und schlief mit ihr ein, erwachte von ihrem Gesicht, das sich an seiner Schulter rieb, unsicher, ob sie einander verziehen hatten. Zum Glück war Ada nicht nachtragend. Nichts von dem, was er tat, hätte er ihr zumuten können, wäre sie nachtragend gewesen, nicht die endlosen Stunden auf einer Decke neben dem Ring, wo sie während seines Trainings in den Himmel starrte, nicht die Nachmittage im Kraftraum oder bei der Massage, Ada im Maxi-Cosi in einer Ecke des engen Raums, wie sie an einer Quietschgiraffe lutschte, während Tom, sein Physio, ihn von oben bis unten durcharbeitete.

Die Entscheidung, es zu versuchen, war am zweiten Abend nach Karas Verschwinden gefallen. Den ganzen Tag über hatte er mit Ada um jeden Milliliter gekämpft, sie hatte nicht besser getrunken als am

Tag zuvor, sich mit aller verbliebenen Kraft gegen das Fläschchen gewehrt, ehe sie vor Erschöpfung aufgegeben hatte und nach einigen wenigen Schlucken auf seinem Arm erschlafft war. Von Neuem erschrak Patrik über ihre Blässe, über die Durchsichtigkeit ihrer Haut. Sein Herz schlug schneller, als er an Kara dachte, sich fragte, was geschehen sein mochte, warum um alles in der Welt sie nicht bei ihnen war, wo sie war und wie es ihr ging, was er tun konnte, außer ihr immer wieder auf die Mailbox zu sprechen. Ab wann Polizei? Er hatte keine anderen Nummern, die er hätte anrufen können. Es hatte nie einen Anlass gegeben, ihre Kontakte mit ihm zu teilen, und er hatte nie danach gefragt, wozu auch. Sie war ihm immer genug gewesen. Vorsichtig legte er Ada in der Wiege ab, ging in die Küche und kochte sich Tee. Sein Handy pingte, die SMS einer ihm unbekannten Nummer.

She's with me, don't worry. She just can't talk with you now. Give her some time, we'll be in touch. Tamecka.

Er legte das Handy weg, seine Knie zitterten leicht, als er aufstand und ins Bad ging, sorgsam schloss er die Tür hinter sich, schlug einmal, zweimal mit der linken Faust gegen die Wand neben dem Spiegel. Eine halbe Stunde später rief er Torsten an und behauptete, Kara müsse wegen einer wichtigen Familienangelegenheit für eine Weile in die USA, deshalb sei er mit Ada allein, deshalb das Chaos, es täte ihm leid.

»Und da kann sie die Kleine nicht mitnehmen?«

»Nein.«

»Was Schlimmes?«

Patrik ließ die Frage stehen, wechselte das Handy vom linken ans rechte Ohr.

»Weißt du, wie lange?«, fragte Torsten.

»Nein, ein paar Wochen vielleicht.«

»Wochen? Wie soll das gehen?«

»Es muss gehen.«

»Hast du Hilfe?«

»Du weiß genau, dass es nur Kara gibt.«

Torsten schwieg, Patrik sah ihn vor sich, wie er die Augen zusammenkniff, als würde er in die Sonne schauen, und sich mit Daumen und Zeigefinger die Nasenwurzel rieb.

»Es wird gehen«, sagte er.

Am nächsten Tag nahm er Ada mit zum Training, in einer zusätzlichen Tasche die Dinge, die er für sie benötigte: Wasserkocher, Milchpulver, Flasche, Windeln, Feuchttücher, Wickelunterlage, Wechselstrampler. Vor der ersten Einheit rief er die Trainingsgruppe zusammen, entschuldigte sich für sein Fehlen und teilte mit, dass Ada von nun an eine Weile dabei sein würde. In seinem Gesicht lag eine Härte, die alle Nachfragen verbot. Nacheinander beugte sich die Gruppe über Ada und kraulte sie am Kinn, schwere, riesige Männer, in denen Patrik sich selbst erkannte, in ihrem Unbehagen im Umgang mit diesem zerbrechlichen Wesen, in ihrem ganzen Ungeschick und Desinteresse. Torsten strich ihr über den Kopf, und Ada fing an zu schreien. Sie schrie, wenn sie Hunger hatte oder sich am Himmel langweilte, schrie über volle Windeln oder zu helles Licht, schrie manchmal ohne ersichtlichen Grund nur um des Schreiens willen. Stasi war der Erste, der aufstöhnte und mit den Augen rollte. In voller Größe baute Patrik sich vor ihm auf, neigte den Kopf, bis er Stasis Stirn berührte, lächelte, atmete ihn an. Der Impuls, seine Tochter zu verteidigen, war überwältigend, umso mehr, als er sie insgeheim genau wie die anderen als Ablenkung empfand, als eine Störung, die seine Leistung beeinträchtigte und seine Ziele gefährdete. Er hatte Wichtigeres zu tun, als neben ihr zu knien und ihre Füße zu kitzeln, Wichtigeres, als in der Umkleide Wasser aufzukochen und die Milch vorzubereiten, vielleicht nichts Wichtigeres, als sie zu füttern, aber dann doch Wichtigeres, als sie danach an der Schulter um die Laufbahn zu tragen, bis sie eingeschlafen war. Die Sonne brannte auf ihn herab, und er ging zu schnell, trat zu hart auf, wechselte zu häufig die Schulter, an der er sie hielt. In seiner Verbissenheit, sie zum Einschlafen zu bringen, bewirkte er das Gegenteil, beinahe mutwillig, als wollte er sie beide bestrafen; er wurde immer ungeduldiger, stapfte in ständigen Richtungswechseln über die Bahn, flüsterte in ihr Ohr, um sie zu beruhigen, aber es kam nur ein Zischen heraus. Wieder die Entfremdung, wieder das schlechte Gewissen.

Zum ersten Mal im Leben das Gefühl, wirklich zu verzichten.

Was er früher als Verzicht empfunden hatte – nicht zu trinken, wenn andere tranken, früher zu gehen, während die anderen blieben, im Morgengrauen aufzustehen und durch die leere Stadt zu fahren, Regen im Gesicht, in den Knochen noch die Einheiten des Vortages –, war eine Folge seiner Entscheidung für den Sport gewesen, kein Verlust, sondern das

Gegenteil davon, ein Zugewinn an Selbstbewusstsein und Überzeugung, das Richtige zu tun. Für Ada hatte er sich nicht entschieden. Für Ada zu verzichten, bedeutete einen Verlust, den er an den Ergebnissen der Leistungstests ablesen konnte, eine reale Schwächung seines Körpers vor allem im Bereich der Rumpfmuskulatur und des Schultergürtels, wo die Marker an der Grenze zum roten Bereich oder schon darunter lagen. Kleine, nagende Verletzungen stellten sich ein, Verhärtungen, Entzündungen, keine Woche, in der er nicht ein paar Einheiten auslassen musste, kein Tag, an dem er das Gefühl hatte, ans Limit gegangen zu sein. Mit Rückenproblemen verpasste er die Meetings in Rom und Paris, schob, als er mithilfe von Kortisonspritzen wieder halbwegs dazu in der Lage war, eine Woche Aufbautraining ein, eine zu diesem Zeitpunkt der Saison unübliche Quälerei, um das gewohnte Körpergefühl zurückzuerlangen, die Kompaktheit und Explosivität, die er benötigte, um selbstverständlich und technisch sauber werfen zu können.

Schweigend saß er im Beinstrecker und pumpte sein Set. Etwas Bleiernes lag seit seiner Rückkehr mit Ada über der gesamten Gruppe, es kamen keine Sprüche mehr, keine Sticheleien wie früher. Jeder war mit sich selbst beschäftigt. Metallisch stießen die Gewichte gegeneinander, die Seilzüge surrten, dazwischen quietschte die Giraffe, schnalzte, gluckste, kreischte Ada in einer Ecke des Raums. Gedanken an Kara stiegen in ihm auf, aber Patrik drückte sie weg, konzentrierte sich auf die Geräusche, lauschte ihrem Rhythmus nach. Er hoffte auf irgendeine Art von Flow, um nicht jedes Set einzeln wahrnehmen und überwinden zu müssen, doch jeder Ton schien etwas anderes zu wollen, so wie seine Muskeln nicht zusammen, sondern gegeneinander arbeiteten, und er versuchte, die Dissonanz aufzulösen, indem er wie wahnsinnig presste, selbst dann noch, als er das Stechen im linken Oberschenkel längst spürte.

Die Verletzung kostete ihn die WM in Osaka und den Rest der Saison.

Ein schwerer Muskelfaserriss im Vastus lateralis, keine Kleinigkeit, so sein Arzt bei der Besprechung der MRT-Bilder, aber nach sechs bis acht Wochen vollständig ausgeheilt, sodass er Ende des Jahres mit dem Aufbautraining beginnen und im Januar wie geplant ins reguläre Training würde einsteigen können.

»Mach dir keine Gedanken wegen Peking«, sagte er, »das wird schon.«

Patrik machte sich keine Gedanken.

Er schnappte sich Ada und hinkte mit ihr in den Park gegenüber ihrer Wohnung, legte sich ins Gras und Ada auf seinen Bauch. Über ihm zwischen den Zweigen blitzte die Sonne auf, in einiger Entfernung riefen Kinder, Tritte gegen einen Ball, Vogelgezwitscher. Ada hob den Kopf und sah ihn erwartungsvoll an.

»Ich habe jetzt Zeit für dich«, sagte Patrik. »Wir machen es uns richtig schön.«

Adas Kopf, den sie noch nicht lange halten konnte, wackelte auf und ab, eine Art Nicken, bis sie ihn mit dem Kinn auf seiner Brust abstützte und schließlich ganz zur Seite drehte. Patrik spürte, wie sie sich unter seiner streichelnden Hand entspannte, lauschte den Kindern, ohne ihre Rufe zu verstehen, und auch der fliegende Ball war nur eine Vorstellung von Kurven und Linien am Himmel. Er schloss die Augen. Im Umsprung, wenn er den Körper eindrehte und über Hüfte und Schulter beschleunigte, gab es immer einen Moment, in dem er sich entgegen dem Schwung und der Bewegung vollkommen statisch fühlte, eine Deckungsgleichheit von Körper, Zeit und Raum, so wie auch jetzt: mit Ada am frühen Nachmittag unter einem Baum im Park.

Am südlichen Rand der Rasenfläche fanden sie einen Platz, den sie sich zu eigen machten, indem sie sich dort jeden Tag auf einer Decke niederließen. Für Ada brachte er ein paar Spielzeuge mit, für sich selbst nichts als eine Thermoskanne mit Tee. Er brauchte keine Ablenkung. Es war ihm genug, neben seiner Tochter zu sitzen und zu beobachten, wie sie sich an der Giraffe abarbeitete, ihr in den Kopf biss, den Hals umknickte, die Beine spreizte, sie von oben bis unten einspeichelte, bevor sie ganz plötzlich jedes Interesse verlor und die Giraffe fallen ließ. Er hob sie auf, drehte sie zwischen den Fingern. In seiner riesigen Hand wirkte sie klein, das frisch geborene Kalb jener Mutter, die Ada gerade noch in ihrer winzigen Hand gehalten hatte, nass, klebrig, und er trocknete sie vorsichtig mit einem Tuch ab und legte sie neben Ada auf die Decke. Unvorstellbar, dass er in dieser Hand normalerweise den Diskus hielt. Patrik horchte in sich hinein, aber da war nichts, kein Ehrgeiz, keine Gier. Tauben erhoben sich schwerfällig von ihren

Zweigen oder kehrten zurück, Hunde trotteten vorbei, die Bälle erreichten den Scheitelpunkt, standen für den Bruchteil einer Sekunde am Himmel, ehe sie herabfielen. Wenn Ada anfing zu quengeln, schob er sie im Kinderwagen durch den Park. Bald kannte er alle Wege, die Rentner auf ihren immergleichen Bänken, erwiderte er das Lächeln der Mütter, die ihm entgegenkamen. Mit ihren Decken rückten sie an Ada und ihn heran, bis sie an den letzten schönen Tagen im Herbst so nah waren, dass Patrik, über Ada gebeugt, im Augenwinkel erkennen konnte, welche seiner Muskelgruppen sie beobachteten: Pectoralis major, Gastrocnemius und Quadriceps femoris, Latissimus dorsi, Triceps brachii, Trapezius.

Sein Rücken schmerzte entlang der Wirbelsäule, eine Instabilität im Kern, als hätte man eine tragende Säule entfernt. In weiter Ferne lag die Vorstellung zu werfen, undenkbar, auch nur in die Nähe der siebzig Meter zu kommen. Die Mütter konnten nicht wissen, wie schnell er in den Wochen ohne Training abgebaut hatte. Auf der Decke, nachdem Ada im Kinderwagen eingeschlafen war, streckte er sich aus und sah ihnen zu, nichts, was er falsch machte, nichts, was sie besser konnten als er. Nur durch das Stillen waren sie ihm noch überlegen. Sie schoben ihr Oberteil hoch und klappten eine Seite des Still-BHs auf, legten ihr Kind an, das sofort zu saugen begann und für Minuten in tiefen, regelmäßigen Zügen trank, ehe seine Kräfte nachließen und es schaudernd in sich zusammensackte. Die schwere Brust fiel herunter und lag für einen Moment frei, sodass Patrik die Warze betrachten konnte, den dunkelbraunen, mit Knötchen besetzten

Hof, das Adergeflecht unter der weißen Haut. Aus der Warze lief noch etwas Milch, winzige, in einem Kranz austretende Tröpfchen, die die Mütter mit dem Tuch wegwischten, nachdem sie den Mund des Kindes damit gesäubert hatten. Sie zogen die Klappe des Still-BHs über die Brust und hakten den Haken ein. Sofort färbte sich der Stoff dunkel von der noch immer auslaufenden Milch.

Patrik fiel es schwer, nicht an Kara zu denken.

Vergeblich hatte er auf eine Nachricht von ihr gewartet, irgendwann war nicht einmal mehr ihre Mailbox erreichbar gewesen, und er hatte stattdessen Tamecka geschrieben, sie angerufen und nur ein Mal eine Antwort bekommen. Kara brauche mehr Zeit, es sei gerade schwierig, er solle sie nicht bedrängen. Und wieder:

We'll be in touch.

Patrik dachte an die letzten Berührungen, Kara nach dem Stillen mit Ada auf dem Arm, die Flecken auf ihrem Shirt, über den Spitzen des Nike-Logos; wie sie sich auf dem Sofa von ihm weggedreht hatte, wenn er mit seinem Blick zu lange der Ausbreitung der Feuchtigkeit gefolgt war. Er fragte sich inzwischen nicht mehr, wo sie war. Wo auch immer sie sein mochte, es war kein guter Ort, und schon diese Tatsache, dass sie sich an einem konkreten Ort befand, in einer Wohnung, einem Haus, einem Hotel, auf der Straße oder im Auto, dass sie mit Menschen in Kontakt stand, die er kannte oder nicht, ihrem Tag nachging, aß, trank, sich irgendwie die Zeit vertrieb, dass sie vielleicht arbeitete, Geld benötigte, um Dinge zu kaufen, dass sie die Dinge benutzte, die benutzten Dinge an ihre dafür vorgesehenen Plätze stellte, Plätze vorsah, um Dinge abzustellen, die sie gekauft und benutzt hatte; diese Tatsache, dass sie ein Leben führte, machte ihn rasend, und er gönnte ihr keine Sekunde davon.

Keine Sekunde Leben ohne Ada und ihn.

Auf der Decke liegend, atmete er gegen den Hass, machte Konzentrationsübungen, auch der Herbst half ein wenig. Im Park fielen die Blätter, und es wurde kälter, immer weniger Mütter, die ihn an Kara erinnerten, saßen auf der Wiese. An manchen Tagen waren nur Ada und er da, dick eingepackt unter dem Baum. Schon beim Anziehen zappelte Ada vor Vorfreude, ehe sie ganz stillhielt, damit er ihr die vielen Schichten anlegen konnte, dann ließ sie sich ohne Murren im Kinderwagen ablegen und wieder herausnehmen, strahlte ihn an, lachte und kam aus dem Lachen nicht mehr heraus, wenn er sich über sie beugte und mit der Nase ihre Nasenspitze berührte. Manchmal konnte er sie kaum ansehen dabei. So selbstverständlich und unbedingt versuchte sie, ihm alles recht zu machen, dass sein eigenes Unvermögen ihn tief beschämte, die Ungeduld, die immer noch da war, wenn Ada trotz aller Anstrengung doch nicht anders konnte, als vor Hunger oder Schmerz zu schreien, vor Müdigkeit, wenn der Schlaf nicht kommen wollte, obwohl er sie stundenlang über die Wege schob. Der erste Schnee blieb kaum mehr als eine Ahnung, winzige Flocken, die im Moment ihres Aufkommens auf dem Boden bereits verschwunden waren, als hätte es sie nie gegeben. Wochen später fiel der zweite Schnee als wahnwitziger Taumel im grauen Himmel. Nebeneinander lagen sie auf ihrer dicken Thermodecke und starrten in die Unendlichkeit des Raums, versuchten vergeblich, einzelne Flocken mit den Blicken zu fixieren, ihren Bewegungen zu folgen, Muster zu finden, wo keine waren. Ada lag wie gebannt, zuckte und blinzelte mit Verzögerung, wenn die Flocken auf ihrem Gesicht landeten. Er beugte sich über sie und machte ihr vor, wie man sie mit der Zunge auffing, aber sie verstand nicht, was er von ihr wollte, strampelte, bis er ihr Blickfeld freigab und die Welt wie irrsinnig weitertanzte, auf eine ganz andere Art außer sich als sonst. Es waren die letzten Tage vor der Eingewöhnung bei der Tagesmutter. Patriks Magen verkrampfte sich bei dem Gedanken, dabei hätte er sich glücklich schätzen sollen, so kurzfristig einen Platz bekommen zu haben, glücklich über die Aussicht, wieder ohne Ablenkung trainieren zu können, glücklich für Ada, die mit anderen Kindern spielen und in einer Gemeinschaft aufwachsen würde.

»Ihr werdet so viel Spaß haben«, sagte er, erneut über sie gebeugt, »ihr werdet zusammen essen und Quatsch machen, ihr werdet so viel lernen, du wirst da gar nicht mehr wegwollen, glaub mir, das ist das Allerbeste für dich.«

Im Schnee schien Ada alles zu verstehen, lachte ihn an, ein in die Zukunft weisendes Lachen, in dem die Zähne schon zu erahnen, aber noch nicht durchgebrochen waren. Patrik lachte zurück, zwang sich dazu, hob mutwillig die Mundwinkel, bis es irgendwann ging.

Und dann ging es nicht.

Adas Schreie, wenn er die Wohnung der Tagesmutter verließ, Adas Schreie, wenn er zurückkehrte, dazwischen die sich täglich streckende Zeit, fünf Minuten, zehn Minuten, eine Viertelstunde, eine halbe Stunde, fünfundvierzig Minuten, eine Stunde, in der er ziellos durch das Viertel streifte, ohne sich die Topografie einzuprägen. Schon das ein Zeichen. Auch den Menschen, denen er begegnete, sah er nicht ins Gesicht, blieb vollkommen in sich gekehrt, weil er nur an Ada dachte, hoffte, sie möge bei seiner Rückkehr glücklich und zufrieden auf der Spieldecke liegen oder auf dem Arm der Tagesmutter einer Geschichte lauschen. Ein weiteres Zeichen: dass er sich den Namen der Tagesmutter nicht merkte. Er tat alles, was sie von ihm verlangte, verließ die Wohnung, ohne sich noch einmal umzudrehen. Es sei leichter für Ada, wenn er konsequent bleibe, Ada müsse lernen, dass ihrem Schreien nicht nachgegeben werde, erst dann habe sie eine Chance, sich auf die neue Situation einzulassen und anzukommen. Er solle sich keine Sorgen machen. Normalerweise beruhigten sich die Kinder sofort, nachdem die Eltern gegangen waren, von einem Augenblick zum nächsten, als wären sie gar nicht da gewesen.

Aus den Augen, aus dem Sinn.

Draußen auf der Straße wartete Patrik vergeblich auf den Moment, in dem seine Tochter ihn vergaß. Da war kein Stechen in der Herzgegend, keine Welle, die über ihn hinwegging, und er fragte sich, ob Kara in den Tagen und Wochen nach ihrem Verschwinden etwas gespürt hatte, ob sie plötzlich zusammengezuckt war, als Adas Bewusstsein sich von ihr löste, ob sie kurz stehen geblieben war, eine Spiegelung in der Scheibe eines anderen Kontinents. Patrik sah auf die Uhr, fünf Minuten. Er bog auf eine Hauptverkehrsstraße ab, zehn Minuten marschierte er geradeaus, dann bog er wieder ab, brauchte eine Viertelstunde, bis er zu seinem Ausgangspunkt zurückgekehrt war. Eine halbe Stunde saß er auf einer Mauer vor dem Haus der Tagesmutter und beobachtete den vorbeifließenden Verkehr. Adas Verlassenheit, ihr sich täglich streckendes Leid, das er verursachte, indem er im Kleinen wiederholte, was Kara im Großen getan hatte. Gehen und nicht wiederkommen. Und dann doch wiederkommen, an der Tür schon die Schreie, das wund geweinte Bündel auf dem Arm der Tagesmutter, als er den Raum betrat.

Es ging nicht.

Er nahm Ada entgegen, bedankte sich, erklärte, dass er sich nach einer anderen Lösung umsehen würde. Ohne Eile schob er Ada nach Hause. Sie hatten nichts vor, keine Einkäufe, keine Arzttermine, nur die kleine Wohnung, in der sie wie in Bernstein gefasst lebten. Er legte Ada auf ihre Spieldecke neben der Heizung und setzte sich zu ihr, beobachtete, wie sich die Bewegungen ihrer Arme und Beine verlangsamten, als arbeiteten sie gegen einen Widerstand, selbst die Glöckchen am Spielbogen klangen gedämpft, wenn Ada sie eher zufällig als gezielt mit der Hand anschlug. Dann schlief sie ein.

Patrik drückte sich im Seitstütz hoch, immer drängender wurden die Aufforderungen seines Körpers, endlich weiterzumachen. Er kannte die Pläne fürs Aufbautraining, wusste, was ihn erwartete, und war doch nicht darauf vorbereitet, dass es ihm so schwerfallen würde. Im Kraftraum rollte Ada von ihrer Decke und robbte zwischen den Geräten hin und her, am Anfang noch rückwärts, später immer sicherer und schneller vorwärts, bis sie irgendwann völlig unvermittelt unter den Hantelbänken hervorkam und die Wege von Patrik und den anderen kreuzte. Auf der Butterflymaschine sitzend, sah er, wie sie demonstrativ über Ada hinwegstiegen, viel größere Schritte machten, als nötig gewesen wären. Nur Stasi trat einmal fast ihren Kopf weg, als er den rechten Unterschenkel wie einen Hammer nur Millimeter über ihren Scheitel zog. Patrik sprang von der Maschine und schlug ihn mit der flachen Hand ins Gesicht, aber ihm fehlte der letzte Punch. Früher hätte er mit einem solchen Schlag den Kopf von Stasis Schultern gerissen, eine Explosion, die sich aus der Stabilität des Rumpfs und der Oberschenkel entwickelte, wenn er den Oberkörper aggressiv über die Hüfte drehte und die Hand am ausgestreckten Arm mit einer solchen Wucht beschleunigte, dass das Sirren in der Luft deutlich zu hören war. Niedermähen, bestrafen, die Geräte, an denen er hing, aus den Scharnieren brechen, die Muskeln platzen lassen, die Geräte ficken, sich selbst ficken bis zur Erschöpfung, und dann noch drei Wiederholungen. So war es früher gewesen. Jetzt scheiterte er an den geringsten Umfängen. Er trainierte über Mittag und später am Abend, wenn Ada schlief, ein ohnehin schon reduziertes Programm, was er durch ständige Kraft- und Stabilisierungsübungen zu kompensieren versuchte. Das Loch im Oberschenkel, so empfand er die verletzte Stelle, hatte sich in der Tiefe des Muskels zu einem kompakten Schmerz verdichtet, den er immer noch spürte, obwohl der Faserriss längst verheilt war. In mehreren MRTs bestätigten ihm die Ärzte, dass alles in Ordnung sei. Patrik sah die Bilder mit eigenen Augen, glaubte, was er sah, einen Muskel, wie er sein sollte, und dennoch war der Schmerz da, ein neues Zentrum seines Körpers, in das er sich immer häufiger zurückzog, wenn er im Training die Konzentration verlor oder aus einem Spiel zu driften begann, das er auf dem Boden liegend mit Ada spielte. Sein Körper agierte unbewusst weiter; setzte runde Klötzchen in runde Löcher und eckige in eckige, drehte an, brach ab, drehte wieder an, während er den Bewegungen folgte, die nicht seine waren, das Kind betrachtete, das ohne jeden Zweifel seins war, wie es die Klötzchen in den Mund steckte und die unterschiedlichen Formen mit Zunge und Gaumen erfühlte. Ada bevorzugte Dreiecke. Ada bevorzugte Möhren und mochte keine Kartoffeln, schmierte sich den Brei ins Gesicht wie Salbe, genoss das Baden im warmen Wasser und hasste es, wenn er ihr die Haare wusch, hasste zu viel Kleidung, liebte es, nackt durch die Wohnung zu krabbeln, bis er sie einfing und in die Luft warf. Nichts wog sie, obwohl sie immer schwerer wurde. Sie entwickelte sich gut, war aber anfällig für Infekte. Patriks Angst, wenn sie nachts schreiend aufwachte, glühend, und sich übergab, seine Angst, sie könnte ersticken oder einen Fieberkrampf erleiden. Er gab ihr Fiebersaft und machte Wadenwickel, nahm sie zu sich ins Bett. Dann lag er wach neben ihr, lauschte den Geräuschen, die sie machte, und beobachtete ihren Brustkorb, der sich kaum wahrnehmbar hob und senkte, um sie beim ersten Anzeichen eines erneuten Erbrechens über die Schüssel halten zu können. Fast so zerbrechlich wie die ersten Tage ohne Kara waren diese Stunden im Halbdunkel, nur ein kleines Nachtlicht brannte, eine von Leuchtfäden durchzogene Fee mit transparenten Flügeln, die er aus Adas Zimmer mitgenommen und auf seinen Nachttisch gestellt hatte. Ab und zu sah er dorthin; ertrug den Gedanken nur durch dieses Wesen, das sich jederzeit in die Luft erheben und das Zimmer verlassen konnte, so wie auch der Gedanke irgendwann verschwinden würde.

Er hätte sie nie bekommen dürfen.

Alles, wofür er seit seiner Jugend und erst recht nach Athen gearbeitet hatte, war seit ihrer Geburt in weite Ferne gerückt. Es gelang ihm kaum noch, den Wettkampf in Peking zu visualisieren; als Zuschauer fand er sich auf der Gegengeraden wieder, das Vogelnest wie mit Smog oder Nebel gefüllt, kaum zu erkennen die rotierenden Gestalten im Ring, von denen er selbst eine sein sollte. Ab und zu glitzerte etwas im Dunst auf, wenn ein Diskus am höchsten Punkt seiner Flugkurve vom Flutlicht erfasst wurde, aber Patrik sah nicht, wo er aufkam, sah die Weitenanzeige nicht, hörte nichts, kein Klatschen, keine Jubelrufe, nur Adas Wimmern im Schlaf. Solange sie krank war, konnte er nicht trainieren. Er konnte nicht trainieren, wenn er mit ihr zum Arzt musste, trainierte, nachdem sie wieder gesund war, mit doppelter Kraft, versuchte aufzuholen, was er verpasst hatte, übertrieb es und verletzte sich wieder, kleinere Muskelverletzungen, Sehnenentzündungen, kämpfte sich in der Reha wieder heran, sah die Zeit bis Peking auf der Uhr über der Tür des Kraftraums vergehen. Es stank nach Schweiß und Massageöl, Ada jammerte und quengelte, um sie herum Männer mit riesigen, schwieligen Händen, Talkumpuder, der aufstob, wenn sie in die Hände klatschten, das rhythmische Grunzen beim Stemmen der Gewichte. Weit und breit keine Frau, keine anderen Kinder. Die Talkumwölkchen standen in der Luft, und Patrik konnte nicht begreifen, dass Ada sich nie an sie erinnern würde. Ihm graute davor, auch später noch für diese Zeit in ihrem Leben verantwortlich zu sein, entscheiden zu müssen, was er erzählte und was nicht. Würde er ihr irgendwann sagen, dass er sie nachts manchmal schreien ließ, obwohl er längst wach war, an die Decke starrte und dachte, *selbst schuld, wenn du existierst*, dass er sie schreien ließ, während er am Kopfende ihres Gitterbetts hockte, damit sie ihn nicht sehen konnte, dass er dachte, *jetzt weißt du, wie es ist*, und damit Athen meinte? Die gleiche Hilflosigkeit, nachdem sein letzter Versuch zu kurz gewesen war, das gleiche bodenlose Nichts, in das sie hineinschrie, ohne eine Antwort zu bekommen. Dann nahm er sie hoch und drückte sie an sich, trug sie in engen Schleifen durch die Wohnung, bis sie an seiner Schulter eingeschlafen war. Am Fenster stehend, sah er auf die dunkel wogenden Bäume und wusste nicht, was er tun sollte.

Nur die Struktur hielt ihn aufrecht.

Dank der Struktur stand er auch an den trainingsfreien Vormittagen auf und dehnte sich eine halbe Stunde; beim Frühstück hielt er sich streng an den Ernährungsplan, Magerquark mit Früchten, Haferflocken und Proteinpulver, dann ging er mit Ada in den Park und machte seine Übungen, warf unzählige Trockenwürfe, während Ada Gras aus der Wiese rupfte. Der Frühling war eingezogen, die Mütter waren zurückgekehrt und hielten ihre winterblassen Gesichter in die Sonne, selbstvergessen in ihrem Bedürfnis nach Wärme und Licht, sodass Patrik ungestört die kleinen Veränderungen registrierte, eine neue Frisur, neuer Schmuck, tiefere Falten und dunklere Augenringe, flachere Brüste bei denen, die abgestillt hatten. Er fragte sich, wie Kara sich verändert haben mochte, ob sie die Haare geschnitten und zugenommen hatte. Für mehr reichte seine Vorstellungskraft nicht aus. Wie es ihr ging, was sie fühlte, welche Gespenster sie nachts wach hielten, es erschöpfte ihn, auch nur daran zu denken, und er wandte sich von den Müttern ab, legte sich auf den Rücken. Über ihm begannen die Linden zu knospen. Er blinzelte gegen das Licht, schwer und müde vom Training, schwer und müde von der Nacht, in der Ada wie in den Nächten davor gezahnt hatte. Die Blätter verschwammen zu einer hellgrünen Fläche, die vom Wind wie eine Decke aufgeschlagen wurde. Wellen liefen durch den Baum, die Rufe der Kinder standen spitz in der Luft. Neben ihm drückte sich Ada in einen noch immer etwas unsicheren Stand. Vor sich her brabbelnd, entfernte sie sich, geriet ins Schwanken und fiel auf den Hintern, richtete sich wieder auf und tapste weiter über die Wiese in Richtung der Büsche am Rand des Parks, dahinter der Gehweg und die Straße, in nicht allzu weiter Entfernung der Zubringer zur Autobahn und das große, flache Nichts jenseits der Stadtgrenze. Patrik setzte sich auf, um zu sehen, wie weit sie kommen würde. Obwohl sie keine zehn Schritte schaffte, ohne zu fallen, bewegte sie sich zielstrebig, drehte sich nicht um, hielt eine gerade Linie, als wüsste sie genau, was und wohin sie wollte. Sie wurde schon kleiner; ignorierte die herumliegenden Spielzeuge, die Äste, die sie sonst aufhob und sammelte, stieg darüber hinweg, stolperte, kam hoch, tapste weiter. Patrik ließ sie gehen. Er sank auf die Decke zurück, die zitternden Lindenblätter und darüber der taubenblaue Himmel, stand dann doch auf und folgte ihr in langen Ausfallschritten, an deren tiefstem Punkt er die Spannung für einige Sekunden hielt.

Gluteus maximus, Quadriceps femoris, Biceps femoris.

Die Belastung lag voll auf seinem linken Oberschenkel, als hinter ihm ein Kind schrie und er sich gegen die Spannung des Muskels umdrehte, nicht anders konnte, weil das Kind wie Ada schrie, der gleiche beleidigte Stolz, sodass er für einen Augenblick glaubte, Ada wäre noch auf der Decke, obwohl sie zehn Meter vor ihm gerade die Büsche erreichte. Patrik hörte die Sehne reißen, ein Knall, unter dem er zu Boden ging. Er biss sich die Zunge blutig, um nicht zu schreien. Vor ihm griff Ada in einen Busch und bog die Äste auseinander. Ein schmaler Durchgang öffnete sich zur Straße, und Ada machte den ersten Schritt, erschrak, als er nach ihr rief, fiel bäuchlings nach vorne in den Busch, heulte und zappelte, während er zu ihr hinkte, das linke Bein nachziehend, sie beruhigend, indem er nicht aufhörte zu reden und immer wieder ihren Namen sagte, *Ada, warte, alles wird gut, Ada, ich bin gleich da, Papa kommt, warte kurz, Ada, bleib*

»Bitte, bleib.«

Ada, zwölf Jahre alt

Bis in die Leiste strahlt der alte Schmerz im linken Oberschenkel, bei den gemeinsamen Läufen mit Ada spürt er ihn besonders. Sie joggen, die Sonne im Rücken, entlang des Kanals stadtauswärts, halten sich rechts im Schatten der Bäume. Auf dem Wasser ein Glitzern, links überholt ein Radfahrer, angekündigt vom Knirschen der Reifen. Ein schwacher Sog zieht an Patrik, sodass es für einen Moment einfacher zu gehen scheint, dann ist der Mann an ihm vorbei, und Patrik quält sich weiter über den Weg aus gestampftem Lehm. Unvermittelt sprintet Ada los, wendet den Kopf und lacht ihn an, bleibt stehen, tänzelt auf der Stelle, bis er aufgeschlossen hat. Ihre Leichtigkeit, als wäre sie nur eine Fortsetzung der Luft, schwebend, wirbelnd, abhebend mit jedem Schritt, sie scheint den Boden kaum zu berühren, kommt geräuschlos auf und weht in die nächste Position. Er selbst: Erde. Schon als Kind steckte ihm eine Schwere in den Knochen, die sich bei Beschleunigung in ungeheure Wucht verwandelte. Mühelos durchschlug er, als sie einen Ring um ihn bildeten, die verschränkten Arme der anderen Kinder. Ein anderes Mal brach er durch einen Zaun, rammte beim Fußball regelmäßig seine Gegenspieler in Grund und Boden, ohne an den Ball zu denken, der irgendwo hinter ihm liegen geblieben war. Erst das Werfen kanalisierte seine Kraft, gab ihr eine Richtung. Der Diskus verließ seine Hand, stieg im flachen Winkel auf seine parabelförmige Bahn, während er selbst im Ring zurückblieb, ausgeschöpft, weil er alles in den Wurf gelegt hatte, die Augen auf die Scheibe gerichtet, alles dort, nichts mehr in ihm.

»Du armer alter Mann«, ruft Ada.

Er nickt und lächelt, legt den Kopf auf ihre Schulter, atmet durch. So wie das Werfen ihn in einen Rahmen fasste, wird das Turnen Adas Luftigkeit einfangen und ihr Halt und Sicherheit geben. Sie muss es nur richtig machen. Nicht halbherzig oder nebenbei, sondern voller Aufmerksamkeit für ihren Körper und den Moment der sich ausformenden Bewegung. Seit sie zusammen trainieren, denkt er wieder in solchen Kategorien. Hingabe, Disziplin, Konzentration. Endlich eine Sprache, die er versteht und noch immer fließend spricht, obwohl seine aktive Laufbahn so lange zurückliegt. Massiger ist er seitdem geworden, noch immer eine imposante Figur, aber weniger stabil als zu seinen besten Zeiten. Es ist schon vorgekommen, dass er durch einen ungeschickten Schritt aus der Balance geraten ist, deshalb läuft er mit Bedacht, schaut auf den Boden, um die Wellen, Wurzeln und Löcher im Weg rechtzeitig zu erkennen. Ada dagegen hat die Augen überall. Anders als er fliegt sie über die Unebenheiten, hält auch dann ihre gerade Linie, wenn sie in eines der Löcher tritt. Mit dem Training haben die Vergleiche begonnen, und sie gehen nicht gut für ihn aus. Zwei Körper, die sich in unterschiedliche Richtungen entwickeln, auf den Leistungshöhepunkt zu und von ihm weg, Leichtigkeit und Schwere, Erde und Luft. Patrik nimmt den Kopf von Adas Schulter und sprintet los, hinter ihm ihr protestierender Ruf, die leichten, schnell aufholenden Schritte. Seine Waden und Oberschenkel fangen an zu brennen, im linken Knie knackt es bei jeder Streckung des Beins, und doch beschleunigt er gegen alle Vernunft. *Hey*, ruft Ada, während er, ohne auf irgendwelche Gefahren zu achten, über den Weg hetzt. Für ein paar Sekunden hält er sie auf Distanz; überall Schmerzen, in der Hüfte, in der Lunge, keuchend saugt er Luft ein, erhöht ein letztes Mal die Frequenz. Unter seinem Gewicht scheint der Boden zu zittern, bis in die Tiefe muss es spürbar sein, denkt er und wird langsamer, trudelt aus. Über ihm rauschen die Linden, eine endlose Reihe entlang des Kanals. Träge schaukelt ein Blatt herab, setzt sich aufs Wasser und treibt mit dem Wind stadtauswärts. Patrik bleibt schwer atmend stehen, stützt die Hände auf die Knie, sinkt in die Hocke. Ada soll sehen, dass er sein Bestes tut, dass er läuft und erst anhält, wenn gar nichts mehr geht. Sie schließt zu ihm auf, überholt ihn, ohne sich umzudrehen, den Blick starr geradeaus gerichtet, mühelos den Raum zwischen ihnen erweiternd. Wieder die Leichtigkeit, kaum mehr als ein Blatt, Dutzende Blätter im Wasser, die vor ihrer Zeit gefallen sind.

Zu Hause geht Ada als Erste duschen, poltert und rumort hinter der abgeschlossenen Badezimmertür, während er im Wohnzimmer darauf wartet, dass sie fertig wird. Das Bad benutzen sie kaum noch gleichzeitig, nur zum Händewaschen oder Zähneputzen, wenn sie beide angezogen und die Geschlechtsmerkmale bedeckt sind. So steht es in Adas Biologiebuch: Geschlechtsmerkmale. Als sie noch ein Kind war, gab es dieses Wort nicht, selbstverständlich war sie nackt vor ihm, und es musste ja sein, das Eincremen unzähliger Stiche, Sonnenbrände und Hauterkrankungen, jahrelang das Abwischen des Hinterns. Ihre entzündete Scheide versorgte er wie jede andere Verletzung auch, wer sonst hätte es tun sollen. Vier oder fünf war sie damals, vielleicht schon sechs, die Pubertät noch weit, weit entfernt die Befangenheit, mit der er ihr heute begegnet. Manchmal weiß er nicht mehr, wo er hinschauen soll. Aus dem Bad kommt sie in einem knappen T-Shirt und viel zu engen Shorts, stolziert mit einem Handtuch um den Kopf an ihm vorbei, Wassertröpfchen in den Wimpern, Wangen und Stirn glänzend von Creme. Für seine Blicke gibt es nur noch ihr Gesicht als sicheren Ort, bei seinen Umarmungen achtet er darauf, ihre Brust nicht zu berühren. Nie hätte er erwartet, dass Adas Körper so früh aufhören würde, der eines Kindes zu sein, mit vierzehn vielleicht, aber nicht schon jetzt, nicht mit gerade einmal zwölf. Als sie kleiner war, gab es keine Grenze, wo er aufhörte und sie anfing, jetzt drückt er sie nur im Vorübergehen kurz an sich und lässt schnell wieder los, obwohl sie die Nähe heute genauso bräuchte, wie sie es früher getan hat. Immer und überall diese Vorsicht: wenn sie wie jetzt auf dem Sofa liegen und sich nach dem Abendessen eine Castingshow ansehen, die Füße locker in getrennte Decken eingeschlagen, wenn er den Kandidatinnen über den Laufsteg folgt und sich dabei auf ihre Gesichter konzentriert, manche hinter einer Maske aus Unsicherheit verborgen, andere wie aufblühend unter den grellen Scheinwerfern. Wenn er an Carlas Mutter denkt; auch bei ihr nur ans Gesicht, an die nüchterne Tatsache, dass ihre Augen etwas weiter auseinanderstehen, nicht an ihren Körper, den er manchmal vom Fenster aus beobachtet, wenn Mirell vor dem Haus auf Ada wartet, um sie zum Training abzuholen.

In Adas Gegenwart will er kein sexuelles Wesen sein. An den Tagen der Frühschicht befriedigt er sich morgens unter der Dusche, Ada schläft noch, und er hat die Tür abgeschlossen, kein anderes Geräusch als das laufende Wasser, er spült alles sorgfältig ab und reinigt das Haarsieb, bevor er aus der Kabine steigt. Immer seltener fährt er an den Vormittagen der Spätschicht das Laptop hoch; Ada in der Schule, eine Doppelstunde Physik, Englisch, Geografie, auf den Pornoseiten die Kaninchenbaue der Möglichkeiten, in die er nicht mehr hinabsteigt. Er bleibt an der Oberfläche, immer größer wird sein Unbehagen darüber, dass die meisten Darstellerinnen seine Töchter sein könnten. Patrik verdrängt die Gedanken an Ada und klickt auf die erstbeste Frau in seinem Alter, ein amerikanischer *fake*, Plastik und Tinte, und natürlich denkt er an Kara, daran, wie sie sich heute, nach all den Jahren, anfühlen würde. In der hinteren Kammer seines Bewusstseins blitzen die alten Bilder auf, Bilder ihrer Tage und Nächte im Bett, auf dem Küchenboden, im Kraftraum, wo sie sich einschließen ließen und bis zum Morgen in den Geräten hingen. Lange vor Adas Rückkehr ist er fertig, beseitigt alle Spuren. Räumlich und zeitlich getrennt das Mannsein und das Vatersein, auch jetzt auf dem Sofa neben Ada, als fiele es ihm dadurch leichter, sie weiterhin als Kind zu betrachten, die Veränderungen ihres Körpers zu leugnen, zu leugnen, dass sie eine Frau wird, angeschaut und begehrt werden wird, begehren wird, Sex haben wird, in Situationen geraten wird, in denen er sie nicht schützen kann. Er dreht sich zu ihr, unter ihrer Decke ist sie nur eine flache Erhebung, und sie kräuselt die Nase, während die Kandidatinnen nach dem Laufsteg ihre Interviews geben. Auch sie könnten seine Töchter sein. Er sieht ihnen dabei zu, wie sie in der gläsernen Villa in den Hollywood Hills ihre *walks* proben, dort, wo auch die Hochglanzpornos gedreht werden, in genau diesem durchdringend, fast unnatürlich blauen Pool oder dem eines benachbarten Hauses, in dieser weißen Polsterlandschaft oder einer anderen, sieht zu, wie die Mädchen ihr Make-up für den Tag auftragen, in diesem Badezimmer, in dem sonst weibliche Körper gegen die Spiegel und Wände gedrückt werden.

»Weißt du, was Carla und Mirell am Wochenende machen?«, fragt er.

»Nein, warum?«

»Wir könnten die beiden fragen, ob sie am Sonntag mit nach Timmendorfer Strand kommen.«

»Was ist dort?«

»Kitesurfen.«

»Okay. Cool.«

»Fragst du?«

Ada wendet sich vom Bildschirm ab und sieht ihn

an, ein leichtes Stirnrunzeln meint er zu erkennen, aber er hält ihrem Blick stand, zieht die Augenbrauen hoch.

»Ja, mach ich«, sagt sie schließlich. »Die wollen bestimmt.«

Seit dem Wettkampf denkt er immer häufiger an Carlas Mutter. An Mirell. An diese Frau, die Ada vier Stunden in der Woche betreut, in deren Obhut er Ada gibt, ohne viel mehr von ihr zu wissen als das, was Ada erzählt hat. Eine Fremde, die seiner Tochter ganz nahe kommt, wenn sie Ada bei den Übungen in die richtige Haltung biegt oder sich in derselben Umkleide umzieht, wenn sie sie im Auto nach Hause fährt, verantwortlich für Adas Sicherheit, auf der Straße die Verrückten, auf der Rückbank Ada, hoffentlich angeschnallt, wie sie mit leicht gesenktem Kopf und für die Welt verloren auf ihr Handy starrt. Fern kommt ihm seine Tochter in der geschlossenen Fahrzeugkabine vor, abwesend, während Mirell sie durch den Abend fährt und ihre wachsamen Augen immer wieder in den Rückspiegel blicken, um zu prüfen, ob alles in Ordnung ist. Mirells Augenfarbe ist ihm nicht in Erinnerung geblieben, ebenso wenig die Worte, die er vor Adas erstem Training mit ihr gewechselt hat. Dafür ihr Oberkörper: ruhig und kontrolliert bei jeder Bewegung, darin geübt, die Balance zu halten, die Schultern gestreckt, ein leichtes Hohlkreuz, als sie am Rand der Matte die Sprünge ihrer Tochter in Andeutungen begleitete.

Die Gedanken an Mirell machen ihn unruhig. Er wälzt sich unter der Decke von einer Seite zur anderen, strampelt die Füße frei, reibt die Zehen aneinander. Die Fußnägel sind so gepflegt wie zu seiner aktiven Zeit, das verlernt er nicht mehr, auf seine Arbeitsgeräte, seine Hände und Füße zu achten, Einwachsungen zu verhindern, Entzündungen vorzubeugen. Jahrelang war es Kara, die ihm die Nägel machte. Sie legte seinen Fuß in ihren Schoß, strich über den Rist zum großen Zeh, strich über die Fußsohle und lächelte ihn an, bevor sie die Nägel vom großen zum kleinen Zeh schnitt und sie in umgekehrter Reihenfolge feilte, den Staub wegblies, den Fuß eincremte, ihn massierte und fest zwischen ihre Beine drückte.

Patrik zieht den Fuß an, umklammert die Zehen, konzentriert sich auf den Bildschirm. In der Villa versuchen die Mädchen, ihre Verlorenheit mit Stofftieren und Talismanen zu bannen. Allein oder zu zweit kauern sie am Ende eines langen Tages in den Betten und pressen Pandabären an ihre Brust, küssen die Anhänger der Ketten, die sie von ihren Familien bekommen haben. Es sind schon die grünstichigen Bilder der Nachtsichtkameras, und die Mädchen wirken noch blasser und durchscheinender als am Tag, gespenstisch weiß leuchten die Clear-up Strips auf ihren Gesichtern. Sie leiden zunehmend unter stressbedingten Hautreaktionen, während die Pickelchen und Mitesser auf Adas Stirn weniger geworden sind, seit sie mit dem Training auch ihre Ernährung umgestellt hat. Weniger Weißmehl und tierische Fette, freiwillig der Verzicht auf Süßigkeiten. Keine Gummibärchen und Schokoriegel mehr, die sie früher in einer Kiste unter dem Bett aufbewahrt und heimlich gegessen hat. Keine leeren Haribo-Tüten mehr versteckt unter Taschentüchern im Papierkorb. Kein Erröten mehr, wenn er sie erwischt und zur Rede stellt, kein schiefes Grinsen, um ihn zu besänftigen, kein Kopf, der wie ein Katzenkopf an seiner Schulter reibt, bis er lachen muss und alle Verbote zurücknimmt.

Keine Armlänge liegt Ada von ihm entfernt.

Er will sie an sich drücken, bis ihr die Knochen knacken, so wie er es früher getan hat, haucht ihr stattdessen einen Kuss auf die Schläfe und schämt sich fast für die schwächliche Berührung. Ada reagiert kaum, blinzelt den Kuss weg. Patrik rollt auf seine Seite zurück, bis er wieder liegt wie zuvor, dann schaut er mit Ada die Sendung zu Ende, wach und mit großen Augen, obwohl es schon spät ist.

Der Sonntag liegt zur Hälfte unter Wolken, erst gegen Mittag kommt Bewegung in die geschlossene Decke, kurz vor Timmendorfer Strand brechen die ersten Sonnenstrahlen durch. Mit Kara ist er einmal ein paar Tage an der Ostsee gewesen, im Hochsommer, der Strand überbelichtet, die Hitze zu groß für irgendwelche Anstrengungen außer den Drehungen und Wendungen auf dem Handtuch. Sie hatten keinen Strandkorb gemietet. Ihnen genügte ein Platz nahe am Wasser, um den Weg kurz zu halten, doch das Wasser kühlte kaum, ein schwaches Plätschern, während er die normalen Paare um sich herum betrachtete, das normale Fett an Bauch und Oberschenkeln, die fetten Ärsche, normal, zu rauchen und zu saufen, zu fressen, Pommes mit Mayo, die Kippen in der Pappschachtel, im Ketchup-Rest auszudrücken. Karas acht Prozent Körperfett in einem schwarzen oder dunkelroten Bikini, seine dreiundsechzig Prozent reine Muskelmasse in blauen oder türkisfarbenen Badeshorts. Wenn er sich auch nicht mehr genau an diese Tage erinnert, so doch an diesen Sommer, in dem sie gemeinsam perfekt waren, 2003, ein Jahr vor Athen. Rekordtemperaturen, Karas persönliche Bestzeit im Juni bei den Trials in Sacramento.

12,87.

Ein Nichts an Zeit, und doch schien Kara auch Wochen danach noch auf einer Welle der Euphorie zu segeln. Zum ersten Mal verbrachten sie gemeinsam einen ganzen Monat in Deutschland, und Kara holte sich ein Fischbrötchen, hob die obere Brötchenhälfte ab, steckte sich den Matjes in den Mund, kaute, lachte, schüttelte den Kopf, legte die obere Hälfte wieder auf die untere, schob die Pappe von sich. Es war so heiß, dass die Luft über dem Strand flimmerte. Bilder einer gemeinsamen Zukunft blitzten auf, wenn Kara und er im Bett frühstückten, wenn Kara und er langsam vom Strand zum Hotel zurückspazierten, die Taschen über den sonnenverbrannten Schultern. Manchmal dachte er stundenlang nicht an die anstehenden Trainingseinheiten, nicht an die Wettkämpfe, fühlte das Gewicht der Scheibe nicht in der Hand. Er sah Kara an und wusste, dass er sie unter allen Umständen bei sich haben wollte, dachte, *du bist das, was ich sein werde*, übersetzte es, *you are, what I'm gonna be*, und Kara nickte, ohne den Blick aus der Ferne zu nehmen, wo hochgeschossige Apartmentbauten die Sicht auf die Bucht verstellten.

»Timmis Strand in Schieß-mich-tot-Hol-den-Stein«, sagt Mirell.

Patrik, aus seinen Erinnerungen gerissen, zieht die Augenbrauen hoch, schaut sie fragend an.

»Das ist aus einem Buch, *Millie an der Ostsee*. Das haben wir früher immer gelesen. Millie und ihre Schwester Trudel, Papa, Mama. Erst waren die in Stahls Hund, dann auf Hüttensee und der Rückeninsel. In Polterabend waren sie in einem Buddelschiffmuseum. Und überall haben sie dieses Scheißkind getroffen, Moritz, mit seiner Scheißoma.«

»Ich habe keine Ahnung, wovon du da gerade redest.«

»Macht nichts.«

Über dem Wasser zucken die Kites im Wind. Er ist gerade ausreichend, an die vierzehn Knoten, Offshore, sodass sich Böen und Flauten abwechseln, Windlöcher entstehen, in denen die Kites zusammenfallen, bevor sie sich mit dem nächsten Stoß wieder aufblähen. Eine bunte, unruhige Herde. Carla und Ada laufen zum Wasser, die Köpfe im Nacken, während er mit Mirell im Fahrerlager zwischen Kiteboards und Rucksäcken hindurchschlendert, ein Chaos aus Leinen, Klamotten, abmontierten Bindungen, neonfarbenen Kites, halb aus ihren Hüllen gezogen. In kleinen Gruppen stehen die Teilnehmer zusammen oder hocken allein neben ihrem Equipment im Sand. Prächtige Körper: auf natürliche Weise muskulös und geschmeidig, die Haare sonnengebleicht oder pechschwarz, alle Augen blau, alle Zähne weiß, alle Bewegungen sparsam, um vor dem Wettkampf keine Energie zu verschwenden. Sandkörner glitzern auf der gebräunten Haut. Mirells Blicke gleiten über die Körper hinweg, heften sich an sie, Patrik kann es ihr nicht verdenken. Mehr als eine halbe Generation liegt zwischen ihm und diesen Männern, die meisten von ihnen waren Kinder, Grundschüler, als er den Höhepunkt seiner Karriere erreicht hat. Keiner spricht ihn an, keiner erkennt ihn. In ihrer Welt existiert er nur als kurioser Riese, der ungelenk über den Strand tappt, Meniskusschaden im rechten Knie, Schmerzen im linken Oberschenkel, Bandscheibenverschleiß, aber die Frau neben ihm, daran gibt es keinen Zweifel, die Frau neben ihm ist schön. Patrik dreht den Kopf und sieht sie an, ihren Mund, die leuchtend grünen Augen, dann verlassen sie das Fahrerlager und folgen ihren Töchtern zum Wasser. Von hinten sehen sie aus wie Schwestern, die gleichen wippenden Pferdeschwänze, die gleiche überlegene Haltung, stolze Schulterblätter, die sich unter den Shirts abzeichnen. Gerade stellen sie ihre Füße ins Wasser, nachdem sie mit den Zehen die Temperatur gefühlt haben, sinken kaum merklich ein, einen Zentimeter vielleicht, bevor der Sand wieder hält. Über ihnen die Kites, viel näher als erwartet. In der Vorstellung, die Patrik sich von diesem Tag gemacht hat, standen sie weit entfernt an einem blauen Himmel, alles war ihm fern, Ada mit einer Freundin zu sehen, mit einer fremden Frau den Tag zu verbringen. Jetzt geht Mirell so dicht neben ihm, dass sich bei jedem Windstoß die Ärmel ihrer T-Shirts berühren. Eine Böe lässt die Polyestersegel flattern, die Boards durchschneiden die Wasseroberfläche. In der Flaute eine eingebildete Stille, weil mit dem Rauschen in Patriks Ohren die ganze Welt zu verstummen scheint. Eine Sekunde dauert es, bis er wieder hört, das Klatschen der Wellen, die Möwen.

»Schön, dass die beiden sich gefunden haben«, sagt Mirell.

»Ja, das tut Ada gut. Nicht nur Carla, der Sport, die Gruppe, alles.«

»Ihr trainiert viel zusammen, hat sie erzählt.«

»Na ja, viel. Ein bisschen laufen, ein bisschen in der Halle.«

»Ich hab mich schon gefragt, ob du so eine Eislaufmutter bist.«

»Wie ist denn eine Eislaufmutter?«, fragt er.

»Streng, überehrgeizig«, sagt Mirell. »Lebt ihr Leben durch die Tochter, begreift sie als Teil von sich, nicht als eigenständiges Wesen, tut also alles, was sie ihrer Tochter antut, eigentlich sich selbst an. Disziplinfanatikerin. Hornbrille, dicke Pelzmütze, Zobelmantel.«

»Du hast mich ja gegoogelt.«

»Vielleicht habe ich auch nur zu lange darüber nachgedacht.«

»Selbst Eislaufmutter?«

»Nein, gar nicht. Aber eben Mutter.«

»Da denkt man viel.«

»Da denkt man die ganze Zeit. Ist bei Adas Mutter doch bestimmt auch so.«

»Keine Ahnung«, sagt er.

»Was ist denn mit Adas Mutter?«, fragt Mirell.

»Weg. Und Carlas Vater?«

»Tot.«

»Das tut mir leid.«

»Schon gut.«

Eine Weile gehen sie schweigend am Ufer entlang stadtauswärts, vorbei an den Landmarken, Curschmann-Klinik, Sea-Life-Aquarium, Maritim-Hotel, bis der Strand schmaler wird, die Strandkörbe nur noch in Dreierreihen stehen, dahinter Grünwuchs, Bäume. Vor ihnen schlagen Carla und Ada ein Rad nach dem anderen. Sie sind nicht ganz synchron, Carla raumgreifend und in perfekter Streckung, Ada zögerlicher, kompakter, sodass sich der Abstand zwischen ihnen mit jeder Drehung ein wenig vergrößert. Ihre Pferdeschwänze schleifen im Sand, wirbeln ihn auf. Ihre Jeans hat das Wasser bis zu den Waden dunkel gefärbt, ihre T-Shirts haben sie ordentlich in die Hosen gesteckt, damit sie nicht hochrutschen. Panierte Füße, die Flip-Flops achtlos zur Seite geschleudert. Am Übergang zum Grünstreifen haben ein paar Teenager einen kniehohen Wall errichtet. Ein Junge nippt an seinem Bier und schaut aufs Meer, Rauch steigt in drei Fäden auf, die Raucherinnen liegen unsichtbar hinter dem Wall. Aus einem Handy weht leise Musik zu ihnen herüber.

Baby One More Time

»O nein!«, ruft Mirell und schlägt lachend die Hände vors Gesicht. Sie fängt an, sich zu bewegen, leicht und schlängelnd, sieht ihn an dabei, die Arme über den Kopf erhoben, lacht noch einmal, während er längst stehen geblieben ist und mit dem Jungen über das Wasser schaut.

Es ist eine seiner ersten Erinnerungen an Kara:

1999, er hockt in den Katakomben des Olympiastadions in Sevilla an der Wand, aus der Kabine gegenüber dringen Anfeuerungsrufe und eine Basslinie, dann wird die Tür aufgestoßen, und die US-amerikanische Sprintstaffel tanzt in den Gang, perfekt in ihrer Nachahmung der Choreografie des Videos (ein High-School-Flur, Schuluniformen, Britney Spears in ihrer ganzen Präzision), Inger Miller mit einer Boombox auf der Schulter, Kara an fünfter Stelle, wie alle anderen laut mitsingend, und er muss lachen, als nach vielleicht dreißig Sekunden die Choreografie vollkommen in sich zusammenbricht und der Zug an ihm vorbei in Richtung Stadioninnenraum hampelt, jede für sich grölend und wild mit den Armen fuchtelnd, auch Kara, von der er die Augen nicht nehmen kann.

Baby One More Time

Mirell hat aufgehört zu tanzen und streicht sich mit beiden Händen die Haare aus dem Gesicht. Der Wind macht inzwischen, was er will, weht Britney Spears mit dem Zigarettenrauch ins Landesinnere und treibt die Kites auf sie zu. Patrik legt den Kopf in den Nacken, über ihm in den Wolken ein riesiges Loch aus blauem Himmel.

»Ich hab dich tatsächlich gegoogelt«, sagt Mirell.

»Oje.«

»War gar nicht schlimm.«

»Nein?«

»Hast eigentlich einen ganz vernünftigen Eindruck gemacht. Bisschen verkrampft bei den Interviews vielleicht, aber sonst, guter Typ.«

Patrik nimmt den Blick aus den Wolken, sieht Mirell an, lächelt. Er existiert noch im Internet. Sein Ruhm läuft auf YouTube, auf Wikipedia stehen die Fakten, die Google-Suche wirft zahllose Bilder von ihm mit der Silbermedaille im Mund aus. Die Schalte ins *Mittagsmagazin* am Tag nach dem Wettkampf.

Seine Stimme rau und schwer von der Party im Deutschen Haus, Bartschatten und geschwollene Lider, in den Augen eine Wachheit, die nur er selbst erkennt, weil er sich daran erinnert, dass er noch in derselben Nacht, während die anderen feierten, seinen Blick bereits vier Jahre nach vorne, auf Peking, gerichtet hatte. Ein Foto von der Medaillenzeremonie: Alekna, Tammert und er auf dem Siegerpodest, Lorbeerkränze in den Haaren. Alekna für seine Verhältnisse entspannt, rechts der schläfrige Tammert, er selbst auf den Zehenspitzen stehend, aufrecht, das Kinn erhoben, um den Abstand zu Alekna in der Mitte so gering wie möglich zu halten. Sein Lächeln flankiert von den heraustretenden Kieferknochen.

»Dann weißt du ja schon alles über mich«, sagt er.

Es dauert fast eine Woche, bis er Mirell wiedersieht.

Er hat Frühschicht, im Hochregallager trägt Cosmin ein grellgelbes Shirt unter der grauen Latzhose. »Da geht die Sonne auf, Digga«, ruft er, als er Patriks Blicke bemerkt, breitet die Arme aus, dreht sich um die eigene Achse. In der Pause am Montag trinken sie zum ersten Mal einen Kaffee zusammen, setzen sich dann die ganze Woche über um neun in den Schatten einer Außentreppe vor die Halle und schlürfen die dünne, kochend heiße Automatenbrühe. Am Dienstag erklärt Cosmin ihm die Johannisbeeren und die Brombeeren, beides wächst in seinem Garten, *Männerfrüchte und Frauenfrüchte, kein Scheiß*, sagt er, *hat was mit der Säure zu tun, die Ladies sind basisch, musst mal drauf achten, was sie für ein Gesicht machen, wenn sie Johannisbeeren essen, und wie sieht's bei dir aus,* fragt er, und Patrik muss sich auf die Zunge beißen, um Mirell nicht zu erwähnen. Er schüttelt den Kopf, lächelt, erzählt von Ada, dass sie seit zwei Monaten turnt, dass er Fortschritte erkennen kann, dass er ihren Ehrgeiz mag, wie er sich vor seinen Augen als ein neuer Charakterzug herausbildet, den er bisher nicht gekannt hat.

»Die hat manchmal richtig Biss in der Art, wie sie sich bewegt«, sagt er, »weißt du, was ich meine, nicht dieses Larifari, dieses Rumgeeiere. Die haut richtig rein.«

Nach dem Mittwoch will sie auch am Donnerstag mit ihm laufen gehen, und er zögert nur kurz, bevor er nickt und sich erneut die Laufschuhe bindet. Sie laufen konzentriert, albern nicht herum. Die Einheit des Vortages steckt ihm noch in den Beinen, und er kommt zu schnell ins Laktat, Adas Frequenz bringt ihn aus dem Rhythmus, sodass er sie davonziehen lassen muss, bis er nur noch das eigene Keuchen, die eigenen schweren Schritte hört. Vögel schrecken aus den Bäumen entlang des Kanals, im Unterholz raschelt es, wie aufgescheucht die Gedanken an Mirell. In den Büschen hängen die Rattengiftzettel. Alle paar Meter leuchten sie orange und in vier Sprachen, deutsch, englisch, türkisch, polnisch: Kinder und Haustiere von dem Köder fernhalten. Bei versehentlicher Aufnahme Ruhe bewahren und einen Arzt aufsuchen. Ganz unten die Nummer des Giftinformationszentrums Nord mit Sitz in Göttingen.

Am Freitag bringt er Ada zum Training, ohne Mirell zu begegnen.

Er wirft einen Blick in die Halle, aber er entdeckt

sie nicht, die Enttäuschung darüber rumort überraschend tief in seinem Magen, während er im Abendverkehr stockend und von jeder Ampel angehalten nach Hause zurückfährt. Er nimmt einen Umweg über Straßen, die er nicht kennt, durch Viertel, in denen er noch nie gewesen ist. Mirell ist da und nicht da, so gegenwärtig, als säße sie neben ihm, und im nächsten Augenblick nur noch eine Idee, über die er den Kopf schüttelt. Anderthalb Stunden ist er unterwegs. Er parkt vor dem Haus, wundert sich über sich selbst, als er die Gedanken an Mirell mit in die Wohnung trägt. Sein Bewusstsein, wenn es eine Behausung ist, nimmt nur ungern Menschen auf. Nach Kara hat er keine Frau mehr hereingelassen, die Unversehrtheit der von ihm geschützten Räume, Adas Zimmer, Flur, Bad und Küche, das Wohnzimmer, in dem er abends, wenn Ada schläft, das Sofa auszieht und sein Bett macht. Er legt die Schlüssel in die Schale auf dem Schuhregal, zieht die Schuhe aus und stellt sie ins Regal. In seiner Hosentasche vibriert das Handy, Ada.

»Kann ich bei Carla übernachten«, ruft sie atemlos, »bitte! Morgen ist doch keine Schule, für Mirell ist es okay. Bitte, ja, oder?«

»Erst mal hallo.«

»Ja, hallo.«

»Du hast doch überhaupt keine Sachen da. Und ich wollte für uns kochen.«

»Ja, trotzdem.«

»Gib mir mal Mirell, bitte.«

Ada reicht das Handy weiter, Knistern im Lautsprecher, Getuschel im Hintergrund, dann Mirells Stimme.

»Für mich ist das in Ordnung, überhaupt kein Problem.«

»Wirklich?«

»Ja, klar. Ist doch schön für die Mädchen.«

»Gut, dann bringe ich später Adas Sachen vorbei.«

»Musst du nicht. Carla soll ihr was geben. Eine Zahnbürste haben wir bestimmt auch noch.«

»Sie braucht aber nachts ihre Spange. Ist kein Ding, ich bring das vorbei.«

»Okay, dann bis später. Ich freu mich.«

Mit Mirell an diesem Abend.

Ein Wind geht durch die Straßen und streicht die Hitze aus, es ist dunkel und mild, barfuß sitzen sie auf dem Balkon, vier Stockwerke über der Stadt. Auf dem Balkontisch stehen zwei Gläser und eine Flasche Weißwein, die nur noch zu einem Drittel gefüllt ist.

»Soll ich es fallen lassen?«, fragt Mirell.

Ihre Hand mit dem leeren Glas baumelt über dem Geländer, ihr Blick geht nach unten, wo späte Spaziergänger unterwegs sind, allein oder zu zweit, ab und zu steigen ein paar Worte zu ihnen hinauf, ab und zu ein Lachen, wie alle Geräusche schwebend und distanzlos in der Dunkelheit. Das Klirren des Glases, wenn sie es wirklich fallen ließe. Vergeblich wartet Patrik auf den Aufprall, bis Mirell endlich die Hand zurückzieht und das Glas auf den Tisch stellt.

»Natürlich machen wir so einen Quatsch nicht«, sagt sie. »Was sollen unsere Kinder von uns denken.«

»Wir sind schließlich vernünftige Leute.«

»Sind wir wirklich. Im Ernst jetzt.«

Sie beugt sich vor und fixiert seinen Blick, die Ellenbogen auf den Tisch gestützt, das leere Glas in beiden Händen.

»Wir können uns ja gar nichts anderes erlauben. Morgen früh stehen sie da und wollen frühstücken, da springt keiner für uns ein, wenn wir unvernünftig waren, die wollen trotzdem essen und ihren Kakao trinken, und dann tut ihnen irgendwas weh, oder, Gott bewahre, sie kriegen ihre Tage, das kommt ja jetzt auch, und dann will ich uns mal sehen, ob wir da nicht lieber vernünftig bleiben.«

Patrik nickt, lehnt sich zurück, schaut Mirell an, die nach ihrem letzten Satz gedankenverloren das Glas in den Fingern dreht.

»Entschuldige, wenn ich labere, ich hab schon einen im Tee«, sagt sie.

»Laber ruhig, ich hör dir gern zu.«

Es kommen keine Worte und Schritte mehr von unten. Mirell schenkt nach, und er trinkt einen großen Schluck, streckt gleichzeitig wie sie die Beine aus. Ihre Füße berühren sich, keiner zuckt zurück.

»Bleibst du?«, fragt Mirell.

»Nicht, wenn Ada da ist.«

Mirell nickt, und sie sitzen noch eine Weile da, lächeln ab und zu über das, was gerade passiert, schauen sich an, schweigend, trinken, bis die Flasche leer ist. An der Tür, nachdem er Ada und Clara eine gute Nacht gewünscht, Ada umarmt, Ada ermahnt hat, die Spange zu tragen, küssen sie sich zum Abschied auf die Wange. Auf der Straße schwankt Patrik ganz leicht, fast zärtlich im Wind, weil er den Alkohol nicht gewohnt ist.

Zu Hause pocht Mirell in seinen Schläfen, rauscht sie in seinem Blut. In der leeren Wohnung ist sein Hitzeempfinden viel stärker als draußen auf ihrem Balkon, sodass er unter die kalte Dusche steigt und sich danach im Dunkeln trocknen lässt, am Fenster zur Straße stehend, die Lichtkegel der Laternen betrachtend, wie sie an den Rändern zur Nacht ausfasern, nicht zu bestimmen, wo es noch hell, wo es schon dunkel ist. Wie irre umschwirren Wolken aus Nachtfaltern das Licht. Er ist wach, wie angezündet. Es ist ihm unmöglich, zu schlafen, still im Bett zu liegen oder vor dem Fernseher zu sitzen, unmöglich, noch länger reglos am Fenster zu stehen, also geht er in die Küche und nimmt eine Flasche Wasser aus dem Kühlschrank, setzt sich an den Tisch. Nackt und allein in der Dunkelheit ist ihm sein Körper überdeutlich bewusst, schwer und kompakt, die Beine gespreizt, die Ellenbogen auf die Knie gestützt. Alle Erinnerungen sind entlang der Wirbel im Rückgrat konzentriert, alle Ängste sitzen fest in der Lunge, alle Sehnsüchte regen sich im Unterleib. Er denkt an die Berührung ihrer Füße unter dem Tisch, fasst seinen Schwanz an und lässt sofort wieder los, öffnet die Flasche, trinkt in großen Schlucken. Wasser läuft ihm übers Kinn, tropft auf seinen rechten Oberschenkel. Im Bad ertastet er das Handtuch und nimmt es vom Haken, wischt sich trocken, hängt es blind wieder zurück. Er benötigt die Sinne kaum mehr in dieser kleinen Welt; es ist einfach, sie zu beherrschen, sechsundfünfzig Quadratmeter und ein einziger Mensch, um den er sich kümmern muss. Ein schwaches Restlicht erhellt die Wände und Möbel im Flur. Vor Adas

Zimmer bleibt er stehen, lauscht an der Tür, wie er es seit ihrer frühesten Kindheit tut, dann erst fällt ihm ein, dass sie nicht da ist. Er betritt das Zimmer, nur für die Wäsche kommt er noch hierher und alle zwei Wochen zum Putzen, nie in der Nacht, warum auch. Dann, noch mehr als am Tag, ist es Adas Reich, dunkler als der Rest der Wohnung, weil das einzige Fenster nach hinten zu den Gärten geht. Stiller, so kommt es ihm vor, ohne Ada und ihre Träume unter der dünnen Decke.

Ihre Abwesenheit in allen Dingen.

Sie scheinen ihn zu fragen, *wo ist sie*, fast anklagend, als wäre es seine Schuld, dass sie nicht da ist. Seit seiner Operation am Oberschenkel haben sie jede Nacht unter einem Dach verbracht. In der vierten Klasse verpasste sie die Klassenfahrt wegen eines Infekts in letzter Sekunde; fast war er dankbar, als sie in der Nacht vor der Abfahrt mit Fieber und Ohrenschmerzen zu ihm kam, zitternd, wimmernd, ganz leise hoffend, sie könnte rechtzeitig bis zum Morgen wieder gesund werden. Er gab ihr Fiebersaft, ließ sie trinken, nahm sie in den Arm, bis das Ibuprofen zu wirken begann, auf diesem Bett, in einer anderen Wohnung, schlief selbst nicht mehr ein, weil der Tag schon grau durch die Ritzen des Rollladens dämmerte.

»Bei Mirell«, sagt er zu den Dingen.

Sie ist bei Mirell, wird gegessen haben, wird getrunken haben, wird mit Carla am Handy gespielt und sich danach im Bad für die Nacht fertig gemacht haben, wird die Spange eingesetzt haben, wird die Spange wieder herausgenommen und mit Carla im Bett einen Film auf dem Tablet geschaut haben, wird vergessen haben, die Spange wieder einzusetzen, und ohne Spange das Licht gelöscht haben, wird murmelnd eingeschlafen sein, unruhig zunächst und mit zuckenden Muskeln, dann so tief, dass nichts sie mehr weckt, kein Gedanke, den er an sie verschwendet, kein Geräusch, das er mit den Fingerknöcheln an ihren Türrahmen klopfend macht. Bei Mirell ist sie nicht weniger in Sicherheit als hier. Er wirft einen letzten Blick auf die in der Stille wartenden Möbel, verlässt das Zimmer, geht ins Bad und putzt sich die Zähne, wäscht sein Gesicht. Im Wohnzimmer zieht er das Sofa aus und macht sein Bett, geht noch einmal zur Toilette, bevor er sich hinlegt und hellwach an die Decke starrt. Normalerweise schaut er sich an irgendwelchen Filmen müde, heute fürchtet er, die Darstellerinnen könnten Mirells Gesicht überlagern, das, sobald er die Augen schließt, in aller Klarheit vor ihm steht. Er ist froh, dass seine Lust zurückkommt, und er holt sich einen runter, aber auch danach schläft er nicht ein, steht noch einmal auf und duscht sich ab, schaltet den Fernseher an und nach fünf Minuten wieder aus.

Mit Mirell in dieser Nacht.

Er träumt von ihr, seltsame Dämonenträume, in denen sie ihn bedrängt, während sie auf dem Balkon wie im Korb unter einem Heißluftballon sitzen, hoch über der leuchtenden Stadt, alle paar Sekunden donnert eine Flamme aus dem Gasbrenner auf dem Tisch, und Mirell drückt ihren Fuß zwischen seine Beine, obwohl er ihn immer wieder mit der Hand wegschlägt. Träume vom Hund, Mirell streichelt den Hund, Mirell nimmt den Hund hoch, Mirell legt sich den Hund um die Schultern und geht mit ihm durch die Felder davon. Mehrfach schreckt er hoch, schweißnass, mit trockenem Mund. In der Küche trinkt er Wasser aus dem Hahn und denkt an Ada, eine aufflatternde Furcht, aber was soll ihr jetzt, um 4.53 Uhr, geschehen, was kann passieren außer einer ungeschickten Drehung im Schlaf?

Sein letzter Traum vor dem Aufstehen: Mirell erklärt Ada die Wölfe. Krabbelt, den Mond anheulend, auf allen vieren über den Balken.

Mirell fragt:

»Wann warst du das letzte Mal aus?«

»2006.«

»Dann wird's aber echt Zeit.«

»Und was machen wir mit den Mädchen?«

»Über uns wohnt eine Freundin von mir, der sag ich Bescheid. Wenn irgendwas ist, können sie bei ihr klingeln. Und Handys gibt es ja auch noch.«

»Aha.«

»Mit Carla hab ich das schon hundertmal gemacht. Sie können Pizza bestellen und Filme gucken, das finden die super, glaub mir.«

»Finde ich das auch super?«, fragt Patrik.

»Komm schon!«

»Na gut.«

»Braver Junge«, sagt Mirell.

An einem Samstag gegen halb sechs, nachdem er sich von Ada verabschiedet und ihr eingebläut hat, dass sie keinen Quatsch machen soll, an ihre Spange denken soll, anrufen soll, wenn irgendetwas ist, verlassen sie die Wohnung und gehen zur U-Bahn. Es ist einer der heißesten Tage; metallischer Schweiß an den Haltestangen, Wellen von Axe um die großporigen Jungs, Fruchtshampoowolken über den Mädchen, die Geräusche ebenfalls in Wellen und Wolken: Hiphop und Gossip übergongt von der Ansage der Haltestellen, kurz bevor die Bahn abbremst und Mirell gegen ihn fällt. Er spürt ihre Brüste, versucht, sich treiben zu lassen. Im Pfropf der Feierwilligen taumelt er aus der Bahn, geht an Mirells Hand über den Platz vor der Station, vorbei an den Straßenmusikern im Schatten der Unterführung, an mit Plakaten überklebten, vollgesprayten Wänden. Über ihren Köpfen die Bahn, donnernd auf den Bohlen und knirschend in den Fugen der Stahlträger, und er versucht, sich treiben zu lassen, aus der prallen Sonne ins Zwielicht des libanesischen Restaurants, in das Mirell ihn führt, an einen Tisch in der Ecke, auf einen Stuhl mit kunstvoll geschwungener Lehne. Er zieht sein Handy aus der Tasche und beugt sich vor, sieht nach, ob Ada geschrieben hat.

»Früher, also vor Carla, hätte ich dir jetzt sofort was in den Mund gesteckt«, sagt Mirell.

»Was denn?«

»Eine Pille.«

»Und dann?«

»Dann wärst du von universeller Liebe durchflutet worden, hättest dich entspannt und dir keine Sorgen mehr um deine Tochter gemacht.«

»Ich mach mir keine Sorgen.«

»Dann stell dein Handy aus«, sagt Mirell und zieht herausfordernd die Augenbrauen hoch. »Ich lasse meins an. Wenn was ist, können sie uns erreichen.«

Patrik schaltet das Handy aus, zeigt ihr das schwarze Display.

»Und, zufrieden?«, fragt Patrik.

»Und, schlimm?«, fragt Mirell.

»Ein bisschen«, sagt er.

Sie beugt sich über den Tisch und küsst ihn, steht auf, geht zur Theke. Der Sog des toten Handys ist gewaltig. Patrik dreht es zwischen den Fingern, Mirell kommt mit vier Gläsern Schnaps zurück, stellt ihm zwei hin. Dunkel sind ihre Augen, die sie zum ersten Mal, seit er sie kennt, mit etwas Kajal geschminkt hat.

»Zur Belohnung«, sagt sie.

Sie kippen den ersten, kippen den zweiten, der Kellner kommt, und Mirell bestellt eine Flasche Weißwein, die sie wie Wasser trinken, so kalt ist er, so leicht fließt er über ihre Zungen. Sie teilen sich Mezze aus kleinen Schälchen und sprechen über ihre Familien. Mirell hat einen älteren Bruder, der als Immobilienmakler in Wiesbaden lebt und mit ihr nie über Geld spricht, sich diskret um die Kosten für die Unterbringung ihrer Eltern im Pflegeheim kümmert, Carla nur ganz bescheidene Geschenke macht, um sie nicht zu beschämen.

»Der zieht sogar seine Rolex aus, wenn wir ihn besuchen«, sagt Mirell, »damit ich auf jeden Fall kapiere, dass er es geschafft hat und ich nicht.«

»Gott sei Dank bin ich ein Einzelkind«, sagt Patrik.

»Was ist mit deinen Eltern?«

»Die sind vor sechzehn Jahren gestorben, ganz kurz hintereinander. Ich habe immer gedacht, das gibt's nicht, das ist eine romantische Verklärung, obwohl es ja fast was Tierisches hat, wenn der eine die andere wie Futter oder Wasser zum Leben braucht. Aber bei meinem Vater war das tatsächlich so. Kein halbes Jahr hat er es mehr ausgehalten, dabei war er körperlich eigentlich noch fit.«

»Der konnte einfach nicht alleine sein«, sagt Mirell.

Sie sprechen über das Alleinsein mit ihren Töchtern. Wie es alles durchdringt, Arbeit, Freizeit, das eigene Alleinsein, das keines mehr ist, weil die Verantwortung keine Minute, keine Sekunde abgegeben werden kann. In manchen Nächten, sagt Mirell, trage sie die Gedanken und Gefühle für Carla so schwer im Unterleib, als wäre sie noch einmal schwanger. Sie erzählt ihm von Carlas Vater, ein Tumor im Kopf, ein paar Monate, um sich auf seinen Tod vorzubereiten. Sie habe sich dazu gezwungen, habe in den Momenten an seinem Bett, in dem er grau vor Schmerzen immer weniger wurde, an die Zeit nach ihm gedacht, an die Zeit mit Carla allein, daran, was das Wichtigste sein würde, sobald er gegangen wäre. Dem Kind Liebe geben. Dem Kind Halt geben. Dem Kind einen Alltag geben. Dem Kind zeigen, dass es weitergeht, dem Kind die Erinnerung an den Vater bewahren, dem Kind den Vater nicht ersetzen, aber die Aufgaben des Vaters ersetzen, Wochenplanung, Amtsgänge, Broterwerb. Dem Kind einen Witz erzählen, damit es das Lachen nicht verlernt.

»Und wo warst du in dem Ganzen?«, fragt Patrik.

»Tja, das war das Problem«, sagt Mirell.

Sie erzählt den Witz:

»Kommt ein Mann zum Arzt mit einer Ente auf dem Kopf. Fragt der Arzt: Wie ist das denn passiert? Sagt die Ente: Ich muss irgendwo reingetreten sein.«

Leicht gerötet sind Mirells Wangen, als schämte sie sich für die Pointe. Der Alkohol hat ihren Blick silbrig gemacht, funkelnd in der Tiefe, wo die Erinnerungen liegen. Sie leert ihr Glas in einem Zug, stellt es ab, schaut ihn an. In jeder Geste, jedem Wort scheint auf, was hätte sein können und nicht gewesen ist. In Mirells Hand alle Hände, die sich nicht tröstend auf Adas Arm gelegt haben. In Mirells Lippen alle zur Nacht verweigerten Küsse, in ihrer Brust die Milch, die Ada nie getrunken hat.

Er ruft den Kellner und bezahlt, tritt hinter Mirell in die noch immer gleißende Sonne, kneift die Augen zusammen vor den Möglichkeiten, die sich als Hitzeblüten hinter seinen geschlossenen Lidern auftun.

Zu sprechen.

Zu lachen.

Zu trinken und betrunken an Mirells Seite über das Schulterblatt zu spazieren, wie er neben Kara in Barcelona über die Rambla spaziert ist, mit derselben Lust, Geräusche und Gerüche wahrzunehmen, aus den Bars und Kneipen schallende Musik, Frittierfett, Zigaretten, mit derselben Lust, Menschen anzuschauen und ihren Blicken zu begegnen. Eine im Körper an- und abschwellende Wärme, so stellt er sich die Wirkung der Pille vor, die er mit der Zunge aus Mirells Mund nehmen würde. Er hält sie an, küsst sie auf offener Straße. Sein Herz schlägt, wie es auf der Rambla geschlagen hat, oder bildet er sich das nur ein, erinnert er sich in Mirells Gegenwart an alle Momente mit Kara falsch? Verrückt nach ihr, verliebt wie ein Teenager auch nach Jahren noch, gab es das je?

Gab es das je, dass er an einem Frühlingsabend in Barcelona mit Kara im Strom der Menschenmenge trieb, dem Leben ohne Widerstand folgte, zum ersten Mal sein endloses Fließen spürte, nicht sequenziert, nicht in Versuche unterteilt, nicht als Drehung im Ring um sich selbst, sondern vorwärts, mit Kara, für immer? Einen Moment lang gerät sein Bild von ihr ins Wanken, das Bild von Kara und ihm unter den einander zugeneigten Platanen wankt, die Straße wankt, er wankt mit Mirell in seinen Armen und fragt sich, ob sie gerade seine Vergangenheit umschreibt und was für eine ungeheure Macht das wäre, jetzt und hier die Dinge zu ändern, die längst geschehen sind.

»Bist du noch da?«, fragt Mirell.

Er ist noch da.

Er ist da, auf der Reeperbahn zwischen Junggesellenabschieden und Jack-Wolfskin-Touristen, ist da am Kiosk, um Bier zu kaufen, da auf der Treppe, die hinunter zum Hafen führt. Dealer mit Bauchtaschen stehen in kleinen Grüppchen oder aufgereiht auf den Stufen, nur einer sitzt wie sie auf dem Treppenabsatz, raucht, die Arme auf die Knie gestützt, und lässt den Blick über die Docks und die gestapelten Container gleiten. Patrik ist da, als hinter den Kränen die Sonne untergeht. Es wird nicht richtig dunkel, die Arbeit an den Schiffen geht nachts weiter, an den Schweißnähten fliegen Funken auf, Metall kreischt auf Metall. Er ist da, an zwei Orten gleichzeitig, betrachtet mit Kara die weißen Jachten im Hafenbecken, legt einen Arm um Mirells Schultern, als hätte es die Zeit dazwischen nicht gegeben, als säße er um die Jahre mit Ada erleichtert fast schwerelos auf den Stufen.

Mirell fragt den Dealer nach einer Zigarette, dann ziehen sie weiter, durch zwei oder drei Bars, in einen mit Spiegeln und rotem Leder ausgekleideten Club, aber die Schwerelosigkeit kommt nicht wieder. Mirell schiebt eine Hand unter Patriks Hemd, schreit ihm über die Musik hinweg ins Ohr, dass sie tanzen will. Lachend schüttelt er den Kopf, eine absurde Vorstellung, trotz des Rauschs, lässt sich dennoch auf die Tanzfläche ziehen und verharrt dort zum Standbild gegossen, während er Mirell beobachtet, wie sie hierhin und dorthin fließt. Dass er einmal eine Bewegung nahezu perfekt beherrscht hat, für anderthalb Sekunden vollkommen eins war mit der Drehung im Ring, und jetzt daran scheitert, die Füße vom Boden zu heben. Er versucht es; schließt die Augen und schwankt mit den Bässen, mobilisiert die Hüfte und beschleunigt über die Schulter. Stroboskop-Blitze durchdringen seine Lider, fremde Körper stoßen ihn an und weichen zurück, als er sie mit seinen dreschenden Armen zur Seite fegt. An der Bar nehmen sie einen letzten Shot, beschließen, sich ein Taxi zu leisten, das fast geräuschlos durch die Nacht gleitet. Die Lichter der Stadt sind die Lichter irgendeiner Stadt. An den Fassaden klettert Patriks Blick über die Gebäudekanten hinauf in den nachglühenden Himmel, gerade lag der Tag noch brennend über allem, jetzt kühlt er aus. Seine Stirn an der Scheibe, Mirell an ihn gelehnt, sodass er ewig fahren möchte, suspendiert in der Zeit, schwebend zwischen den Zuständen. Viel zu plötzlich erscheint ihm die Ankunft, sie werden aus dem Taxi geworfen, auf die Straße, *grob*, sagt Mirell und klammert sich an seinen Arm. An der Haustür treffen sie das Schlüsselloch nicht, stolpern ins Treppenhaus, brauchen auch an der Wohnungstür eine Ewigkeit.

Im Flur steht Ada mit weit geöffneten Augen.

Aus ihrem Nachthemd hängen die Arme herab, schemenhaft wirkt ihre Gestalt, als wäre sie unter dem Stoff aus Nebel gemacht, nicht zu greifen, wie sie auf ihn zukommt und dabei unverständlich murmelt, auf ihrem Gesicht kein Ausdruck, nur ihre Züge, Augen, Nase, Mund, die ohne Halt in der Düsternis des Flures schweben.

Sanft legt Patrik eine Hand auf ihre Schulter.

Nicht ansprechen soll man die schlafwandelnden Kinder, ins Bett soll man sie führen, damit sie zwischen den Kissen in eine sichere Tiefe zurückfinden und unter der Decke bis zum Morgen liegen, traumlos, so hofft er, damit nichts bleibt von der Nacht.

Ada, ein Jahr alt

Ada beruhigte sich nicht.

Sie schrie wie auf Zweige gespießt, schlug selbst dann noch wild um sich, als Patrik sie endlich erreichte und aus den Büschen zog. Das verletzte Bein knickte unter ihm weg, und sie fielen hin, wieder biss er in den Schmerz, schützte Ada, indem er sie an seine Brust drückte und sich im Sturz leicht auf die Seite drehte. Die Mütter im Park glotzten, kamen aber nicht näher. Mühsam zog er das Handy aus der Hosentasche, betete, dass Tom rangehen würde. Er sagte ihm, wo er war, dass er Hilfe brauchte, lag dann mit Ada, die sich in seinem Arm langsam beruhigte, still unter den Bäumen und wusste, dass etwas Schlimmes passiert war.

Eine Operation war unumgänglich.

Sein Arzt besorgte ihm für den übernächsten Tag einen Termin in der Uniklinik, Tom fuhr sie von der Praxis nach Hause, ließ sich den Schlüssel geben und trug Ada nach oben, während Patrik im Auto wartete und den Hinterkopf gegen die Kopfstütze schlug. Er brüllte. Manche brüllten, nachdem der Diskus ihre

Hand verlassen hatte, als könnte der Schall ihn über seine Flugbahn hinaus noch ein paar Zentimeter weiter tragen, Patrik hingegen drehte jedes Mal stumm aus und verließ den Ring ohne äußerliche Regung. Auf der Straße liefen Kinder über eine grüne Ampel, an der Hauswand gegenüber stand ein Handwerker auf einer Leiter und ging unbeirrt seiner Arbeit an einem Fensterrahmen nach. Patrik brüllte, schlug den Kopf gegen die Stütze. Tom stützte ihn im Treppenhaus, führte ihn zum Sofa, bereitete nach seinen Anweisungen das Mittagessen für Ada zu. Als wäre nichts gewesen, saß sie am Tisch und aß, zeigte ihm den Löffel, patschte in den Teller. Er lächelte ihr zu, rief in der Klinik an und sprach mit der Patientenaufnahme, wurde zur Krankenhausverwaltung durchgestellt und von dort zur Leitung der chirurgischen Station, erklärte, wer er war, fragte, ob sie ihm ein Kinderbett für seine Tochter ins Zimmer stellen konnten.

»Wie alt ist Ihre Tochter denn?«, fragte die Frau am Telefon.

»Etwas über ein Jahr.«

»Gut, hören Sie zu. Sie werden anästhesiert, Sie werden operiert, danach liegen Sie und dürfen eine Weile nicht aufstehen. Wie wollen Sie sich um ein einjähriges Kind kümmern?«

»Das lassen Sie mal meine Sorge sein.«

»Leider ist das meine Sorge, wenn sich meine Leute im laufenden Betrieb auch noch mit einem Kleinkind rumschlagen müssen. Nichts gegen Ihr Kind, ist bestimmt ein tolles Kind, aber das ist mir erst mal egal. Keine Chance. Es wird ja wohl eine Mutter geben.«

Patrik beendete das Gespräch, starrte an die Decke. Mühsam, Zentimeter für Zentimeter, drehte er sich zu Ada und Tom und sah ihnen zu, wie sie auf dem Boden hockten und Stofftiere sortierten, wusste, dass die Frau recht hatte.

»Wir nehmen sie, kein Problem«, sagte Tom und tupfte die Schnauze eines Teddybären sanft gegen Adas Nase.

Am übernächsten Morgen fuhren sie gemeinsam zur Klinik, der Abschied ein steiles Gefälle zwischen dem, was Patrik verstand und seine Tochter nicht, seine Niedergeschlagenheit und ihr fröhliches Geplapper, als er sie vor dem Klinikeingang in Toms Arme gab. Er hatte ihm und seiner Freundin eine Anleitung für Ada geschrieben, was sie gern aß, wann und wie viel, wann und wie sie ins Bett zu bringen war, hatte die Lieder aufgezählt, die er ihr abends vorsang, und die Aufzählung mitten im Satz abgebrochen. *Danke*, hatte er nur noch geschrieben, *ich vergesse das nicht*. Etwas in ihm hoffte, dass es nicht funktionieren würde. Dass Tom am nächsten Tag blass und übernächtigt zu ihm kommen würde, um ihm zu sagen, dass Ada ohne Unterbrechung schrie und nichts sie beruhigen konnte, dass sie sich die Augen aus dem Kopf heulte, weil er nicht bei ihr war. Eine Anästhesieassistentin desinfizierte seinen Arm, bevor sie einen Zugang legte, und er verfolgte das Eindringen der Kanüle in die Vene, wie der Stahl das Gefäß weitete und sich als fremdes Objekt unter seiner Haut abzeichnete. Ein Pfleger holte ihn ab, schob ihn durch endlose Flure. Er starrte in die Leuchtröhren an der Decke, summend öffneten sich die elektrischen Türen und schlossen sich krachend hinter ihm, Gummisohlen quietschten auf Linoleum. Im OP-Bereich begann er erbärmlich zu frieren. Das Licht schien hier noch greller, grün gekleidete und maskierte Gestalten bewegten sich wortlos um ihn herum, schlossen ihn an die Geräte an, markierten und desinfizierten seinen Oberschenkel. Der Anästhesist trat hinzu und injizierte das Narkosemittel, *der Herr Olympiasieger*, sagte er, *keine Sorge, wird schon*. Patrik krampfte ein letztes Bild von Ada herauf, Ada im Erdbeerkleid im Sandkasten, mit einem roten Förmchen spielend, und sein Herz hämmerte wie wahnsinnig in der plötzlichen Panik, nicht wieder aufzuwachen, Ada nie wiederzusehen.

Sie besuchten ihn am späten Nachmittag. Die Narkose wirkte noch nach, etwas Dumpfes lag auf ihm, als Tom Ada hochhob, damit er sie küssen konnte, und er wusste nicht, ob er sich ihre Zurückhaltung nur einbildete, ob ihre Lippen wirklich kälter waren als sonst. An den folgenden Tagen verzichtete er auf Schmerzmittel, um Ada nicht wieder im Nebel zu begegnen. Die Klarheit ertrug er nur, solange sie bei ihm war und ihn ablenkte, auf ihm herumkletterte, in einem Bilderbuch auf die Gegenstände zeigte, die er ihr vorlas. Stuhl, Ball, Tisch, Sonne, Mond, die Sterne zum Greifen nah, wenn er nachts wach lag und aus dem Fenster sah, *Peking* dachte und an alles, was er verloren hatte. Im Arztbrief las er, was ihm geschehen war: Ruptur der stammnahen Sehne des M. biceps femoris am Tuber ischiadicum, Refixation mit drei 1er EthiBond-armierten Mitek-Super-Ankern.

Er wollte trinken und durfte nicht.

Nach seiner Entlassung kaufte er eine Flasche Wodka und ließ sie unangetastet im Eisfach liegen, klammerte sich daran, jederzeit den Kühlschrank öffnen und in tiefen Schlucken den Schnaps saufen zu können, der so kalt wäre, dass er nicht brannte, nach nichts schmeckte, nichts hinterließe als ein taubes Gefühl in seiner Kehle. Gebirgswasser höchster Reinheit und Güte. Wie einem Hund lief ihm der Speichel im Mund zusammen. Manchmal rettete es ihn über die Nächte hinweg, sich vorzustellen, wie der Rausch ihn zuerst in ein grelles Licht setzen und dann ganz plötzlich verdunkeln würde, wie er durch die Wohnung kröche und bellte, ein Grollen aus der Tiefe seines Brustkorbs, während er mit dem Unterleib über den Boden schleifte.

Als Straßenhund leben.

In die Ecken scheißen und die Wände anpissen, fressen, was einem hingeworfen wird, aus einem Napf saufen oder aus den Pfützen, die sich nach dem Regen im Rinnstein bilden. Es war ein ungewöhnlich nasser Mai. Die Reha, die notwendig gewesen wäre, zögerte er immer weiter hinaus, Toms Anrufe ließ er unbeantwortet, schrieb ihm einmal eine Nachricht, dass alles in Ordnung sei und er sich keine Sorgen machen müsse. Ada und er gingen selten nach draußen. Den Park sahen sie nur vom Fenster aus, wenn sie die vorbeifahrenden Autos beobachteten, Ada auf der Fensterbank stehend, gegen die Scheibe gestützt, auf der sie den ablaufenden Tropfen mit ihren Blicken folgte. Keine Minute, in der er sie nicht drückte oder küsste, ihre Hand nahm und die Finger abzählte, *das ist der Daumen, der schüttelt die Pflaumen*, seine Stirn an ihre legte, die Nasenspitze in das Grübchen in ihrer Wange schmiegte, bis sie anfing zu lachen oder, vertieft in ein Spiel, seine Berührungen abwehrte, nicht wissen wollte, wer die Pflaumen aufhob und nach Hause brachte, Bauklötze nahm und ihm wutentbrannt entgegenschleuderte. Ihre Launen machten ihm nichts. Die Nächte, in denen sie schrie, machten ihm nichts, weil er ohnehin wach gelegen und auf ihr Schluchzen gewartet hatte, um sie endlich zu sich nehmen zu können. Die Tage, in Blöcke gegliedert, machten ihm nichts. Spielen, essen, schlafen, spielen, essen, schlafen. Auf allen vieren, wobei er das Gewicht auf die Hände und das rechte Bein verlagerte, um das linke nicht zu belasten, folgte er Ada durch die Wohnung, wiehernd, fauchend, bellend, ließ sich von ihr streicheln und an die Leine nehmen, gab Pfötchen, ungeschickt, weil er dazu die Hand heben musste, ohne aus dem Gleichgewicht zu geraten. Ein dreibeiniger Hund. Mit der Stirn stieß er Ada an, bis sie sich ihm zuwandte und seinen Kopf tätschelte.

»Wauwau«, sagte Ada.

Die genähte Sehne pochte in seinem Oberschenkel, ein Stich bei jeder unbedachten Bewegung, sodass er dazu überging, mit Ada auf dem Boden, auf ihrer Höhe zu leben. Sie spielten auf dem Teppich in ihrem Zimmer, schauten dort oder auf seinem Bett ein Bilderbuch an, schliefen nach dem Mittagessen gemeinsam ein, ehe Patrik lange vor Ada aufwachte und sich erhob, die Last auf dem rechten Bein, zögerlich tastend das linke, während er sich daranmachte, den Haushalt zu erledigen. Eine straff gespannte Nervosität durchzog alles, was er tat, kochen, putzen, einkaufen, selbst im Schlaf das Hochschrecken aus seinen Träumen vom Hund. Die geringsten Kleinigkeiten brachten ihn aus der Fassung. An der Kasse, wenn es nicht schnell genug ging, Wespen am Fenster, die nicht auf sein Klopfen reagierten, sondern wie tot von außen an der Scheibe klebten. Es machte ihm nichts, dass der Verband ihn vergessen zu haben schien, die Öffentlichkeit, Torsten, Tom, die genug getan hatten und nun ihre Zeit brauchten. Dass sich die Wespen nicht für ihn interessierten, kränkte ihn maßlos. Er öffnete das Fenster und wedelte sie herein, schlug nach ihnen, um sie zu reizen, aber sie flogen in Schleifen an ihm vorbei, setzten sich an den Hals einer Milchflasche und neben ein paar Brotkrümel auf den Tisch, eine auf Adas nacktes Bein, das unter der Decke hervorlugte. Patrik beugte sich über die Matratze und beobachtete, wie die Wespe über den speckigen Unterschenkel nach oben krabbelte, deutlich erkennbar der Stachel im zitternden Hinterleib und die schwarze Musterung des Kopfes, feine Härchen, die sanft flimmerten, als er die Wespe aus Adas Kniekehle pustete. Ada lächelte schlafverhangen, bevor sie sich zur Seite drehte. Er legte sich zu ihr und schlief einen Monat, so kam es ihm vor. Licht und Dunkelheit wechselten ständig, Ada schmiegte sich an ihn, und er warf sie weg, zog sie an sich, knurrte, wenn sie ihm zu nahe kam oder sich gegen seinen Willen entfernte. Lange stand er am Abgrund. In der Tiefe, nur einen Schritt entfernt, türmten sich mächtige Strukturen, im Eisfach lag unberührt die Flasche, die er im Traum an seine Wange drückte.

Als er aufwachte, hockten die Wespen noch immer an den Krümeln. Ein Mittagsschlaf, mehr war es nicht gewesen, anderthalb Stunden, in denen nichts geschehen war, ein wenig klarer der Himmel als noch am Vormittag. Patrik betrachtete seine Tochter, wie sie da in die Decke gewickelt lag, am Hinterkopf die platt gedrückten Haare. Der Oberschenkel würde heilen. Peking würde ohne ihn vergehen, so wie es mit ihm vergangen wäre, ein Stück Metall an einem Band oder nicht, bedeutungslos im Angesicht dieses Kindes, das seine ganze Liebe und Aufmerksamkeit brauchte. Er hatte die Ressourcen. Unerschütterliche Disziplin, die Fähigkeit, in festen Abläufen zu leben, Halt darin zu finden, jeden Tag das Gleiche zu tun, dazu das Wissen um die kleinen Schritte, die für sich genommen nichts zu bewirken schienen, geduldig aneinandergereiht aber sicher zum Ziel führten.

Kleine Schritte.

Eine Ordnung etablieren.

Einen Rhythmus finden, morgens um halb sieben aufstehen und ein paar Minuten an Adas Bett sitzen, ihr beim Schlafen zusehen, jedes Mal sein Erstaunen über die Selbstverständlichkeit, mit der sie dort lag und lebte. Träume wogten, einer Brandung gleich, über ihr Gesicht, ruhig und regelmäßig ging ihr Atem. Mit jedem Tag krallte sie sich fester in die Welt. Beim Frühstück um halb acht packte sie die Tischkante und rüttelte daran, kreischte vor Freude über den Lärm, den sie verursachte, kletterte mittwochs, wenn er zwischen zehn und zwölf die Wohnung putzte, auf den Staubsauger und umklammerte den Schlauch, während er sie durch die Zimmer zog. Die Sandalen anziehen, Sonnencreme auftragen, Ada im Buggy festschnallen. Im Park hängte sie sich an die unterste Sprosse des Klettergerüsts, hängte sich später an den Duschvorhang, weil sie nicht aus der Wanne wollte, obwohl die zwanzig Minuten längst vorbei waren. Sandinseln blieben in der Wanne zurück, nachdem das Wasser abgelaufen war. Die Jackentaschen über dem Mülleimer umstülpen, die Schuhe ausklopfen, den Sand wegspülen, den Ada vom Spielplatz mitbrachte und den er dort, im Park, manchmal durch seine Finger laufen ließ. Sand in den Haaren und Ohren, unter den Fingernägeln, einzelne Körner, die Patrik an den unwahrscheinlichsten Stellen in der Wohnung fand und mit einem feuchten Zeigefinger auftupfte. Unkoordiniert begann sein Körper zu zucken, wild durcheinandergewürfelte Bruchstücke seines Systems, Abwurfstreckung, Eindrehen links, Verwringung der Hüfte. Bilder aus dem Stadioninnenraum überfluteten ihn, wie jedes Mal, wenn er an Peking dachte, das Netz, der Ring, sechs Wochen noch, vier Wochen, drei Wochen, ein rasendes Abzählen der Tage, die er nicht aufhalten konnte. Dann suchte er Adas Nähe, vertraute darauf, dass sie bald in irgendeine Situation geraten würde, aus der er ihr heraushelfen musste, irgendeine existenzielle Not, die nur er lindern konnte. Die Windel wechseln. Den wunden Po eincremen und die Mückenstiche verarzten, sie aus der Schaukel befreien, in der sie sich mit dem linken Bein verheddert hatte. Es gab so viel zu tun, so voll war der Tag, wenn man ihn füllen wollte. Nach dem Frühstück eine Stunde freies Spiel, bevor sie zusammen einkaufen gingen, mit dem Einkaufswagen an bunten Packungen vorüberfuhren, die Ada aus den Regalen zog und Patrik zurückstellte. An der Kasse überkamen sie kleine Wutanfälle, wenn er ihr die Schokoriegel aus den Fingern zwang. Eine erstaunliche Kraft in ihren kleinen Händen. Er legte seine eigenen Pranken daneben, und Ada lachte, patschte minutenlang mit der gleichen Beharrlichkeit und Ausdauer in seine Handflächen, die er früher beim Training an den Tag gelegt hatte. Immer offensichtlicher setzten sich seine Gene gegen Karas durch. Hinter seinen Zügen verschwand ihr Gesicht, bis er sie kaum noch in Ada erkannte. Im Spiegel zeigte er Ada, dass sie die gleiche Augenfarbe hatten, Karas Blau ausgewaschen zu einem hellen Grau, Karas Blond eine schwache Schattierung in Adas braunen Haaren, die er mit einer Bürste kämmte und zu einem Pferdeschwanz band, damit sie beim Frühstück nicht in den Haferbrei hingen.

Das Kind ernähren.

Dem Kind drei feste Mahlzeiten bieten und über den Tag verteilt Snacks aus klein geschnittenem Obst und Gemüse, die Flüssigkeitsversorgung sicherstellen, eine Nuckelflasche mit Wasser bereithalten und Ada bei jeder Gelegenheit in die Hand drücken, sie zum Trinken nötigen, weil sie von sich aus nicht trank. Zu viel war zu tun an diesen zum Bersten gefüllten Tagen, zu viele Ablenkungen gab es, fremde Kinder auf den Spielplätzen, unerklärliche Spielzeuge und Formen, das Planschbecken im Freibad, in das Ada den rechten Fuß tastend setzte, um Tiefe und Temperatur des Wassers zu prüfen. Am Abend wand sie sich in seinen Armen unter der schweren Sommermüdigkeit, rieb sich die vom Chlor juckenden Augen und versuchte, gegen ihre Zeit schon um halb sieben einzuschlafen. Er ließ sie nicht. Den Ablauf schützen, den Rhythmus beibehalten, die konsequent gesetzten Einschnitte, Frühstück, Mittag, Abendessen, halb acht, zwölf, sechs, ab sieben das Ritual des Zubettgehens, eine frische Windel, ein frischer Body, der dünne Schlafsack, in dem sie auf dem Wickeltisch saß, während er ihr die Zähne putzte. Die Peppa-Pig-Bücher im Sessel neben ihrem Bett,

Im Krankenhaus,

Der unsichtbare Freund,

Shakka-Lakka-Bumm,

jeweils drei Küsse auf Augen, Nase, Stirn und Mund, drei Lieder, bevor er das Zimmer verließ,

La-Le-Lu,

Sandmann,

Guten Abend, gut' Nacht,

das Zimmer verlassen, die Tür bis auf einen Spalt schließen, nicht zurückkehren, egal, wie oft sie ruft.

In der Nacht vor Peking rotierten die Schatten der Werfer an der Decke. Patrik lag lange wach, stand erst mit dem Weckerklingeln auf und sah nach Ada, die, beide Arme von sich gestreckt, in ihrem Bett schlief, machte wie jeden Morgen ihr Frühstück, eine zerdrückte Banane mit Milch und Haferflocken, für sich selbst etwas Obst, Apfel, Birne, Kiwi, das er in grobe Stücke schnitt.

Er versuchte einen normalen Tag.

Betrachtete das Obst auf dem Teller, zwang ein Stück Apfel ohne Appetit hinunter, stand auf und verließ die Küche, öffnete leise die Tür zum Kinderzimmer, trat an Adas Bett und nahm sie hoch, drückte sie an sich, bis sie schnaufend an seinem Hals erwachte. Ganz gegenwärtig war ihr verschwitzter Körper im Schlafsack, unter seiner Hand die Nackenwirbel, die er mit den Fingern abzählte. Ada strampelte, aber er brauchte noch einen Moment. Durch die Vorhänge drängte das Licht, dahinter rauschte die Stadt, ein leichter Wind bewegte die Bäume auf der anderen Straßenseite. Ada schluchzte dumpf gegen seinen Hals, und er hielt sie noch eine Sekunde länger, dehnte das Gefühl, sie nicht loslassen zu können, bis es nicht mehr ging und er ihr den Schlafsack auszog, sie wickelte und in den Hochstuhl am Küchentisch setzte. Wie jeden Morgen verschlang sie ihr Frühstück mit dem Löffel und den Händen, leckte sich die Finger, zeigte ihm die Stellen, wo der zähflüssige Brei über die Tischplatte gespritzt war.

»Da, da!«

Patrik wischte Adas Mund ab, setzte sie auf die Spieldecke und kippte ihr die Bauklötze aus. Hoch konzentriert, die Zungenspitze über der Oberlippe tänzelnd, stapelte sie kleine Türme und warf sie kreischend um, spielte sich den Vormittag über einmal durch die gesamte Wohnung, während er im Haushalt beschäftigt war, das Geschirr vom Tisch räumte und spülte, eine Maschine mit weißer Wäsche anstellte, Bad und Küche putzte. Jedes Ding ließ ihn an ein anderes denken, jede Bewegung, die er machte, an eine andere, die er hätte machen sollen. Der Teller an einen Diskus, der Griff danach an den Griff ins Rack, das Stäuben des Waschpulvers, als er es in die

Einspülkammer füllte, an das Stäuben des Talkums im Ring. Seinen rechten Arm streckte er nach einem Handtuch im obersten Regalfach. Der abgegriffene Stoff erinnerte ihn an sein altes Handtuch, das er mit ins Stadion genommen hätte, obwohl zum Wettkampf jeweils frische Handtücher in der Umkleidekabine bereitlagen.

Er drückte sein Gesicht hinein, roch am Frottee.

In der Dunkelheit drängten sich die Bilder noch stärker auf, erhoben sich die mächtigen Körper seiner Konkurrenten, klatschten im Vorbeigehen aneinander, klatschten sich auf Schenkel und Oberarme, klatschten in die Hände, grunzten und spuckten, stießen die Köpfe gegeneinander wie Böcke, Fazekas und Tammert mit riesigem Gehörn, Alekna mit einem Schädel aus Stein. Ada schrie, und er ließ das Handtuch sinken, ging zu ihr ins Kinderzimmer, wo sie zwischen den Bilderbüchern auf dem Rücken lag, beide Füße tief im Ärmel eines Pullovers steckend, und wild mit den Armen schlug.

»Hast du versucht, dich anzuziehen?«

»Doda ad!«

Er befreite sie aus dem Pullover, legte ihn zusammen, hob den Blick. Immer näher rückte der Beginn des Wettkampfs auf der Uhr mit den Tieren über Adas Bett. Über das Krokodil, den Löwen, den Tiger schob sich der Minutenzeiger zum Fuchs, Zeit fürs Mittagessen, Matschekartoffeln mit Erbsen, die er am Herd zubereitete, während Ada hinter ihm im Kinderstuhl saß und mit einem Löffel auf die Tischplatte haute. Der Mittagsschlaf misslang, weil sie nicht draußen gewesen waren und Ada zu wenig Bewegung bekommen hatte. Aus dem abgedunkelten Zimmer rief sie ihn mit zunehmend weinerlicher Stimme, streckte ihm die Arme entgegen, als er hereinkam. Halbherzig versuchte er sie zum Schlafen zu überreden, aber Ada schüttelte den Kopf, gefiel sich im Kopfschütteln auch dann noch, als er sie längst aus dem Bett gehoben hatte. Kopfschüttelnd ließ sie sich auf seinem Arm zum Fenster im Wohnzimmer tragen und sah mit ihm hinaus, schüttelte den Kopf über die wenigen Passanten, die an diesem frühen Dienstagnachmittag die Straße entlangschlenderten oder in großer Eile vorbeihasteten. In Peking würden seine Konkurrenten sich inzwischen eingeworfen haben und dem Publikum vorgestellt worden sein. Zwei Stunden musste er bis zum Ende des Wettkampfs noch überbrücken, und er tat sein Bestes, spielte so ausdauernd mit Ada wie selten, während sie wegen des ausgefallenen Mittagsschlafs immer quengeliger wurde.

Gegen fünf setzte er sich mit ihr in den Sessel und schaltete den Fernseher ein. Gerade endeten die 1500 Meter, Ramzi sank auf die Knie und schlug die Hände vors Gesicht, machte sich mit der bahrainischen Flagge um die Schultern auf seine Ehrenrunde, winkte und lachte ins Publikum. Auf Patriks Schoß kuschelte Ada sich ein, ihr Kopf in der Kuhle seines Schlüsselbeins, die Knie angezogen, die kleinen Hände wie ein Kissen unter der Wange. Er spürte, wie ihr Atem sich auf seiner Brust beruhigte. Auf dem Bildschirm schossen Vögel durch die Nacht und verschwanden zwischen den geschwungenen Streben des *Bird's Nest*, Tausende Blitzlichter gleißten, darüber die Einblendung des Endergebnisses, Namen und Zahlen, die er mit einem Blick erfasste.

Kanter 68,82

Malachowski 67,82

Alekna 67,79

Er schaltete den Fernseher aus, küsste seine schlafende Tochter. Wie auf Watte trug er sie ins Kinderzimmer und legte sie in ihr Bett, schloss die Tür bis auf einen Spalt. Die 69,77, die er in Athen geworfen hatte, hätten in Peking für Gold gereicht. Die Weite hallte in ihm nach,

69,77,

69,77,

69,77,

bis er meinte, ein Klingeln zu vernehmen. Unsicher, ob es sich um ein Geräusch aus der realen Welt gehandelt hatte, ging er zur Tür und öffnete, Kara stand dort, auf der letzten Stufe vor dem Treppenabsatz.

Kara stand dort.

Kara stand dort und hielt einen Hasen in der Hand.

Ada, zwölf Jahre alt

Sie sprechen nicht aus, was sie sind.

Sie sagen nicht, wir sind ein Paar, fragen nicht, sind wir ein Paar, sind wir eine Affäre, vögeln wir nur miteinander? Sie sagen nicht zu ihren Kindern: Wir sind zusammen. Er sagt nicht zu Ada: Ich bin mit Mirell zusammen. Er sagt zu Mirell: »Es ist nicht so einfach mit Ada und mir. Gib uns Zeit, bitte.«

Gerade haben sie miteinander geschlafen und liegen noch in der reinen Gegenwart auf Mirells Bett, nichts war, nichts wird sein in diesem Moment, in dem die Sonne als Trapez auf ihre Oberkörper fällt. Er nimmt den Temperaturunterschied wahr, die Wärme auf seinem Bauch, die Beine im kühleren Schatten, dann erst kehren nach und nach auch die anderen Empfindungen zurück. Mirell küsst seine Schulter oder beißt schwach hinein, und er denkt: Dieses Mal ist es anders, Ada.

Sie küssen sich nicht vor ihr, streifen einander wie zufällig im Flur, stehen Arm an Arm, Schulter an Schulter beim Abwasch in der Küche. Auf Mirells Balkon sitzen sie nach wie vor in gesittetem Abstand, falls Ada kommt und irgendetwas will, die Erlaubnis für einen weiteren Film, mehr Spielzeit fürs Handy. Immerhin ist sie nicht mehr schlafgewandelt. Nachdem er sie ins Bett zurückgebracht hatte, schlief sie einfach weiter, am nächsten Morgen erinnerte sie sich an nichts, und er hat ihr nichts erzählt, um sie nicht zu beunruhigen. Und doch ist etwas geblieben von diesen Sekunden oder Minuten, eine Befremdung, so kommt es ihm vor, kaum wahrnehmbar, wenn sich Adas Blick manchmal mitten im Satz von ihm löst und in der Ferne verliert.

»Mach dir keine Gedanken«, sagt Mirell, »in der Pubertät kommt so was vor, das ist nichts Ungewöhnliches.«

»Hatte Carla das schon mal?«

»Früher, als sie klein war.«

»Aber nicht in letzter Zeit?«

Mirell stemmt sich über seiner Brust hoch und schaut auf ihn herab, ihre Haare fallen ihm ins Gesicht, und er riecht etwas Salziges darin, einen Vorgeschmack auf das Meer in diesem Sommer.

»Hör auf damit. Du bist kein besserer Vater, nur weil du dir ständig Sorgen machst. Ada ist in guten Händen. Bei dir, bei mir, bei Carla.«

»Wenn du das sagst.«

»Ich sage das.«

Es ist Mittwoch, Mirells freier Tag in der Praxis, in der sie als Radiologieassistentin arbeitet. Fünf Stunden bleiben ihnen, bevor Ada und Carla aus der Schule zurückkommen. Vor Mirell hat er dieser Zeit keinen Wert beigemessen, wusste nichts mit sich anzufangen, als die Wohnung zu putzen und danach in der Küche einen Tee zu trinken, wobei er selbst diese zwanzig Minuten noch durch das Drehen der Tasse in seinen Händen zu beschleunigen versuchte. Er könnte nicht sagen, woran er dabei gedacht hat; an Ada sicherlich, woran noch, an die Arbeit vielleicht. Mit den Fingerspitzen streicht er über die schwarzen Haare zwischen Mirells Beinen, dreht leicht den Kopf, sieht sie an. So viel älter ist sie als Kara damals, weicher und schwerer, unrasiert. Kara dagegen war glatt, einmal im Monat frisch gewachst, Intimbereich, Achseln, Beine. Karas obsessive Angst vor zu viel Luftwiderstand, Karas Athletik, Karas Spannkraft, als wäre sie aus Carbon gemacht. Ihre Muskulatur, die im Moment des Orgasmus vollständig aushärtete, bevor sie am ganzen Körper zu zittern begann. Beide lebten sie in Steigerungsspiralen, waren auf die Höhepunkte ausgerichtet: im sechsten Versuch explodieren, die hundert Meter im perfekten Rhythmus auf die Bahn setzen, gleichzeitig kommen. Manchmal fragt er sich, wie Kara als Mutter im Bett gewesen wäre, ob sich ihre athletische Härte in etwas Weicheres verwandelt hätte, in eine Leichtigkeit, die er jetzt mit Mirell spürt. Die lacht über seinen Meniskus und seine Bandscheibe, darüber, dass er es kniend nicht mehr machen kann und im Stehen nur für ein paar Minuten, bevor er sich wie ein alter Mann wieder hinlegen muss. Er richtet sich auf, stützt sich auf den Ellenbogen. Ohne seine Form zu verlieren, wandert das Trapez über Mirells Bauch nach unten, eine Eigenheit der Winkel im Zimmer und des Fensters. Mit der Hand zwischen ihren Beinen lässt er sich alle Zeit, schaut sie an, wie sich ihr Gesicht verändert, lauscht ihrer beschleunigten Atmung, hält die Finger plötzlich ganz still, macht weiter, hält still, macht weiter. Ein Teil von ihm, der über Jahre normierte Athletenteil, vermisst die brutale Einfachheit des Testosterons, die blinde Geilheit, das Affenficken. Er dreht Mirell um, zieht sie an sich, dringt in sie ein. Danach dämmern sie für eine Weile weg; fünf Stunden, die Zeit vergessen wie Milch auf dem Herd. Das Gefühl, Ada zu betrügen, stellt sich erst ein, als Mirell hochschreckt und ihn aus dem Bett drängt, ihn, nachdem er sich angezogen hat, nackt zur Tür begleitet und ins Treppenhaus verabschiedet. Leise schließt sich die Tür hinter ihm, leise drückt Mirell sie ins Schloss, und er muss sich beeilen, um rechtzeitig vor Ada zu Hause zu sein.

Auf dem Rückweg begegnen Patrik einige frühe Schülergruppen, überall fällt in dieser letzten Woche vor den Sommerferien der Unterricht aus. Eingesunken, fast leer hängen die Rucksäcke an nur einem Träger über den Schultern, und er hat keinen Zweifel daran, dass sie zu Hause genauso achtlos in die Ecken geworfen werden, wie Ada es seit ein paar Tagen macht. Es gibt einfach nichts mehr zu tun, kaum noch Hausaufgaben, alle Arbeiten sind geschrieben. Ein anstrengendes Halbjahr liegt hinter Ada, der Umzug, die neue Schule, aber sie hat es gut gemacht. Minimal haben sich ihre Noten verschlechtert, liegen im Zweier- und Dreierbereich, nur in Englisch, wo sie schon immer Mühe hatte, steht sie auf einer Vier. Wenn er sie darauf anspricht, zuckt sie mit den Schultern, Scheißsprache, sagt sie, und er fragt sich nicht zum ersten Mal, wie das sein kann, wie die Sprache ihrer

Mutter Ada so fremd sein kann. *Lullabies* hat Kara für sie gesungen, hat in ihr Ohr geflüstert, *shush, little bean, it's all good, you gotta sleep now*. Adas Schlaf, er war damals schon auf Sand gebaut und ist es bis heute. Nachts hört er sie manchmal in ihrem Zimmer rumoren, selbst an den Tagen, an denen sie turnt oder mit ihm laufen geht. Eine Unruhe treibt sie um, die auch der Sport nicht dämpfen kann, obwohl sie inzwischen härter trainiert als noch am Anfang. Unbedingt will sie den Rückstand zu den anderen in der Turngruppe aufholen, sie hat sich für die Ferien einen Plan gemacht, die genauen Zeiten und Übungen in eine Excel-Tabelle auf ihrem Tablet eingetragen. Er hat ihr noch nichts von Korffmachers Nachricht auf seiner Mailbox gesagt. In der Halle werde ein neuer Boden verlegt, auch die Umkleidekabinen würden renoviert, ab dem nächsten Montag sei das Ding für die ganzen Ferien zu, es täte ihm leid.

»Ende August kannste wieder rein, spätestens zweite Septemberwoche, versprochen.«

Ende August, Anfang September.

Für die letzte Ferienwoche hat er eine Wohnung in Holland gebucht, bis dahin fünf Wochen, die er wegorganisieren muss, ein Zaubertrick, um die Zeit bis zum Beginn des nächsten Schuljahres verschwinden zu lassen, ohne dass Ada es merkt. Kategorisch weigert sie sich, in die Ferienbetreuung zu gehen.

»Ich bin kein kleines Kind mehr. Wenn ich da hinmuss, hau ich ab.«

»Früher warst du immer gern da.«

»Es ist aber nicht mehr früher«, sagt Ada.

Sie wirft sich aufs Sofa und streift die Sandalen von

den Füßen. An seinen Händen haftet Mirells Geruch, vielleicht bildet er ihn sich nur ein, trotzdem wischt er sie unauffällig am Polster ab, als er sich zu Ada setzt.

»Und findest du das schlimm?«, fragt er.

»Was?«

»Dass es nicht mehr so ist wie früher. Dass wir noch mal umgezogen sind.«

»Wenn das für deine Arbeit wichtig ist, versteh ich das schon. Und wenn wir nicht umgezogen wären, hätten wir Carla und Mirell nicht kennengelernt.«

»Stimmt.

»Außerdem ist Hamburg eh viel geiler. Carla und Mirell wohnen schon ewig hier, die würden nie woanders hinziehen.«

»Hat Carla das gesagt?«

»Nein, Mirell.«

Ada rutscht vom Sofa und geht in die Brücke, überstreckt den Nacken, bis ihr Pferdeschwanz auf dem Boden schleift. Aus einem umgekehrten Gesicht lächelt sie ihn an, das Kinn hoch erhoben, die Mundwinkel zeigen nach unten, als würde sie eine Schnute ziehen.

»Du magst sie gern«, sagt Patrik.

»Warum sagst du das?«

»Warum nicht? Stimmt doch.«

Aus der Brücke sinkt Ada auf den Rücken, schaut an die Decke.

»Und wenn? Ich darf ja auch mal jemanden mögen, außerdem hab ich mir das nicht ausgesucht, sie ist halt zufällig meine Trainerin.«

Er beugt sich vor, legt eine Hand auf ihre Schulter und sucht ihren Blick.

»Natürlich darfst du das, was redest du? Ich bin froh, wenn du dich mit Mirell verstehst, ich mag sie doch auch.«

»Dann ist ja gut«, sagt Ada.

Am Samstag, es ist der dritte Ferientag, gehen sie ein letztes Mal in die Halle. Er muss Ada inzwischen nicht mehr wecken, die Vorfreude aufs Training treibt sie aus dem Bett, ihre Sachen hat sie schon am Vorabend gepackt, am Morgen kontrolliert sie den Beutel noch einmal, um bloß nichts zu vergessen. In Rekordzeit bauen sie die Geräte auf, absolvieren gemeinsam das Aufwärmprogramm. Obwohl auch er in den letzten Wochen im Rumpf stabiler geworden ist, kann er mit Ada nicht mehr mithalten. Bei den Side Planks knickt seine Hüfte weg, und er legt sich auf die Matte, schaut Ada zu, wie sie ohne erkennbare Anstrengung in der Position verharrt und erst nach einer knappen Minute zu zittern anfängt. Er fragt sich, ob sie heimlich trainiert, vielleicht rühren die nächtlichen Geräusche daher. Der unstillbare Drang, sich zu bewegen, er kennt ihn aus seiner eigenen Jugend. Es war die Zeit, in der sein Körper sich falsch anfühlte oder er sich falsch in diesem Körper, besonders dann, wenn er still irgendwo saß oder stand und die Blicke der anderen auf sich spürte. Größer als alle, breiter als alle, dabei empfand er sich selbst als klein und schmal, und er konnte nichts dagegen tun, dass sein Körper das Gegenteil behauptete. Nur wenn er sich bewegte, war er ihm nicht ausgeliefert. Wenn er rannte und sprang, später, wenn er den Diskus warf, beherrschte er die vor ihm liegenden Sekunden, und es kam gar nicht darauf an, dass der Wurf gelang, sondern nur darauf, dass er ihn wiederholte und wieder ein paar Sekunden der Kontrolle über seinen Körper gewann. Patrik erhebt sich von der Matte und setzt sich auf die Bank, während Ada sich auf den Balken stemmt, eine Kombination aus Strecksprung und Grätschsprung turnt, abgeht und sofort wieder auf, einen Strecksprung macht, einen Grätschsprung. Wieder ein paar Sekunden gewonnen; wieder ein paar Sekunden, in denen sie sich keine Gedanken darüber machen muss, was andere von ihr denken, ein paar Sekunden, in denen sie keine Angst davor haben muss, nicht genug zu sein, nicht hübsch genug, nicht cool genug, Sekunden, in denen es egal ist, dass sie nur diesen schweren, zu groß geratenen Vater hat und keine Mutter wie Mirell. Er haut sich auf die Oberschenkel, laut klatscht es in der Halle, dann geht er an die Sprossenwand und macht Knieheben, bis seine Bauchmuskeln brennen. Ein schweigsames Training, hoch konzentriert, so wie es ihm früher schon am liebsten war. Nacheinander turnt Ada ihre Übungen an allen Geräten durch, sinkt nach dem Ende der Bodenübung erschöpft auf die Matte. Er hockt sich neben sie, hält ihr die Hand hin, damit sie abschlagen kann.

»Das war gut heute«, sagt er.

»Nächsten Samstag muss ich aber die Radwende besser hinkriegen«, sagt sie. »Und die Sprünge sowieso.«

»Wir können in den Ferien leider nicht hier rein, die machen alles neu, bis September ist die Halle dicht.«

Ada heult fast vor Wut. Sie springt auf, schlägt seine Hand weg, als er versucht, sie zu beruhigen, stürmt in Richtung Kabine, tritt auf dem Weg ihre Flasche von der Bank. Etwas Wasser spritzt über den Boden, und er holt sie zurück, besteht darauf, dass sie es mit Papiertüchern aus der Toilette aufwischt, zieht sich um und telefoniert mit Mirell, während er im Auto auf sie wartet.

»Vereinstraining ist in den Ferien leider auch nicht«, sagt Mirell, »aber da muss sie durch, wird sie schon aushalten. Manche Dinge kannst du nicht ändern.«

»Vielleicht kann sie nächste Woche was mit Carla machen? Ich habe Frühschicht. Bis ich zu Hause bin, ist der Tag schon wieder fast vorbei.«

»Sie kann immer gern zu uns kommen, ist doch klar. Wir freuen uns.«

Er legt auf, Ada kommt aus der Halle. Ihre Wut ist in etwas Stilleres umgeschlagen, alle Vorschläge, etwas zu unternehmen, an die Elbe zu gehen oder ins Kino, lehnt sie mit einem Kopfschütteln ab. Nur ein einziges Mal lächelt sie an diesem Wochenende, nachdem er ihr gesagt hat, dass sie unter der Woche schon morgens zu Carla kann.

Als er am Montag zur Arbeit fährt, ist es schon hell, über die Felder links und rechts der Autobahn steigt ein zartgelbes Licht, und er lässt das Fenster herunter, bis der Fahrtwind ihm voll ins Gesicht schlägt. Auf dem Firmenparkplatz ist kaum die Hälfte der Plätze besetzt. In den Ferien fahren sie eine geringere Besetzung, dreißig Prozent weniger Umschlag. Gemächlich surren die Lifte durch das fast menschenleere Hochregallager, allein Cosmin scheint seine Tage und Nächte in der großen Halle zu verbringen, springt zwischen den Paletten hervor, als er Patriks Schritte auf der Empore hört.

»Digga, kannst du …«

»Hol dir selber einen runter.«

»Jawoll, Chef!«

Er hat Cosmin nie gefragt, ob er Familie hat, eine Frau, Kinder. Ob er eine Tochter hat, die noch in Rumänien geboren ist, denn das hat er ihn einmal gefragt, wo er herkommt, Beltiug, Bildegg, ein Kaff, Digga, lauter Deutsche und ein Haufen Ungarn. Er hat ihn nie gefragt, ob diese Tochter, von der er nicht weiß, ob es sie gibt, in Adas Alter ist, fragt auch jetzt nicht, will stattdessen wissen, wie Cosmins Wochenende war.

»Sonnig.«

Cosmin schiebt den Ärmel seines T-Shirts hoch und zeigt ihm eine rot verbrannte Schulter.

»Was hast du gemacht?«

»Ich war auf der Parzelle, gießen, bisschen Unkraut ziehen, gibt immer was zu tun.«

»Parzelle?«

»Mein Schrebergarten in der Horner Marsch, musst mal vorbeikommen. Ist der beste Ort jetzt im Sommer.«

Patrik nickt und hebt die Hand, geht über die Empore zum Ausgang.

»Trinken wir später zusammen Kaffee?«, ruft Cosmin ihm nach.

»Heute nicht, hab ein bisschen was zu tun.«

Es ist eine Lüge. Als Patrik im Büro den Rechner hochfährt und das Mailprogramm öffnet, ist der Posteingang leer, im Wareneingang stehen alle

Chargen auf Grün, und er fragt sich, was er hier soll, mit welchem Recht er hier sitzt und die Festplatte defragmentiert, temporäre Dateien löscht, statt die Zeit mit Ada zu verbringen. Er fragt sich, ob nicht doch alles viel zu schnell geht für sie. Vor Mirell hat sie die wenigen Frauen, mit denen er geschlafen hat, nie zu Gesicht bekommen, eine Arbeitskollegin, eine Prostituierte, bei der er zweimal war, einmal, beinahe nur, die Mutter einer Freundin von Ada, an deren Namen er sich beim besten Willen nicht erinnern kann. Er versucht es, ein Kleid kommt ihm in den Sinn, eine Bewegung, nur angedeutet, wie sich der Saum im Wind hebt und sofort wieder fällt. Eine Berührung: seine Hand auf dem Rücken der Frau. Ada kann es nicht mitbekommen haben, sie war noch zu klein damals, lebte in ihrer eigenen Welt, versunken ins Spiel mit ihrer Freundin, deren Namen er genauso wenig weiß wie den der Mutter. Zu flüchtig sind diese Begegnungen geblieben. Zu oft sind Ada und er gegangen, bevor irgendjemand sie halten konnte. Sie haben ihre wenigen Sachen gepackt und sind weitergezogen, haben an einem anderen Ort die ersten beiden Kisten aus dem Umzugswagen gehoben und durchs Treppenhaus in die neue Wohnung getragen. Es ist das einzige Leben, das Ada kennt: Sie stellt ihre kleine Kiste ab, er stellt seine große Kiste ab. Es hallt in den leeren Räumen, die Wände riechen nach frischer Farbe, und für eine Weile stehen sie schweigend nebeneinander, bevor sie die restlichen Kisten und Möbel nach oben tragen und das neue Leben beginnen.

»Gib uns Zeit«, hat er zu Mirell gesagt.

Den ganzen Vormittag widersteht er dem Impuls, sie anzurufen, er ruft auch Ada nicht an, geht zum Mittagessen in die Kantine und dreht danach eine Runde über das Gelände, streift durchs Lager, ohne Cosmin zu entdecken. In den Regalschluchten ist es kühl, die Stahlrohrgeflechte verlieren sich hoch über seinem Kopf in der Düsternis. Auf der Empore nimmt er das Handy aus der Tasche und schreibt Ada eine Nachricht, fragt, ob sie noch bei Carla ist.

Nein

Was habt ihr gemacht?

Nix besonderes

Irgendwas werdet ihr ja gemacht haben?

Trainiert
Aber nur ein bisschen
Draußen im Parkudn im Flur

Cool, ist doch super!
(Klatschende Hände)

Können wir nicht in eine andere halle

Was für eine andere Halle?

Kannst du kein andere besorgen

Wie stellst du dir das vor?

KA

Mach das doch mit Carla ruhig weiter. Und morgen gehen wir wieder laufen.

Ok

Die paar Wochen wirst du schon überstehen! *(Kuss)*

Ok

(Herz)

(Sprachnachricht): Aber wenn wir eine andere Halle hätten, könnte ich an den Geräten trainieren. Dann verlier ich in den Ferien nicht so viel, und vielleicht kann Carla mal mitkommen, die langweilt sich ja auch tot, dann kann Mirell uns trainieren, sie macht das bestimmt gern, du müsstest halt nur eine Halle besorgen

Als hinge ihr Glück davon ab, ob sie am Ende dieser sechs Wochen genug Räder über den Balken geschlagen hat, genug Übergänge vom oberen zum unteren Holm geturnt hat, um nach diesem Sommer dort weitermachen zu können, wo sie vor diesem Sommer aufgehört hat.

Patrik steckt das Handy weg, bringt den Rest der Schicht mit kleinen Handgriffen herum, fährt über die fast leere Autobahn nach Hause. In einer Spur von der Wohnungstür zum Bad liegen Adas Sportklamotten auf dem Boden. Sie schaut nicht auf, als er das Wohnzimmer betritt, liegt bäuchlings auf dem Sofa, den Kopf über der Kante, die Zehen unruhig zuckend in der Luft.

»Kannst du das machen mit der Halle?«, fragt sie.

»Hallo, mein Schatz, ich freu mich auch, dich zu sehen.«

»Ja, hallo.«

»Räumst du deine Sachen weg, bitte?«

»Ist ja gut.«

»Nein, ist nicht gut!«, ruft er.

»Ich hab doch gar nichts gemacht!«

»Eben, du machst nichts, zumindest nicht das, worum ich dich bitte.«

»Du doch auch nicht«, sagt Ada.

»Was mache ich denn nicht?«

»Das mit der Halle.«

»Jetzt fängst du schon wieder damit an!«

»Siehst du.«

»Ich sag dir das jetzt noch mal in Ruhe: Ich kann keine andere Halle besorgen, das war reines Glück, dass wir die erste bekommen haben. Und jetzt räum endlich deine Sachen weg.«

Die Unruhe in Adas Zehen breitet sich aus und wird zu einer Unruhe des ganzen Körpers, keine Minute, in der sie nicht die Haltung ändert, am Tisch erst das eine, dann das andere Knie anwinkelt, ein Bein zur Seite streckt, hinter der Stuhllehne die Arme ineinanderschlingt. Jeden Tag, wenn er von der Frühschicht nach Hause kommt, liegt sie in einer anderen Position in der Wohnung. Auf dem Sofa, auf dem Bett, auf dem Boden. Auf dem Küchentisch liegt sie, hat die Füße auf einem Stuhl abgestellt und springt auf, räumt ihr Geschirr erst nach der dritten Aufforderung unter lautem Klirren in die Spülmaschine. Immer wieder fängt sie mit der Halle an. Kannst du nicht… mach doch mal… aber wenn… du bist so gemein, nie…

»Was, nie?«

»Ach, egal.«

Sie fahren zum Elbstrand, obwohl er nach der Schicht keine Lust mehr hat, im Feierabendverkehr durch die halbe Stadt zu gondeln. Auf der Himmelsleiter, einer steilen Treppe hinunter zum Fluss, kommen ihnen Familien entgegen, die den ganzen Tag hier gewesen sind und nun, zum Abend hin, aufbrechen. Gerötete Gesichter, an der Hand der Eltern die durchgebackenen Kinder. Längst ist den Gummitieren die Luft ausgegangen, ein Schwan liegt erschlafft im Sand, daneben eine Bierflasche, randvoll mit Zigarettenstummeln und Asche. Die Containerschiffe lassen auf sich warten. Er hat Ada ein Spektakel versprochen, die Globalisierung auf einen Blick, monströs und erhaben, Cosco, China Shipping, Maersk, aber es sind nur ein paar Schnellboote unterwegs und die Fähre nach Finkenwerder. Ada schlägt ein Rad, tritt wie zufällig auf den Schwan und drückt die restliche Luft in seinen Hals, sodass er sich noch einmal verzweifelt aufbläht, ehe er endgültig in sich zusammenfällt. Ada geht in den Spagat. Ada drückt sich im Flur in den Handstand, erreicht mit den Fersen die Wand nicht, kippt unkontrolliert zur Seite. Demonstrativ turnt sie ihm in diesen Tagen vor, wie schnell sie an Kraft und Körperspannung verliert, und er macht einen Fehler; er kann sich das Grinsen nicht verkneifen, als sie beim Bogengang wie ein Käfer auf dem Rücken landet.

Anderthalb Tage spricht sie nicht mit ihm.

Er hört die dumpfen Schläge aus ihrem Zimmer, wenn sie auf dem Boden aufkommt, das Scharren des Schreibtischs, wenn sie ihn nach dem Training an seinen Platz zurückschiebt. Natürlich entschuldigt er sich in aller Form.

»Es tut mir leid«, sagt er, »dass ich gegrinst habe, das war falsch, ich wollte mich nicht lustig machen. Aber du musst mir nichts beweisen, das ist kindisch, du kannst doch einfach mit mir reden.«

Hinter der Tür ist es still, bleibt es still, und er weiß nicht, ob Ada auf ihrem Bett liegt oder am Fenster steht und in die Gärten schaut. Mit den Fingerspitzen tippt er gegen das Holz und wartet vergeblich auf eine Antwort, dann kümmert er sich um das Abendessen, schreibt eine Nachricht,

Komm bitte essen
Es gibt Carbonara
Und Eis, wenn du magst

aber sie kommt nicht, drückt sich erst, als er mehrmals hart gegen ihre Tür klopft, an ihm vorbei in die Küche. Schweigend verzehrt sie das akzeptable Minimum, verzichtet auf Eis, verschwindet in ihrem Zimmer. Patrik räumt den Tisch ab und kümmert sich um den Abwasch. Er ist müde von der Schicht, müde von der Aussicht, nach dem Abwasch auch noch die Wäsche machen zu müssen, müde davon, hier zu sein statt bei Mirell. Er sehnt sich nach der Spätschicht, nach den Stunden mit Mirell im Bett, nach dem Frieden, den er bei ihr empfindet und bei Ada nicht. In seinen Fingerspitzen, die er als Letzte aus dem heißen Spülwasser zieht, breitet sich ein plötzlicher Ärger aus und wird zu einem Ärger des ganzen Körpers. Er ist es leid, Adas Launen aushalten zu müssen, holt die Wäsche aus dem Trockner und sortiert seine Sachen aus, legt sie zusammen, verstaut sie im Schrank. Im Wäschekorb das bunte Gewühl aus Turnanzügen, Söckchen und Unterhosen, Shorts, Sport-BHs. Ohne zu klopfen, betritt er Adas Zimmer und kippt ihr alles vor die Füße, lässt die Tür sperrangelweit offen stehen, als er den Raum wieder verlässt. Er schaltet den Fernseher an und zappt sich durch den Abend, zunehmend erschöpft vom schnellen Wechsel der Bilder, Waldbrände, Datingshows, das übernatürliche Blau eines Infinity Pools über dem Atlantik. Unbewegt ruht die Wasseroberfläche des Pools, und Patrik macht einen weiteren Fehler: Er nimmt den Ärger mit in den Schlaf und lässt ihn aushärten, ohne sich mit Ada zu versöhnen.

Mikroskopisch kleine Verletzungen bleiben zurück.

Feine Risse zwischen Ada und ihm, von denen es Tausende geben muss, nach jedem Streit neue. Zusammengepresste Lippen, wenn Ada das Essen verweigerte und er ihr die Bauchschmerzen nicht glaubte, wunde Stellen im Kiefer von der Zahnbürste, die er härter in ihren Mund stieß als nötig, Flöckchen von sich schälender Haut auf den Schultern, weil sie sich nicht eincremen wollte und Sonnenbrand bekam, darunter eine neue, empfindliche Schicht, die er nur vorsichtig küsste. Die Scham darüber, sie verletzt zu haben, war seine Verletzung, körperlich konnte sie ihm nicht wehtun. Ada war vier, und er packte ihre

Faust und hielt sie lachend fest, und auch Ada lachte, kreischte, als er einen Arm um sie schlang und sie mühelos über seine Schulter legte. Ada war neun, und sie malte ein Bild von sich neben einem kleinen, spindeldürren Mann, malte dem Mann ein breites Lachen, malte ein Herz um sich und den Mann, der ihr neuer Vater sein sollte.

Ada war sieben.

Sie wand sich aus seinen Armen, ging ins Wohnzimmer und baute den Playmobilhof auf, schob das dreistöckige Wohnhaus ins Zentrum und ordnete die Ställe und Paddocks u-förmig an, stellte die Pferde in ihre angestammten Boxen, versorgte sie mit Heuballen und Kraftfutter. Zwei Koppeln gab es, eine kleinere für Jungpferde und Ponys, eine größere für Reitstunden und Turniere, dazwischen eine von Bäumen und Blumen umstanden Wiese, ein wenig abseits das kleine Ferienhaus für die Sommergäste. Die Familie des Hofs: Vater, Mutter, eine Tochter. Ada setzte die Hühner in den Hühnerstall und die Hunde um den Wassernapf, bereitete die Ankunft der Feriengäste vor, indem sie das Ferienhaus einrichtete und die Familie als Begrüßungskomitee unter dem Torbogen platzierte. Es kamen mehr Gäste, als der Hof beherbergen konnte. Eine lange Kolonne vom Flur ins Wohnzimmer, manche trugen Koffer, manche schoben Kinderwagen vor sich her, Könige und Königinnen, Jäger, Meerjungfrauen, ein Gebrauchtwagenverkäufer in weißem Anzug, eine aztekische Prinzessin. Auf den Knien hin und her rutschend, verschob Ada jede Figur einzeln, spielte stumm in ihrem Kopf, nur ab und zu ein Murmeln, einzelne

Sätze, weil sie vergessen hatte, dass er da war und ihr zusah.

»Los, zu Amadeus!«

»Das Fohlen hat einen Nagel.«

»Wir müssen Shaila retten!«

Unzählige Kinder fanden in einem Pulk zusammen und rannten zur Koppel, während ihre Eltern einen Platz für die Nacht suchten. Im Ferienhaus gab es nur vier Betten, deshalb schliefen die anderen auf der Wiese und unter den Bäumen, richteten im Garten ein Lager ein, wo abends ein großes Fest gefeiert wurde. Alle kamen, die Gäste, die Mitarbeiter des Hofs, die Besitzerfamilie, es gab Fisch und Würstchen vom Grill, winzige Teller und Besteck, das Ada mit ihren Fingern kaum greifen konnte. Nach dem Essen wurde getanzt. Im Uhrzeigersinn drehte Ada die Figuren um die eigene Achse, ließ sie hüpfen und springen, während sie eine Melodie dazu summte. Niemand wurde ausgelassen, niemand vergessen. Zum Abschluss stellte Ada in einer schier endlosen Prozedur die Arme aller Figuren nach oben. Ein Jubel schallte über den Hof, den Patrik auf dem Sofa, wo er saß und sie beobachtete, zu hören glaubte, dann löste sich die Feier auf, und die Figuren kehrten zu ihren Schlafplätzen zurück, sanken müde auf die Wiese, wärmten sich an den Hunden, schliefen sofort ein. Die Hofbesitzerin brachte ihre Tochter ins Bett.

»Schlaf gut, du Maus«, flüsterte Ada, »es kommt kein Gewitter.«

Er fragt Ada, was sie mit dem Playmobil gemacht haben, aber sie weiß es auch nicht. Am Küchentisch zuckt sie mit den Achseln, sucht Mirells Blick, die ihr gegenübersitzt. Es ist das erste Mal, dass sie zusammen bei ihnen zu Abend essen, nachdem Ada ihn mehrfach darum gebeten hat. Sie sitzt an ihrem gewohnten Platz, von dem aus sie an anderen Abenden durchs Fenster auf die Häuser gegenüber guckt, ein kleiner Junge steht dort manchmal auf dem Balkon und winkt ihr zu, und Ada rollt mit den Augen, tut genervt, obwohl sie selbst immer wieder in seine Richtung schaut.

Jetzt sitzt Mirell im Weg und versperrt ihr die Sicht.

»Carla war früher ein Legokind«, sagt sie, »stimmt's, Carla?«

Carla nickt, Mirell greift nach ihrem Glas, berührt versehentlich Patriks Hand. Es ist nicht mehr früher. Früher saßen Ada und er bei allen Mahlzeiten zu zweit an dem kleinen Tisch, jetzt musste er zwei Stühle dazukaufen, damit sie alle Platz finden. Bei IKEA hat er ein Modell gefunden, das den beiden alten Stühlen ähnelt, ein wenig höher sind die Rückenlehnen, die roten Sitzkissen etwas dunkler. Unter den Stuhlbeinen fehlen noch die Filzgleiter, wie er sie vor Jahren einmal unter die alten Stühle geklebt hat. Laut scharren sie über die Fliesen, sobald Carla und Mirell vom Tisch abrücken. Das Holz riecht nach frischen Sägespänen, knirscht und knackt, als Carla sich nach der Wasserflasche streckt, die neben Ada gefährlich nahe an der Kante steht. Der Tisch ist zu klein für vier Menschen. Gerade so passen alle Teller darauf, darunter kommen sich ihre Füße in die Quere. Mirell schiebt die Spitze ihres kleinen Fingers unter Patriks Hand. Er zieht sie nicht weg, wendet den Kopf und schaut für Ada aus dem Fenster, aber der Junge ist nicht da, nur der Sonnenschirm ragt aufgespannt über den Balkon, ohne in der tief stehenden Sonne irgendjemandem Schatten zu spenden.

Ada, anderthalb Jahre alt

Der Hase hing schlaff über der Sofalehne.

Patrik betrachtete die langen Schlappohren, den kraftlos im Nacken liegenden Kopf, die Augen, von denen das rechte nach links oben und das linke nach rechts unten blickte. Als er den Hasen aufhob, kullerten die Pupillen gegenläufig durch die eiförmigen Augäpfel, leise klackernd, bis sie in der unteren Rundung zu liegen kamen.

»Who won?«, flüsterte Kara.

»Kanter.«

»How far?«

»Knapp neunundsechzig.«

Kara nickte. Sie stand vor Adas Spieldecke, auf der noch die Bauklötze lagen, war ihm in die Wohnung gefolgt, nachdem sie an der Tür lange nichts gesagt und an ihm vorbei in den Flur gestarrt hatte. Jetzt bückte sie sich und setzte ein rotes Dreieck als Dach auf ein gelbes Rechteck.

»Can I see her before we talk?«, fragte sie.

»Sie schläft.«

»I'll be quiet.«

Er ging voran und drückte die Tür des Kinderzimmers ein paar Zentimeter auf. Kara machte sich schmal, darauf bedacht, ihn nicht zu berühren, schob eine Schulter in den Spalt und stand reglos, während sie in den dunklen Raum blickte. Auf der Matratze des Kinderbetts war Adas Gesicht nur ein blasser Fleck. Regelmäßig hob und senkte sich ihr Brustkorb, ein schwaches Schnaufen, ehe ihr Atem in einer späteren Phase des Schlafs so flach werden würde, dass das Leben darin nicht mehr zu erkennen war. Als er die Tür vor ihr schloss, zuckte Kara zusammen. Mit dem Arm zeigte Patrik in Richtung Küche, blieb dicht hinter ihr, bis sie sich gesetzt hatte, setzte sich erst dann ihr gegenüber an den Tisch.

»Was willst du?«, fragte er.

»I wanted to see you today. I know what it means to you.«

»Bullshit.«

Seine Hand fiel schwer auf den Tisch, aber der Schlag blieb gedämpft, und er merkte erst jetzt, dass er den Hasen noch hielt. Er wusste nicht, wohin damit, und setzte ihn in Adas Hochstuhl, wo sein Kopf ohne jeden Halt sofort wieder in den Nacken kippte. Kara richtete ihn auf, strich sorgfältig die Ohren glatt. In ihrem Gesicht versuchte Patrik, das vergangene Jahr zu erkennen, fahle Schatten unter den Augen, eine leichte Akne, die schon früher gelegentlich auf ihrer Stirn und den Wangenknochen ausgebrochen war. Die zu einem Pferdeschwanz gebundenen Haare waren etwas kürzer und glänzten so golden wie eh und je, ihr Körper unter dem ärmellosen Oberteil und den schwarzen Shorts schien seine Form von vor der Schwangerschaft zurückerlangt zu haben. Ihr Englisch hingegen hatte eine Färbung angenommen, die er nicht kannte. Mit einer ruckhaften Drehung wandte sie sich von dem Hasen ab und sah ihn an.

»I live outside the city«, sagte sie. »Auf einer Art Farm, mit ein paar Frauen. Und wir gehen alle irgendwann zurück. Es ist Teil des Prozesses.«

»Was für ein Prozess?«

»Heilung.«

»Heilung?«

Er presste die Hände flach auf den Tisch, starrte sie an, bis sie den Blick senkte.

»Ich träume ständig vom Laufen«, sagte Kara nach einer Weile. »Ich laufe über Straßen und Felder, ohne müde zu werden, ich springe auf dem Highway über fahrende Autos, ich springe über Zäune, ich springe über hohe und niedrige Häuser. Kannst du dir das vorstellen?«

Sie lächelte schwach, während sie auf ihre Finger sah, die ineinander verschränkt vor ihr lagen.

»In der Therapie sprechen wir auch über unsere Träume. Eine von uns versucht seit zwanzig Nächten, einen Zug zu erwischen, eine andere träumt, dass sie ihren Sohn als alten Mann zum ersten Mal wiedersieht. Wir sind sieben aktuell. Keine Männer, nur Frauen. Nur Mütter. Manche haben ihre Kinder dabei, sie spielen im Spielzimmer oder draußen im Garten, wir haben zwei Schaukeln und eine Rutsche, wir haben Schaufeln und Harken, mit denen sie in einem abgetrennten Beet buddeln dürfen. Irgendjemand passt immer auf sie auf. Wir kümmern uns gemeinsam um sie. Jede, wie sie kann.«

Kara hielt inne, sah aus dem Fenster. Zwischen den

Bäumen, Patrik bemerkte es erst jetzt, obwohl er den ganzen Sommer hinausgesehen hatte, leuchtete rot das Dach der Spielplatzhütte, für die er viel zu groß war, sodass er davor hocken bleiben musste, während Ada in der Hütte stand und ihm durch eine Öffnung Ästchen und Blätter nach draußen reichte.

»Am Anfang konnte ich nicht«, sagte Kara. »Ich habe mir eingeredet, dass ich es nicht können kann, bei den fremden Kindern sitzen und Löcher graben, Anschwung geben, aber Charlie hat gesagt, du bist nicht ihre Mutter, bleib einfach erst mal im Hintergrund und schau zu, und natürlich ging es dann, natürlich kann ich mit ihnen spielen, ich kann sie anfassen und mit ihnen sprechen, ich kann ihr Geschrei aushalten, ich kann aushalten, wie sie riechen, ich kann es aushalten, dass sie krank werden und von einer Sekunde auf die andere von der Schaukel stürzen können. Ich kann inzwischen so viel mehr als am Anfang. Am Anfang konnte ich nichts, ich kam dort an, und Charlie fragte, was kannst du, und ich sagte, schnell rennen, das ist alles, und das auch nicht mehr so wie früher. Alles war so hell, als ich dort ankam, so klar, das Haus vor dem blauen Himmel, die Mittagssonne über den endlosen Feldern. Am ersten Tag musste ich die Augen zusammenkneifen, sie waren noch an die Dunkelheit gewöhnt, an den Nebel, weißt du …«

»Wenn du mir …«

»Lass mich reden«, unterbrach sie ihn. »Bitte.«

Er ließ sie reden. Faltete die Hände im Schoß und sah aus dem Fenster, während Karas Stimme etwas tiefer wieder ansetzte.

»Nach der Geburt habe ich gedacht, das muss so sein, es ist normal, dass ich erschöpft bin. Es ist normal, dass ich mich kaum bewegen kann, dass ich nicht schlafen kann, obwohl ich todmüde bin. Das geht von allein weg, habe ich gedacht, ich muss nur machen. Also habe ich gemacht, du hast doch gesehen, dass ich alles gemacht habe, baden, wickeln, anziehen, stillen, sie hat ja dann irgendwann getrunken, es war ja nicht so, dass sie verhungert wäre. Spazieren gegangen bin ich mit ihr, obwohl ich einfach nur allein sein wollte, stundenlang durch die Stadt, am Rhein, bis sie endlich eingeschlafen war. Ich habe den Kinderwagen stehen lassen und bin weggegangen, zwanzig Meter vielleicht, habe mich auf eine Bank gesetzt und so getan, als wäre es nicht meiner. Als wäre sie nicht meine. Habe auf den Fluss geschaut und versucht zu atmen, aber ich konnte nicht. Ich wusste ja, was passieren würde, sie würde aufwachen und zu schreien anfangen und nicht mehr aufhören damit, und ich würde aufstehen und sie aus dem Kinderwagen nehmen müssen, dabei konnte ich sie nicht gut anfassen, nicht direkt an der Haut, nur wenn sie was anhatte, deshalb war sie vielleicht immer zu dick angezogen, damit ich sie anfassen konnte, und ich würde sie beruhigen müssen, und ich würde sie stillen müssen, und ich würde dieses ganze verdammte Schauspiel aufführen müssen, wie man eine gute Mutter ist, so unbedingt wollte ich das sein, eine gute Mutter, dass ich tatsächlich hingegangen bin und sie aus dem Kinderwagen gehoben habe, sie an mich gedrückt und geküsst habe, und da hat sie angefangen zu schreien, und ich wollte einfach nur noch verschwinden. Du bist doch längst verschwunden, hat Tamecka irgendwann mal zu mir gesagt. Du bist in dem Moment verschwunden, als du dieses Kind auf die Welt gebracht hast.«

»You remember Tamecka?«, fragte Kara. »Mein Engel. Sie hat mir den Platz auf der Farm besorgt, allein hätte ich das nicht hinbekommen, nichts hätte ich ohne Tamecka geschafft. Nachdem ich aus Deutschland gekommen war, habe ich bei ihr im Gästezimmer gewohnt, fünf Monate war ich dort. Oder sechs? Ich habe dort jedes Zeitgefühl verloren. Ein Tag war wie der nächste, ich dämmerte in den Vormittag hinein, blieb im Bett liegen, stand irgendwann auf und ging nach unten, um fernzusehen, trank ab und zu einen Schluck Wasser. Ich war ein stinkendes Stück Fleisch auf dem Sofa. Geduscht hab ich nur alle paar Tage, weil es so schwer war zu duschen, jede Bewegung wog eine Tonne und dauerte eine halbe Ewigkeit, die Badezimmertür öffnen, die Badezimmertür schließen, die Unterhose ausziehen, das Oberteil ausziehen, in die Dusche steigen, den Vorhang zuziehen, das Wasser anstellen, die richtige Temperatur einstellen, den Duschkopf halten – unglaublich, was ein Duschkopf wiegt, wenn man so ist, wie ich damals war –, das Wasser abstellen, den Duschkopf einhängen, nach dem Duschgel greifen, Duschgel in die Hand drücken, das Duschgel wegstellen, den Körper waschen, nach dem Shampoo greifen, Shampoo in die Hand drücken, das Shampoo wegstellen, die Haare waschen, das Wasser anstellen, den Duschkopf halten, den Schaum abspülen, das Wasser abstellen, den Duschkopf einhängen, den Vorhang öffnen, aus der Dusche steigen, das Handtuch vom Haken nehmen, den Körper abtrocknen, die Haare in ein Handtuch wickeln. Und das Anziehen kam danach erst noch.«

Kara schüttelte den Kopf, atmete einmal tief ein und aus, als wäre die Erinnerung an das Duschen so anstrengend wie das Duschen selbst. Es sei nicht die ganze Zeit so gewesen, sagte sie. Es habe ein paar Wochen gegeben, in denen sie mit Tamecka aufgestanden und nach einem gemeinsamen Frühstück aus dem Haus gegangen sei, ein bisschen laufen, ein bisschen spazieren gehen, im nächsten Supermarkt einkaufen, was Tamecka auf einen Zettel geschrieben hatte.

»Ich dachte, wenn ich diesen Tag überstehe, wird es morgen besser. Wenn ich diese Woche überstehe, wird es nächste Woche besser. Wenn ich diesen Monat überstehe. Abends habe ich Tamecka etwas vorgelogen, es war gut, mir geht's besser, habe meine Tabletten genommen und trotzdem die ganze Nacht wach gelegen. Ich hab ein Kind schreien gehört, was für ein Kind, hab ich überlegt, und dann stand Tamecka in der Tür, um mich zu wecken, und ich dachte: Wenn ich nur diesen einen Tag überstehe. Tamecka hat mich angelächelt, vielleicht war sie einfach froh, dass ich da war. Sie lebt allein in dem Haus, hat kein Kind. Mit einem Kind wäre es unmöglich gewesen. Ich wäre nie zu Tamecka gegangen, wenn sie ein Kind gehabt hätte, es wäre zu viel für uns beide gewesen. Am Anfang war ich ja selbst wie ein Kind. Tamecka hat mich gefüttert, Tamecka hat mich gebadet, Tamecka hat mich in ein Handtuch gewickelt und mich mit meinem Kopf auf ihrem Schoß zum Einschlafen gebracht. Ohne Tamecka hätte ich die Treppe in den ersten Stock nicht geschafft, weil es mir so sinnlos vorkam, in den ersten Stock zu gehen. Es kam mir sinnlos vor zu essen, wozu, wenn man den Hunger nicht spürt, wozu duschen, wenn es egal ist, ob man stinkt, wozu schlafen, wenn man danach sowieso vor Erschöpfung liegen bleiben muss, bis Tamecka ins Zimmer kommt und sagt, dass man aufstehen soll.«

»Ich weiß gar nicht mehr«, sagte Kara und sah ihn unvermittelt an, nachdem sie zuvor mit gesenktem Blick zum Tisch gesprochen hatte, »wie ich in dieser Nacht auf Tamecka gekommen bin, sie war doch so weit weg. Ich weiß, dass ich die Wohnungstür leise zugezogen habe, um dich nicht zu wecken, du musstest doch schlafen, und dass meine rechte Hand den Knauf nicht loslassen wollte. Es hat eine Weile gedauert, dann war ich plötzlich auf der Straße. Ich bin nach links, glaube ich«, Kara schloss die Augen, drehte den Oberkörper nach links, nickte, »ja, ich bin nach links, da war ein Mann mit einem Hund, und ich habe die Straßenseite gewechselt, damit der Hund nicht riechen kann, was ich beinahe getan hätte. Ich bin hoch bis zum Volksgarten, rechts abgebogen und einen schmalen Weg zwischen ein paar Schrebergärten lang, stockdunkel war es da, und die verdammte Milch lief mir aus den Brüsten. Dann kam ich endlich zu den Gleisen. Ich habe mir immer Gleise vorgestellt, nichts anderes, und dass der Zug von hinten kommt. Aber die letzte Bahn war längst weg, und die nächste fuhr erst in ein paar Stunden. Also bin ich einfach losgelaufen. Die Gleise führen zu Tamecka, habe ich gedacht. Das war es. Ich hatte über ein Jahr nicht mit ihr gesprochen, hatte kaum an sie gedacht, und dann bin ich einfach stehen geblieben und habe sie angerufen, hey, wie geht's dir, hat sie gesagt, und das war's dann.«

Eine Weile war es still, zwischen den Bäumen leuchtete die Hütte, und Patrik konzentrierte sich auf den roten Fleck, bis er vor seinen Augen zu tanzen begann.

»Was, wenn mich das alles nicht interessiert?«, fragte er.

»Das sollte es aber.«

»Du kommst hierher, nach über einem Jahr, nebenan liegt deine Tochter, und du erzählst mir irgendeine Scheiße, ohne auch nur ein einziges Mal ihren Namen zu sagen?«

»Ich habe alles versucht, um Ada lieb zu haben«, sagte Kara.

Patrik wollte sie ansehen und konnte es nicht. Das Atmen fiel ihm schwer, alt und verbraucht stand die Luft in der Küche, und er hätte aufstehen und das Fenster öffnen müssen, fuhr stattdessen nur mit den Handflächen über den Tisch, wieder und wieder.

»Du wolltest sie doch haben. Es gibt sie doch nur wegen dir.«

»Ich hatte ein Kissen in der Hand, in dieser Nacht, das blaue, erinnerst du dich? Und ich war kurz davor, es auf ihr kleines Gesicht zu drücken, damit sie endlich aufhört zu schreien, und dann hätte ich mich auf diese Gleise gelegt und gewartet, bis der Zug kommt.«

»Shut the fuck up!«, schrie er.

Er sprang auf, hob dabei den Tisch mit den Oberschenkeln an, der Stuhl kippte um und schlug gegen den Küchenschrank, der Tisch krachte zurück auf den Boden, und er packte ihn und stieß ihn noch einmal und noch einmal mit aller Wucht auf die Fliesen. Er baute sich vor Kara auf, die nun endlich den Blick senkte. Im Kinderzimmer erwachte Ada und fing an zu weinen. Ein anschwellendes Wehklagen, das nur abbrach, wenn Ada Luft holte, ehe sie einen Ton höher wieder ansetzte. Über Kara gebeugt hielt Patrik inne. Er sah Ada vor sich, wie sie in dem dunklen Raum mit den Beinchen im Schlafsack strampelte, sich mühsam vom Rücken auf die Seite drehte und an den Gitterstäben hochzog, bis sie, die Stäbe umklammernd, im Bett stand, um mit weit geöffneten Augen die Tür anzuheulen und ihr tränennasses Gesicht immer wieder an der Schulter zu reiben. Patrik hob den Stuhl auf und setzte sich wieder.

»Jemand muss sich um Ada kümmern«, sagte er.

Kara zitterte. Ihre Hände zitterten, ihre Knie zitterten beim Aufstehen, und sie hielt sich an der Tischkante fest, sah ihn Hilfe suchend an, aber er blieb einfach sitzen, folgte ihr erst, als sie durch die Küchentür in den Flur ging und vor Adas Zimmer stehen blieb. Sie legte eine Hand auf die Klinke, die andere flach auf das weiß lackierte Holz, senkte die Stirn gegen die Tür, drückte schließlich mit dem ganzen Körper dagegen, ohne die Tür zu öffnen. Ada schrie und schluchzte immer lauter. Mit geschlossenen Augen stand Kara für ein paar Sekunden reglos da und lauschte ihrer Tochter, dann löste sie sich von der Tür und ging durch den Flur zur Wohnungstür.

»Can I come back?«, flüsterte sie.

Patrik gab ihr keine Antwort, wartete, bis ihre Schritte im Treppenhaus verklungen waren, ging zu Ada, hob sie aus dem Bett. Sofort ließ ihr Schluchzen nach, und sie fing an, auf seinem Arm zu hüpfen, packte sein Ohr und zog es in alle Richtungen, während er sie ins Bad trug, um sie zu wickeln. Nichts war anders als vor zwei Stunden. Ada beschwerte sich über die Windel, Ada erklärte ihm die Funktion des Lichtschalters im Wohnzimmer, indem sie sich von ihm hochheben ließ und das Licht immer wieder an- und ausschaltete, Ada belud den Puppenwagen und fuhr die Puppen in die Küche. Im Raum hing noch ein Hauch ihrer Mutter, als Ada den Hasen entdeckte und sich unter den Tisch hockte, die Puppen eine nach der anderen um den Hasen gruppierte. Ein Hauch von Kara, Moleküle, flüchtige Teilchen. Im Wohnzimmer klingelte sein Handy, und Patrik rannte hin, schloss kurz die Augen, als er auf dem Display sah, dass es nur Tom war.

»Hast du's gesehen?«, fragte Tom.

»Ja.«

»Keine siebzig. Hätte ich nicht gedacht.«

»Tom, hör zu, ich kann nicht. Ruf nicht mehr an. Bitte.«

Er legte auf, atmete tief ein, behielt die Luft einen Moment länger als nötig in den Lungen, bevor er in die Küche zurückging und die Kartoffeln fürs Abendessen schälte. Ada jaulte, als er den Tisch, der nach seinem Ausbruch noch immer schief zur Wand stand, wieder gerade rücken wollte, also ließ er ihn stehen, und sie aßen diagonal zu allen Linien, saßen im spitzen Winkel und verglichen die Größe ihrer Hände, unterhielten sich über die Anzahl der Finger an jeder Hand, während sich unter dem Tisch die Puppen und der Hase stumm beäugten.

Am nächsten Tag blieben sie wegen eines leichten Regens in der Wohnung. Das Warten fiel ihnen beiden schwer, schneller als sonst wurden die Spiele langweilig, beim Lesen der Bücher erschöpfte sich ihre Geduld lange vor den letzten Seiten. Patrik hielt sich an alle Zeiten, setzte den Mittagsschlaf unnachgiebig durch, obwohl Ada lange im Bett stand und heulte. Als sie endlich eingeschlafen war, ging er zum Fenster und sah hinaus, aber Kara kam nicht, kam auch am Tag darauf nicht, kam in den nächsten Tagen nicht zurück, keine Spur von ihr auf der Straße, die trotz des nachlassenden Regens von allen Menschen entvölkert blieb.

Ada, sechs Jahre alt

»Weißt du, was nisten bedeutet? Ein Nest bauen.«

Die Angst sollte kein Nest in ihr bauen. Die Angst sollte sich nur kurz auf Ada niederlassen und dann weiterziehen, hinter dem Grundschulgebäude verschwinden, in dem sie einen Großteil der nächsten vier Jahre verbringen würde. Eine bunte Girlande hing für den Tag der Einschulung über dem Eingang, zwei ältere Mädchen verteilten Kopien des Programmablaufs, öffneten ihnen die Türen. Gesumme im Inneren, zwischen den Stuhlreihen schwirrende Erstklässler, die Bühne von einem roten Samtvorhang verhängt. Parfüm stieg in Wolken auf, hüllte die eng beieinanderstehenden Familien für einen Moment in ihre eigenen kleinen Räume. Sie kannten sich aus dem Viertel, kannten sich aus der Kita, kannten sich aus dieser Schule, in die schon die älteren Geschwister gegangen waren, kannten sich von den Spielplätzen und vom Einkaufen im Supermarkt, kannten sich, weil sie seit Jahren hier lebten und sich täglich auf der Straße begegneten. Ada krallte ihre Finger in Patriks Hand, drückte sich an ihn. Er hatte mit ihr über die Angst gesprochen, nie behauptet, es gäbe sie nicht.

»Du darfst Angst haben, die Angst ist nichts Schlechtes. Die Angst ist dafür da, dass du genau aufpasst, was um dich herum passiert. Dann merkst du, dass alles in Ordnung ist, und die Angst fliegt weiter, wie ein Vogel.«

Durch den Mittelgang gingen sie zur ersten Reihe und suchten sich Plätze am Rand. Ein Junge drückte neben ihnen das Gesicht in den Schoß einer Frau, als wollte er statt in die erste Klasse in den Bauch zurück, wo er vor seiner Geburt so sicher gelebt hatte. Patrik wandte sich ab, nahm Adas Hand. Sein Körper erlaubte ihr keine Träume von Höhlen und Milch. Eine einfache, stabile Form ohne Hohlräume und Geheimnisse, verletzlich nur an den Scharnieren, die sich in unzähligen Drehungen und Stauchungen abgenutzt hatten, ansonsten wie gemacht, um Widerstände zu durchbrechen. Hinter ihnen füllten sich die Reihen, das Summen schwoll an, hinter dem Vorhang bewegte sich etwas. Darauf konzentrierte er sich jetzt. Er wollte nicht an sie denken, wollte nicht an Kara denken, nicht in einem Moment wie diesem. Ihren ersten Schultag würde Ada mit ihm erleben, so wie sie den ersten Tag in der Kita mit ihm erlebt hatte, den Durchbruch des ersten Zahns, den ersten ausgefallenen Zahn. Er hatte Ada ihr erstes Eis gekauft, Mini Milk Vanille, eine Offenbarung, ungläubig hatte sie ihn angesehen und das Eis beinahe ehrfurchtsvoll an die Lippen geführt. Er war dabei gewesen, als sie die erste schwere Verletzung durch eine Freundin erlitten hatte, ausgeladen am Tag vor der Geburtstagsfeier, das Geschenk längst geflochten, zwei identische Freundschaftsbänder, die danach nutzlos gewesen waren.

Er hatte sie getröstet, nicht Kara.

»Wir können die Bänder wegwerfen oder verbrennen, aber ich weiß was Besseres«, hatte er gesagt.

»Was denn?«

»Wir knoten sie zusammen und binden damit den abgeknickten Ast draußen im Garten fest, dann wächst der wieder an, und die ganze Arbeit war nicht umsonst.«

Ein Gong schlug, einmal, zweimal, ein drittes Mal mit größerem Nachdruck, bis endlich Stille herrschte. Neben ihm richtete Ada sich auf, atemlos vor Spannung, die Hände auf die Oberschenkel gepresst. Ein paar Sekunden atmeten sie beide nicht, regten sich nicht, während der Vorhang zur Seite glitt und den Blick auf die Bühne voller Kinder freigab, Dritt- oder Viertklässler, die sich Seitenblicke zuwarfen und mühsam ein Kichern unterdrückten. Drei von ihnen hockten in einem aus großen Kartons gebauten Flugzeug, flogen damit um die Welt und besuchten Schulen auf allen Kontinenten, begleitet vom Chor der anderen, trafen auf landestypische Tiere, lernten fremde Sprachen, fanden neue Freunde. Das Freundschaftsband hätte um Karas schmales Handgelenk gepasst, kein Zweifel, dass sie es für sich beansprucht und das andere um Adas Arm gebunden hätte, statt den Baum im Vorgarten zu verarzten. Natürlich war der Ast nicht wieder angewachsen. Im nächsten Sturm war er endgültig gebrochen, und Patrik hatte ihn samt der Bänder entsorgt, ohne Ada vorher noch einmal zu fragen.

Karas vorwurfsvolle Stimme:

Why didn't you keep it? Our daughter made that with her own hands.

Noch immer hörte er sie in den besonderen Momenten sprechen, als beobachtete sie sein Leben mit Ada ganz genau, spürte auch jetzt, dass sie dringend etwas beizutragen hatte, und fragte sich zugleich, wann sie endlich verstummen würde, nachdem er sie fünf Jahre nicht gesehen hatte.

Die Weltreise endete, wo sie begonnen hatte. Unter Applaus wurde das Flugzeug von der Bühne gezogen, und die Direktorin bat Frau Cziora herauf, die sich als Klassenlehrerin der 1a vorstellte und in alphabetischer Reihenfolge begann, die Schülerinnen und Schüler ihrer Klasse aufzurufen.

»Ada Bischoff.«

Ada zuckte zusammen, als sie ihren Namen hörte. Zwei, drei lange Sekunden saß sie stocksteif, machte keine Anstalten aufzustehen, bis er sich zu ihr beugte und in ihr Ohr flüsterte: »Du schaffst das, kein Problem. Der Vogel ist längst weg.«

Ein letztes Mal drückte er ihre Hand, dann ging sie. Mit den Augen führte er sie über die drei Stufen der Seitentreppe auf die Bühne und stellte sie neben Frau Cziora, hielt den Kontakt auch dann noch, als nach und nach immer mehr Kinder dazukamen. Ein Mädchen berührte ihren Arm, und Ada wandte den Blick. Ohne zu lächeln, sahen sich die beiden an, rückten noch näher zusammen, eine große Ernsthaftigkeit, wie sie gemeinsam den Raum überblickten, während sich um sie herum die Bühne füllte und schließlich das letzte Kind die Klasse vervollständigte, dreiundzwanzig Jungen und Mädchen, zu denen Ada ganz selbstverständlich gehörte.

Wie groß sie geworden war.
Wie klein sie noch immer war.

Patrik klatschte mit den anderen Eltern, obwohl er den Anblick seiner Tochter am liebsten still genossen hätte. Angeführt von Frau Cziora, verließ die Klasse im Gänsemarsch die Bühne. Ada drehte sich noch einmal zu ihm um, ein letztes Lächeln, bevor sie hinter der schweren Brandschutztür im Treppenhaus verschwand.

Er stand auf, als die nächste Klasse aufgerufen wurde, ging nach draußen. Auf dem Schulhof war er der Einzige, Unterrichtsstille, nur die Tauben gurrten in den Bäumen. Er sog die Spätsommerluft ein, ging einmal um das Gebäude herum, um sich mit dem Ort vertraut zu machen, die verschiedenen Zugänge zu lokalisieren, die Fluchtwege. So schnell wie möglich würde er mit Ada den Schulweg einüben, sie die ersten Wochen begleiten und auf alle Gefahren hinweisen, besonders an den Ampelübergängen, und dann Tag für Tag ein kleines Stück zurückbleiben, bis sie irgendwann allein oder mit Freundinnen aus ihrer Klasse gehen konnte. Stabilität entstand aus der Wiederholung von Abläufen. Sie mussten sich die Routinen erst wieder erarbeiten, den Schulweg genauso wie die Strukturierung der Nachmittage, den Grundriss der neuen Wohnung. Was gehört wohin, woher kommt das Licht, wann gibt es Abendbrot. Er drehte noch eine zweite Runde, prägte sich die Lage der Spielgeräte und Fußballfelder ein. Als er zum Haupteingang zurückkehrte, traten die ersten Kinder aus dem Gebäude, Ada an der Hand des Mädchens von vorhin, aufrecht trotz des schweren Ranzens. Im Gleichschritt mit den anderen marschierte sie an ihm vorbei zum Treffpunkt unter der Platane, in deren Schatten sich die Klasse noch einmal um Frau Cziora gruppierte. Er verstand nicht, was sie sagte, sah nur, dass Ada aufmerksam zuhörte und nickte, bevor Frau Cziora die Klasse auflöste und die Kinder zu ihren Eltern schickte. Ada rannte los, sprang in seine Arme, glühte und strahlte, ein kleiner Reaktor an seiner Brust.

»Wir haben Hausaufgaben, Frau Tschorra sagt, wir müssen unsere Schultüte malen und den Namen draufschreiben, also meinen, und vielleicht kann ich das mit Maya machen, Maya hat zu Hause Kaninchen, die sind voll süß, so schwarz und weiß, und wenn wir mal Haustiere malen müssen, dann malt sie die, ich hab ja keine, können wir auch Kaninchen, bitte, weil, was soll ich denn sonst malen, dann musst du das Frau Tschorra sagen, dass wir keine Kaninchen haben, sonst krieg ich eine Sechs, das ist doch das Schlechteste, oder?«

Adas Energie ließ auch in den nächsten Tagen nicht nach. Sie wachte vor ihm auf und kam an sein Bett, rüttelte an seiner Schulter, bis er die Augen aufschlug und sich zu ihr drehte.

»Steh auf, wir kommen zu spät!«

»Ada, es ist nicht mal halb sieben!«

»Trotzdem.«

Ständig diese Sorge, am Frühstückstisch, wo sie ihr Müsli herunterschlang, im Bad, wo sie wie eine Irre die Zähne schrubbte und den Schaum nach kaum einer Minute ins Waschbecken spuckte, den Waschlappen einmal flüchtig über den Mund zog, um Patrik danach von der Seite zu beobachten, vor Ungeduld trippelnd, während er sich in aller Ruhe fertig machte.

»Beeil dich doch mal!«, rief sie.

»Es ist alles gut, Kind, wir haben genug Zeit. Sonst sind wir noch die Ersten. Da könnten wir ja gleich in der Schule übernachten.«

Ada fing an zu lachen, presste beide Hände vor den Mund, kicherte hohl.

»Da sind doch gar keine Betten! Da müssten wir ja auf den Tischen schlafen oder unter den Tischen, das ist dann wie in einer Höhle, also so ein bisschen, aber wir haben Decken in der Leseecke, die können wir nehmen, dann hängen wir die über die Tische und machen es dunkel, voll gemütlich, wir können ja meine Taschenlampe nehmen, dann können wir abends noch lesen, also du kannst lesen, ich kann ja noch nicht, wir haben genug Bücher in der Leseecke, aber da müssen wir vorher Frau Tschorra fragen, wir dürfen nämlich immer nur ein Buch auf einmal, sonst gibt das ein Durcheinander, sagt Frau Tschorra.«

Eine neue Instanz in Adas Leben. Frau Cziora machte die Regeln, Frau Cziora setzte die Grenzen, Frau Cziora bestimmte mit gottgleicher Autorität, was richtig und falsch war. Patrik fragte sich, ob er je einen solchen Einfluss auf seine Tochter gehabt hatte wie Frau Cziora in diesen ersten Tagen, ob sie ihm je so bedingungslos folgen würde, wie sie Frau Cziora Anweisungen folgte. Ohne zu murren, erledigte sie direkt nach der Schule ihre Hausaufgaben, saß hoch konzentriert am Küchentisch und fuhr Zahlen und Buchstaben nach, malte Tiere und Pflanzen aus, klebte in ihrem Heft geometrische Formen zu einem Clown mit runder Nase und dreieckigen Ohren. Er musste sie nicht antreiben oder bitten, sorgfältiger zu arbeiten. Frau Cziora hatte gesagt, sie sollten auf den Linien bleiben, also blieb Ada auf den Linien, radierte alles Überstehende weg, pustete die Gummiwürmchen vom Papier. Stundenlang hätte er sie in diesen Phasen tiefster Versunkenheit betrachten können, wie sie sich eine Strähne aus dem Gesicht strich und manchmal stumm die Lippen bewegte, und er sank mit ihr aus der Welt in einen Zustand vollkommener Ruhe, aus dem er erst wiederauftauchte, als er den Blick von ihr nahm. Hinter dem Küchenfenster lag die Straße und dahinter die Siedlung mit den Einfamilienhäusern, wo die meisten von Adas Klassenkameradinnen lebten. Maya, Johanna, Sophie. Die Sonne strahlte von einem makellosen Himmel in die Gärten, bleichte die Spielgeräte aus Holz, trocknete die Böden aus. Ein Rasensprenger warf glitzernde Bögen in die Luft. Auf der verkehrsberuhigten Spielstraße kickten ein paar Jungen, nur zu erahnen die Rufe und das Donnern des Balls gegen ein Garagentor. Die Geräusche aus der Siedlung erreichten ihre Wohnung im dritten Stock nicht, wurden geschluckt vom Verkehr, der am Neubaugebiet vorbei Richtung Innenstadt brauste. Dreihundert Meter von ihrer Wohnung entfernt führte eine Fußgängerampel über die Straße. Mit Ada blieb er dort auch bei Grün noch kurz stehen, bläute ihr ein, so lange zu warten, bis sie sicher sein konnte, dass die Autos wirklich hielten.

»Du kannst dich nicht darauf verlassen, du musst das mit eigenen Augen sehen«, sagte er.

»Ich weiß, Papa, ich bin kein Baby mehr.«

Sie hatte es eilig, in die Siedlung zu kommen, wo sie mit Maya auf dem Spielplatz verabredet war. Ein paarmal schon hatten sie sich am späten Nachmittag getroffen, nachdem Patrik Ada aus dem Hort abgeholt hatte. Er trug noch seine Arbeitsklamotten, die Feuchtigkeit eines ganzen Arbeitstages in der Spedition unter den Achseln. Erst als er auf der Bank saß, krempelte er die Ärmel hoch, öffnete die beiden oberen Knöpfe, streckte die Beine aus. Der Spielplatz war noch ganz neu, keine Kratzer oder Dellen in den modularen Massivholzlandschaften und Edelstahlrutschen, die Seile der Kletterpyramide straff gespannt, ein von schwarzen Blockstufen aus Gummigranulat umrandeter Sandkasten. Es roch nach Rindenmulch, frisch gepflanzten Bäumchen, die noch keinen Schatten spendeten. In ein paar Jahren, wenn die Bäume gewachsen waren, würde der Spielplatz eine schattige Oase sein, ein dunkelgrüner Fleck inmitten der Siedlung, jetzt lag er ungeschützt in der prallen Sonne. Alle Kinder trugen Mützen oder Sonnenhüte, alle waren eingecremt, alle hatten helle Flecken an den Rändern ihrer T-Shirt-Ärmel, wo die Sonnenmilch den Stoff gebleicht hatte. Kosmetische Wolken stiegen Patrik in die Nase, als sie an ihm vorbeirannten. Auf der Bank neben ihm saßen zwei Mütter und sprachen über den Wochenfluss nach der Geburt, rotbraun, rosig, gelb, schließlich weiß, sahen hoch und lächelten ihn an, sahen durch ihn hindurch und redeten ungehemmt weiter, als wäre er eine von ihnen. Der Farbverlauf am Himmel über dem Spielplatz, vom frühen in den späten Nachmittag. Am liebsten wäre er gegangen, blieb nur, weil Ada bleiben wollte, verharrte in seiner beaufsichtigenden Funktion, in seiner bereitstellenden und pflegenden Funktion, in seiner Funktion des Tröstens, als Ada vom Seil der Kletterpyramide abrutschte und in den Sand fiel. Er stand auf und ging zu ihr, ahnte die Blicke der beiden Mütter im Rücken, richtete sich unwillkürlich auf und machte sein breitestes Kreuz. Sein aus der Zeit und den Umständen gefallener Körper, für etwas anderes gemacht, als auf Spielplätzen herumzulungern, tatenlos im Sand zu warten, bis Ada sich endlich traute, hinter Maya her zu klettern, die schon längst auf der obersten Plattform hockte und mit einem überlegenen Lächeln zu Ada hinuntersah. Seine ängstliche Tochter, wie sie den Fuß erst löste, wenn beide Hände am Seil waren, wie sie das Seil umklammerte, als hinge ihr Leben daran. Er drängte sie nicht; fragte sich, ob seine Geduld ihn attraktiv machte, die Sicherheit, die er neben der Pyramide stehend seiner Tochter gab, seine Zärtlichkeit, als er sie unten in Empfang nahm und fest in die Arme schloss, weil sie es nicht bis ganz nach oben geschafft hatte. Das lässige Anreichen der Trinkflasche. Es spielte sich alles so leicht vor den beiden Müttern, und trotzdem sahen sie kaum hin, keine sexuelle Regung in ihren Blicken, als er sich wieder auf die Bank neben sie setzte. Ada und Maya kamen angerannt, verschlangen im Stehen ein paar Apfelschnitze, bevor sie anfingen, Rindenmulchstücke zu sammeln, und sich unter das Vordach eines Kletterturms hockten, um die Stücke nach Form und Größe zu sortieren. Ihre Schultern berührten sich, die Köpfe steckten zusammen. Seit der Einschulung waren sie unzertrennlich, strahlten inzwischen eine Vertrautheit aus, wie sie in so kurzer Zeit nur zwischen Kindern entstehen konnte. Mit Maya betrat Ada morgens das Klassenzimmer, mit Maya kam sie dienstags aus der Mensa, wenn er sie an seinem freien Nachmittag früher abholte. Mit Maya auf der Schaukel, mit Maya am Karussell. Lautlos rotierte die Mittelsäule im Kugellager. Maya und Ada holten mit den Füßen Schwung und lehnten sich nach hinten, die Köpfe weit im Nacken, sodass die Welt Kopf stand, Boden und Himmel die Plätze tauschten, aber nur er schien den Schwindel zu spüren, während sie sich lachend immer schneller drehten.

Mit Maya im Sandkasten. Bis zum Ellenbogen vergrub Ada ihre Arme im Sand, als wollte sie Wurzeln schlagen. Mit den Bäumen würde sie wachsen und älter werden, wie die Spielgeräte kleine Kratzer und Narben abbekommen, Fahrradstürze, Sportunfälle, Äste, an denen sie beim Verstecken hängen blieb. Sie würde sich mit Maya und den anderen Kindern diesen Ort zu eigen machen, indem sie seine Strukturen für ihre Spiele nutzten, ohne sich darum zu scheren, wofür sie eigentlich gedacht waren. Auf dem Stahl der Rutsche brieten sie die Rindenmulchstücke, deckten die breite Wippe als Tisch, aßen kniend aus den Buddelförmchen. Nach dem Essen spülte Ada das Geschirr mit Sand, den Maya durch eine Röhre im Kletterturm rieseln ließ, und wieder hätte er ihr ewig zusehen wollen, wie sie mit größter Sorgfalt auch noch das letzte Korn aus den Förmchen pustete und sie zum Trocknen umgekehrt auf die Schaukeln stellte. Vergessen waren die beiden Mütter, die er erst wieder wahrnahm, als sie mit ihren Kinderwagen an ihm vorbei zum Ausgang zogen und Caroline die Klinke in die Hand gaben. Mayas Mutter schloss das Tor hinter sich und kam im Slalom um die auf dem Boden hockenden Kleinkinder auf ihn zu. Sie kannten sich seit dem Tag der Einschulung, hatten sich beim Elternabend länger unterhalten, begegneten sich jedes Mal, wenn er Ada bei Maya abholte. Deutlich zeichnete sich ihr BH unter dem engen Sommerkleid ab.

»Tut mir leid, ich bin ein bisschen spät«, sagte sie. »Alles klar bei euch?«

»Natürlich, alles bestens.«

Sie setzte sich neben ihn auf die Bank, legte den Kopf in den Nacken, atmete mit geschlossenen Augen einmal tief durch.

»Heute war es schlimm, immer diese endlosen, sinnlosen Diskussionen!«, sagte Caroline.

Die Mädchen hatten ihre Ankunft noch nicht bemerkt, also beobachteten Caroline und er sie eine Weile schweigend. Nach dem Spülen der Förmchen waren sie dazu übergegangen, im Schatten der Rutsche ein Loch zu graben, stachen abwechselnd ihre Schaufeln in den Sand, schleuderten ihn zur Seite weg. Erst als neben der Bank ein Junge aufkreischte, sah Maya hoch und entdeckte ihre Mutter, ließ die Schaufel fallen, kam angerannt.

»Mama!«

»Hallo, mein Schatz.«

Sie umarmten sich lange, dann ließ Caroline los und strich ihrer Tochter ein paar Haare aus dem Gesicht.

»Na, was macht ihr?«, fragte sie.

»Wir graben nach Australien.«

Ada, die noch ein paar Schaufeln weiter gebuddelt hatte, kam angetrottet und drückte sich zwischen Patriks Beine.

»Hallo, Ada, Süße«, sagte Caroline.

»Hallo.«

»Komm, schaukeln!«, rief Maya und lief los, Caroline an der Hand hinter sich herziehend. Beinahe entschuldigend lächelte sie ihm zu, *Kinder*, schien sie zu sagen und zuckte mit den Schultern.

»Wollen wir auch was machen?«, fragte Patrik.

»Nein«, sagte Ada.

Gemeinsam schauten sie zu, wie Caroline und Maya auf den Schaukeln Schwung holten, gegenläufig zunächst, bevor sich ihre Flugkurven mit zunehmender Höhe anglichen und sie synchron bis zum höchsten Punkt durch die Luft rauschten, wo sie einen Moment waagerecht und parallel zueinander verharrten. Carolines Beine unter dem flatternden Saum, die Haut gebräunt vom Sommer. Als sie sich eine Viertelstunde später zum Abschied umarmten, fuhr Patrik mit dem Zeigefinger über den Träger ihres BHs, legte die andere Hand so tief auf Carolines Rücken, dass er die beginnende Wölbung ihres Hinterns unter dem Kleid spürte. Caroline erstarrte für eine Sekunde, ehe sie sich auf Zehenspitzen an ihn drückte. Auf dem Nachhauseweg blieb er ganz still, neben ihm ging Ada ebenfalls schweigend.

»Wo ist eigentlich meine Mutter?«, fragte sie, als sie sich am Abend auf ihrem Bett umzog.

Ein Ärmel ihres T-Shirts baumelte schon herab, die

Hose stand offen, die weißen Söckchen lagen auf dem Boden. Patrik bückte sich und hob sie auf, strich sie glatt, ein wenig Sand rieselte heraus. Er betrachtete die Grasspuren an Ferse und Ballen, den nach den langen Sommertagen fadenscheinig gewordenen Stoff. Die Söckchen mussten gewaschen werden, mit allem anderen, was im Bad in der Wäschetonne lag. Er richtete sich auf, wusste nicht, wohin mit ihnen, behielt sie in der Hand.

»In Amerika«, sagte er.

»Wo ist das?«

»Weit weg.«

»Wie weit?«

»Da liegt ein riesiges Meer dazwischen.«

»Oh.«

Ada zog das T-Shirt halb über den Kopf, verhedderte sich, zerrte am linken Ärmel.

»Warum ist sie nicht hier? Die Mutter von Maya ist ja auch hier. Und die von Sophie auch. Und die von Johanna. Und die von Adrian. Und die von Max. Und die von ...«

»Jetzt mach doch mal richtig!«

Er stand auf und befreite sie aus dem T-Shirt, setzte sich wieder auf den Tripp Trapp neben ihrem Schreibtisch, wo sie selbst gerade noch gesessen und für Maya Kaninchen auf schwarze Pappe gemalt und ausgeschnitten hatte. Am Wochenende wollte sie ihr die Kaninchen geben, und er würde beim Abholen Caroline wiedersehen.

»Aber warum?«, fragte Ada.

»Ich weiß nicht. Das ist schwer zu erklären.«

»Macht doch nichts.«

»Zieh dich jetzt an, bitte.«

»Nie erklärst du mir was.«

»Das stimmt doch überhaupt nicht. Ich erklär dir immer alles, erzähl doch nicht so einen Quatsch.«

»Also, warum?«

Nur bis zu einem gewissen Grad ließen sich die Söckchen in seiner Hand zu etwas Hartem zusammenpressen. Er löste die Finger und schüttelte sie aus, wieder flog etwas Sand. Ada saß mit nacktem Oberkörper auf dem Bett und schien vergessen zu haben, dass sie noch ihre Hose ausziehen und das Nachthemd anziehen musste. Erwartungsvoll sah sie ihn an, die Haare wirr im Gesicht, während sie mit ihren Fingern zwischen den Zehen knibbelte. Ein schmales Mädchen, wie aus Zweigen geflochten.

»Manchmal will man was unbedingt«, sagte Patrik, »dann gibt man sich ganz viel Mühe, und es klappt trotzdem nicht. Deine Mutter konnte einfach keine Mama sein.«

»Dann muss sie was anderes machen.«

»Ja.«

»Was denn?«

»Was?«

»Was sie macht.«

»Ich weiß nicht, Ada.«

»Vielleicht was mit Tieren. Es kann ja sein, dass sie Tiere mag, vielleicht hat sie Kaninchen, wie Maya, dann kann ich die mal streicheln. Oder Katzen.«

»Sie ist nicht da, Ada.«

»Ich weiß.«

»Wer nicht da ist, zählt nicht. Ich bin da. Du bist da. Verstehst du?«

Ada nickte, zog am linken Hosenbein.

»Aber wenn sie Katzen hat, muss sie aufpassen wegen den Hunden, sonst beißen die. In Amerika gibt's doch bestimmt auch Hunde, oder?«

»Hör jetzt auf, bitte, und mach endlich weiter.«

»Maya hat mal gesehen, wie ein Hund eine Katze gejagt hat, aber Hunde können ja nicht klettern, und die Katze ist gerade noch auf einen Baum hoch. Zum Glück. Vielleicht ist das der Katze von meiner Mutter auch schon passiert. Das müssen wir sie fragen, wenn sie mal kommt.«

»Sie kommt nicht!«, brüllte er. »Und wir brauchen nicht auf sie zu warten, und wir brauchen nicht über sie zu sprechen, und ich will auch gar nichts hören von irgendwelchen Hunden oder Katzen. Okay?«

Ada sah durch ihn hindurch, ihre Finger spielten am Hosensaum, falteten ihn zusammen und lösten sich wieder.

»Wir müssen das hier zusammen machen«, sagte er, »du und ich. Wir können uns nicht auf irgendwelche Leute verlassen, die nicht da sind.«

»Ich hab doch nur gefragt.«

»Dann frag nicht mehr.«

Adas Augen schimmerten feucht, und sie senkte den Blick, zog nun endlich auch das zweite Bein aus der Hose. Patrik stand auf und setzte sich neben sie, nahm erst ihre linke, dann ihre rechte Hand in seine Hände, wartete, bis sie ihn ansah.

»Du bist da. Ich bin da. Sonst niemand. Das reicht aber auch.«

»Ja.«

Sie umarmten sich, aus Zweigen geflochten, dachte

Patrik noch einmal und zog ihr das Nachthemd über den Kopf. Morgen würde er ihr die Haare waschen müssen, er würde staubsaugen müssen, Wäsche waschen, das Bett frisch beziehen.

Ada, zwölf Jahre alt

»Ihr müsst mal dringend raus«, sagt Mirell, »ihr braucht jetzt Urlaub, nicht erst in vier Wochen.«

Adas Augen leuchten, als er ihr den Vorschlag macht, zum ersten Mal in diesen Ferien, so kommt es Patrik vor, und er dankt Mirell innerlich für die Idee, auf die er selbst nicht gekommen wäre.

»Irgendwo ans Meer«, sagt er, »wollten wir ja sowieso.«

»Aber nur, wenn ich mit Carla in ein Zimmer darf. Dann kannst du auch bei Mirell schlafen.«

»Meinst du das wirklich?«

»Ja.«

Er nickt, aber ihm ist nicht wohl dabei. Tage- und nächtelang auf engstem Raum, von morgens bis abends Mirell und er als Paar vor Adas Augen. Er ruft Mirell an, äußert seine Bedenken.

»Ich weiß, was du meinst«, sagt Mirell. »Den ganzen Tag aufeinanderhocken, dann nachts auch noch in einem Bett, und bei der Hitze müssten wir ja nackt schlafen, das klingt echt schrecklich. Im Ernst, ich kann ja verstehen, wenn dir das alles zu schnell geht, ich bin mir da selbst nicht sicher. Aber ganz ehrlich:

Wir mögen uns alle, was ist das Schlimmste, das passieren kann?«

Also redet er mit Kerschbaum, tauscht ein paar Schichten, mietet, weil die Ostsee gut zu ihnen gewesen ist, auf Airbnb für eine Woche ein Haus in der Lübecker Bucht, das er sich nur leisten kann, weil Mirell die Hälfte bezahlt. Es ist die erste große Transaktion zwischen ihnen, nachdem sie die kleineren Beträge beim Essengehen oder Kaffeetrinken bisher immer abwechselnd übernommen haben. Das Haus, ein zweistöckiges Backsteingebäude mit Flachdach, liegt einen Kilometer vom Strand entfernt in einer Siedlung am Hang. Hinter Mirell geht Patrik durch den dazugehörigen Garten, der kleiner ist, als er ihn sich anhand der Bilder im Internet vorgestellt hat. Der Rasen ist voller Gänseblümchen und seit bestimmt drei Wochen nicht gemäht worden, in einer Ecke steht ein Sandkasten unter ausladenden Sträuchern. Dazu Beete voller Kräuter und Zierpflanzen, eine Staude mit prächtigen gelben Blüten. Unzählige Insekten fliegen zwischen den Sträuchern und lassen die Luft schwirren. Patrik schließt die Augen, schwer und angenehm liegt die Wärme auf seinem Gesicht, und er fragt sich, ob ihm die Gartenarbeit Spaß machen würde, harken und säen, gießen, düngen, zurückschneiden, ernten. Samstagvormittage am Rasenmäher, der Geruch der geschnittenen Halme, im Spätherbst die Vorbereitungen für den Winter: Pflanzen herausreißen, die Böden umgraben vor dem ersten Frost. Dazu das Haus, die Reparaturen, die nötig wären, um es in einem guten Zustand zu halten. Er sieht sich Parkett verlegen und Fliesen austauschen, danach ein heißes Bad in einer

Wanne nehmen, die seiner Größe entspricht, um sein schlechtes Knie, seinen schlechten Rücken zu besänftigen. Schaumberge um ihn herum, fast geräuschlos platzende, winzige Bläschen. Er geht nach oben ins Badezimmer, aber es gibt keine Wanne, also duscht er, rasiert sich, zieht sich an, geht nach unten und isst auf der Terrasse gemeinsam mit Ada, Carla und Mirell den Salat, den sie in seiner Abwesenheit zubereitet haben: Tomaten, Oliven, Wassermelone, Schafskäse. In der Bucht scheinen die Frachter am Horizont zu stehen, Dahinter löst sich das Meer aus der Umklammerung der Küste und geht fast übergangslos im Himmel auf. Erschöpft von der Anreise und den ersten Eindrücken lassen sie sich nach dem Essen auf die anthrazitgraue Wohnlandschaft im Erdgeschoss fallen, Ada an Carla gelehnt, Carlas Kopf auf Mirells Schoß, Mirell in seinem Arm. Fast übergangslos ist er in ihr; nachdem sie die Zähne geputzt, geduscht und sich unter das fremde Laken in dem fremden Bett verkrochen haben, zieht sie ihn an sich, und er erwacht vom Klirren eines Tellers, der im Erdgeschoss auf den Fliesen zerspringt, gefolgt vom Kichern der Mädchen, hält die Augen noch ein wenig geschlossen, ehe sie sich wie von allein öffnen. Durch zwei verbogene Lamellen scheint ihm die Morgensonne ins Gesicht.

Im Wohnzimmer liegen die Mädchen quer auf dem Sofa mit den Augen über ihren Handys, und er fragt, ob sie mit ihm laufen gehen wollen. Carla schüttelt den Kopf, Ada geht nach oben und zieht sich um, dann traben sie gemächlich zwischen Ferienwohnungen und Apartmentblöcken Richtung Meer. Böen wehen über die Bucht und streichen angenehm über Patriks Haut, als er mit Ada den Strand erreicht. Ein ruhiger, von der Morgenstille getragener Lauf. Im Osten steht die Sonne knapp über dem Horizont, und Ada läuft ihm nicht weg, bleibt im Rhythmus an seiner Seite, springt nur manchmal über die an Land leckenden Wasserzungen, obwohl ihre Schuhe längst durchnässt sind. Nach einer knappen Stunde hocken sie sich in den Sand und atmen durch. Patrik streckt die Hände aus, um sich von Ada aufhelfen zu lassen, macht sich besonders schwer, sodass sie ihm lachend in die Arme fällt. Ein leichtes Schwanken geht noch durch den Tag, als wäre er am Morgen wie von einem Schiff aus der Nacht getreten und müsste sich erst an den festen Boden unter seinen Füßen gewöhnen. Aus Liepāja kommend, erreicht die Fähre der Stena Line den Hafen gegen halb zehn, und sie bleiben auf dem Rückweg vom Strand kurz stehen, verfolgen den Abstieg der Passagiere über die Gangway, ihre ersten unsicheren Schritte an Land, obwohl der Wind sich gelegt hat und die Ostsee totenstill liegt.

Nach dem Frühstück, Ada und er haben Brötchen und Croissants besorgt, und sie haben gemeinsam unter dem Sonnenschirm auf der Terrasse gegessen, gehen sie an den Strand. Sie mieten zwei Strandkörbe und stellen sie im rechten Winkel zueinander, legen ihre Handtücher aus, befestigen die Anlage, indem sie einen knietiefen Graben ausheben und mit dem Sand einen Wall aufschütten, den sie mit Meerwasser übergießen und festklopfen, ehe sie ihn mit Muscheln und Steinen verzieren.

»Wie so dumme Deutsche«, sagt Carla.

Auf allen vieren krabbeln sie um den Wall, stoßen mit den Köpfen zusammen, beschweren sich darüber, dass die Muster unregelmäßig werden, weil jeder etwas anderes macht. Die Kabbeleien gehören dazu, der Überdruss. Die Launen von Ada, wenn sie als Erste die Lust verliert, sich schmollend in die Ecke eines Strandkorbs drückt, die Knie ans Kinn gezogen, und am Saum eines Handtuches lutscht, bis Carla sich neben sie fallen lässt und ihr das Handtuch aus dem Mund zieht.

»Lass mal schwimmen gehen.«

Zwischen den Strandkörben schreiten sie zum Wasser, halten die Zehen hinein und stürmen wie auf Kommando kreischend los, tauchen mit Kopfsprüngen unter, tauchen auf, prusten, schwimmen in langen Zügen zur Sandbank.

Schwestern, denkt Patrik.

In Rinnsalen rieselt der Sand vom Wall in den Graben. Mirell liegt auf dem Rücken und sonnt sich, und er fährt mit der Hand unter ihr Bikinioberteil, spürt, wie ihre Brustwarzen hart werden, fährt über ihren Bauch, als habe sie nicht nur Carla, sondern auch Ada darin ausgetragen. Wegen der Sonnenbrille kann er nicht erkennen, ob sie den Unterschied in der Berührung bemerkt; dass er sie anfasst, als hätten ihre Körper eine gemeinsame Vergangenheit, als hätten sie gemeinsam Täler durchschritten und wären auf den Höhen dicht beieinander geblieben, wie er es jahrelang mit Kara getan hat.

Er schließt die Augen, erinnert sich an Kara, an die Nacht nach der Golden League in Zürich, das weiße

Hotelzimmer, in dem sie mit ein paar Leuten bis zum Morgen gefeiert hatten. Kara trank den Champagner aus der Flasche, gackerte über die Sprüche eines marokkanischen Mittelstrecklers, der sich irgendwie mit ins Zimmer geschlichen hatte, während Patrik auf dem einzigen Stuhl saß und sich nicht an ihr sattsehen konnte, bis sie sich in der Frühe, die Sonne schien schon über den See, und alle anderen waren gegangen, ins Bett legten und Frühstücksfernsehen auf Schweizerdeutsch glotzten.

»What are they talking about?«, lallte Kara mit schon halb geschlossenen Lidern.

»I have no idea«, sagte er und schaltete den Fernseher aus.

Es waren ihre besten Zeiten, wenn sie gemeinsam oben waren, vollgepumpt mit Euphorie, als hätten sie Drogen genommen. Danach kamen die Misserfolge, die Verletzungen, die Operationen, und sie schlugen umso härter auf dem Boden auf, fanden keine Kraft, einander aufzurichten. Wie ein zusätzliches Gewicht drückte die Niedergeschlagenheit des anderen auf den Brustkorb. Dann lagen sie nebeneinander, ohne sich zu berühren, unbegreiflich weit die Entfernung zwischen ihnen, obwohl das Bett nur zwei Meter breit war. Schon das Aufstehen war ein Kampf, so fing es an, der erste kleine Sieg, nicht liegen zu bleiben, trotz der Appetitlosigkeit zusammen zu frühstücken, zur Reha oder zum Training zu fahren, sich an die Grenzen dessen heranzutasten, was Kopf und Körper zuließen. Nach ein paar Tagen lachten sie wieder miteinander, fanden in ihren gewohnten Rhythmus zurück, verbrachten nach Saisonende den Spätherbst und Teile des Winters in Deutschland, trennten sich im Frühjahr für Monate, wenn Kara in die USA ging, kamen vor der neuen Saison für ein paar Wochen zusammen und trainierten gemeinsam am Stützpunkt, bevor die Wettkämpfe begannen. Die Stabilität lag in den Abläufen, in ihrem Umfeld, den Ärzten und Trainern, die ihnen sagten, was sie zu tun hatten, den Vorgaben der Verbände. Nichts mussten sie selbst entscheiden, es hatte etwas Kindliches, wie sie sich fallen lassen und darauf konzentrieren konnten, ihre Leistung zu bringen, sie zu halten und zu steigern. Ein Leben auf Zeit, es war ihnen beiden bewusst, ohne dass sie es aussprachen. Es auszusprechen hätte die absolute Gegenwärtigkeit ihrer Beziehung gefährdet, in der sie jeden Moment körperlich spürten, die Schmerzen nach dem Training, die Taubheit nach einem verlorenen Wettkampf, die Lust aufeinander, wenn sie morgens noch vor dem Licht erwachten, danach der Durst, der Hunger. Gemeinsam ernährten sie sich nach ihren Ernährungsplänen, trainierten nach ihren Trainingsplänen, erkannten die Zukunft nur als bunte Rechtecke im Saisonkalender. Vielleicht war sein Schock über Karas Schwangerschaft deshalb so groß. Sie anzusehen, ihren langsam wachsenden Bauch, und sich fragen zu müssen, wie es werden würde, nicht wie es war, sondern wie es sein würde, mit ihm als Vater, mit Kara als Mutter, mit diesem Kind. Nachts hörte er Karas gepressten Atem, wie Adas Tritte sie aufstöhnen ließen, und er stellte sich schlafend, bis sie zur Ruhe gekommen war, drehte sich erst dann wieder zu ihr und betrachtete sie lange, schloss sofort die Augen, sobald sie eine Bewegung machte.

Patrik schreckt hoch, kalte Tropfen besprenkeln seinen Rücken, als Ada sich hinter ihm wie ein nasser Hund schüttelt. Er nimmt die Hand von Mirells Bauch, es ist nur ein Spiel in der Hitze, in der Unwirklichkeit. Alles bleicht aus in diesem Licht, die Farben der Eistafel am Kiosk, das Polyester der Strandmuscheln. Mürbe wirkt das Material, als würde es beim ersten Wind reißen, aber es kommt kein Wind, ungewöhnlich, sagt die Verkäuferin im Kiosk, sonst haut er mir von morgens bis abends in die Flagge. Jetzt hängt die Flagge vollkommen still, als wäre sie mit einem Grafikprogramm nachträglich in den blassblauen Himmel eingefügt worden. Zweidimensional wirkt die ganze Kulisse des Strandes, eine fotorealistische Darstellung von spielenden Kindern und rauchenden Frauen, die knietief in der Ostsee stehen. Patrik riecht den Rauch, die Sonnenmilch, die Algen. Ein Schauer durchläuft ihn, als Ada mit ihren nassen Haaren über seine Schulter streicht, und er umschlingt sie mit beiden Armen, denkt die Bewegung nur im Ansatz, zu anstrengend wäre es, sie tatsächlich auszuführen. Nur das Notwendigste kann getan werden: über die Hitze maulen, Getränke herumreichen, kalt duschen nach der Rückkehr vom Strand. Ada geht als Erste ins Bad, sitzt, als er aus dem Haus tritt, in einem weißen Kleid am Rand der Terrasse, die nackten Füße im Rasen, und schaut in den Garten. Obwohl die Sonne schon hinter den Häusern verschwunden ist, scheint die Luft noch zu glühen, erstickt sie den Duft der Pflanzen, dämpft sie das Summen der Insekten in den Blüten. Patrik hockt sich neben seine Tochter, stützt sich mit den Händen auf den Holzdielen ab.

»Na?«, fragt er.

»Na«, sagt Ada.

»Geht's dir gut?«

»Ja. Bisschen heiß.«

»Für dein Seelentier ist das doch genau richtig, oder?«

»Für wen?«

»Den blauen Axolotl, weißt du nicht mehr?«

»Ich hab keine Ahnung, was du meinst.«

»Nichts, vergiss es.«

Er streckt die Beine aus, die ausgetrockneten Halme kitzeln seine Waden, und er zieht die Beine wieder zurück, stellt die Füße auf die Dielen.

»Morgen soll es noch schlimmer werden«, sagt er, »vielleicht können wir ja klettern gehen, da ist Schatten. Oder ins Steinzeitdorf.«

»Wie du willst«, sagt Ada.

»Was willst du denn?«

»Nichts, egal.«

»Sag doch, Ada.«

»Ja, weiß nicht. Steinzeitdorf.«

»Okay, dann machen wir das.«

Eine Handvoll Lehmhütten mit strohgedeckten Dächern. Sie verzichten auf eine Führung, schlendern stattdessen im eigenen Tempo durch das Dorf, setzen sich in einer der Hütten um die als Feuerstelle dienende Mulde im Boden. Tierschädel hängen unter der niedrigen Decke, durch ein Loch im Giebel fällt ein wenig Licht in die Düsternis. Unwillkürlich rücken sie dichter zusammen, sprechen leise, wie um die Geister in den Wänden nicht zu stören. Carla zieht vorsichtig ihr Handy aus der Tasche und fotografiert wahllos in den Raum, Ada tut es ihr nach, wischt auf der Suche nach den Seelen der früheren Bewohner die Fotos nach links. Mirell muss ihnen erst erklären, dass das Dorf nur ein Nachbau ist. Kein Mensch habe je in diesen Hütten gelebt, keine Seele stecke in den Wänden, höchstens ein paar Kronkorken, die ein besoffener Bauarbeiter dort eingemauert habe.

»Fake?«, fragt Carla und lässt das Handy sinken.

»Fake«, sagt Ada und schüttelt ungläubig den Kopf.

Sie richtet einen Gruppenchat ein, nennt die Gruppe *Fake Neandertaler on tour*, setzt für das Gruppenbild dem Leichnam von Ötzi eine Sonnenbrille auf. Sie lädt ein Foto aus der Hütte in den Chat, auf dem sie einen hellen, unscharfen Fleck an der Wand mit einem pinken Pfeil markiert hat.

Ada
Seele!

Carla
Bauarbeiterkacke!

Mirell
Igitt, Carla!

Carla
Was?

Ada
Voll eklig!

Patrik
Ihr habt ja alle keine Ahnung,
das ist die Maske aus Scream,
ist ja wohl offensichtlich.

Behutsam sind diese ersten gemeinsamen Tage, dazu die Windstille über der Bucht, die Hitze, die sie zur Langsamkeit zwingt. Nacheinander trudeln sie morgens am großen Esstisch ein und erwachen in unterschiedlichen Geschwindigkeiten zum Leben, Mirell mit ihrem Becher Kaffee, Ada mit ihrer Schale Obst, sie wischen sich den Schlaf aus den Augen, reichen Milch und Müslipackungen herum. Den Großeinkauf haben sie zusammen erledigt, haben nach anfänglicher Zurückhaltung hemmungslos exotische Früchte, Smoothies und Proteinriegel in den Einkaufswagen geworfen, Chips, Schokolade, Weißwein, Nudeln, Dosentomaten. Jetzt ist der Kühlschrank voll, und Patrik kann sich nicht länger gegen den Gedanken wehren, dass sie an diesem unwirklichen Ort versuchen, eine Familie zu sein. Auf den Paddleboards stehen sie der Größe nach nebeneinander, links Mirell, daneben Carla, rechts Ada, nur Patrik hängt ein paar Meter zurück. Schlanke und aufrechte Gestalten im Gegenlicht. In ruhigen Strichen gleiten sie seewärts, die Bretter unter ihren Füßen bewegen sich kaum, während er sich gerade erst mühsam aus den Knien aufgerichtet hat und vornübergebeugt das Paddel ins Wasser hält, bis das Brett sich beruhigt. Eine wackelige Angelegenheit, aber er holt auf, sticht kraftvoller ins Wasser, zieht schneller durch. Als er auf gleicher Höhe ist, stürzt er sich seitlich vom Brett, schlägt klatschend auf und taucht ein, Bläschen wirbeln um ihn herum, Wassertaubheit legt sich auf seine Ohren, und er hört die Schreie und das Kreischen von oben nur noch gedämpft, dreht sich kopfüber und um die eigene Achse, ein Einschlag, ein zweiter, ein dritter, als gingen Wasserminen hoch. Mirells Körper streicht an ihm vorbei, dann die der anderen, Flossenschläge, die Delfine einer Schule.

Danach trocknen sie am Strand auf den Handtüchern. In Mirells Haaren glitzern Wasserperlen, an ihrer Wade Sandkörner in einem schmalen Streifen bis zum Knöchel. Ada stützt sich auf den Ellenbogen und dreht sich zu ihr, fragt, ob sie ihr beim Bogengang helfen kann.

»Mir ist das echt zu heiß, Ada«, sagt Mirell. »Mach mal selber, aber zieh dir was drüber, wenn du hier vor allen Leuten rumturnst.«

Ada sucht sich einen Platz am Wasser, neben dem leeren Beachvolleyballfeld. Patrik dreht sich auf den Bauch und beobachtet vom Handtuch aus, wie sie in die Brücke geht und das rechte Bein nach oben streckt, wieder und wieder daran scheitert, sich aufzurichten und in einer kontrolliert fließenden Bewegung in den Stand zu gelangen. Carla kommt dazu, und er schließt die Augen. Gleichförmig backen die Stunden aus, knapp dreißig Grad zeigt das Thermometer der Seenotrettung an, sodass sie den Strand gegen Mittag verlassen und im Schatten eines Wäldchens am Steilufer Zuflucht suchen. Senkrecht bricht die Wand zum Wasser hin ab, unten liegt Totholz gebleicht auf den Steinen. Im Garten eines Ausflugslokals trinken sie kalte Rhabarberschorle und schauen über die Bucht. Ein paar Boote mit weißen Segeln, die Frachter wie an einer Kette aufgereiht auf der Ostsee, in deren tieferen Schichten die Kälte blau und durchdringend sein muss.

Erst am Abend leben ein paar Böen auf und streichen über die Büsche, rascheln in den Sträuchern. Sie haben gegrillt und gegessen, wie durch Sirup führen sie die Hände beim Schneiden der Steaks. Auf den Tellern bleibt einiges zurück; Ada und Carla ziehen die Handys aus den Taschen, fangen an zu wischen.

»Könnt ihr die Dinger wenigstens am Tisch mal weglassen? Macht doch mal was zusammen«, ruft Mirell.

»Was denn?«, fragt Ada.

»Komm, wir gehen *spielen*«, sagt Carla und rollt mit den Augen.

Auch sie gehört dazu: die Langeweile. Nebeneinander trödeln sie durch den Garten, riechen an ein paar Blüten, bleiben vor dem Sandkasten stehen. Carla kickt ein Förmchen von der Umrandung, Ada geht in die Knie und sammelt ein paar vertrocknete Blätter aus dem Sand. Dann nimmt Carla eine Schaufel und fängt an zu graben, erreicht die feuchten Schichten und befüllt ein Förmchen, stürzt es auf die Umrandung. Ada hockt sich neben sie, steckt ein Gänseblümchen in den Kuchen.

»Schau mal, wie süß, unsere Kleinen«, sagt Mirell.

Sie legt den Kopf an seine Schulter, und er steht auf, holt eine Flasche Weißwein aus dem Kühlschrank, bleibt kurz vor der geöffneten Tür stehen und lässt die kalten Dämpfe über sein Gesicht wehen. Als er in den Garten zurückkommt, stellt Mirell gerade das Geschirr zusammen, und er setzt sich wieder, schenkt Weißwein in die leeren Wassergläser.

»Du kannst das nur ganz schwer aushalten, oder?«, fragt Mirell.

»Was meinst du?«

»Das Ganze hier.«

»Ich weiß nicht, was du meinst.«

»Nichts, vergiss es.«

Ganz plötzlich verlieren die Mädchen die Lust. Carla lässt das Sieb fallen, Ada zertritt den letzten Kuchen, dann nehmen sie ihre Handys vom Tisch und fläzen sich wieder in die Stühle.

»Wollen wir verschwinden?«, fragt Mirell.

Sie erlauben den Mädchen einen Film oder zwei, nehmen die angebrochene Flasche Wein mit zum Strand, trinken abwechselnd daraus, bis sie leer ist. Es sind keine Kinder mehr unterwegs, nur noch Pärchen, einzelne Spaziergänger, eine kleinere Gruppe, die in einem Kreis um ein Windlicht zusammensitzt. Patrik streckt sich im warmen Sand aus, streicht über Mirells Arm. Für einen Moment kann er es, kann er das Glück aushalten, dass sie neben ihm sitzt und Sandkörner in den Flaschenhals rieseln lässt, dabei übers Wasser schaut, von dem alle Anzeichen menschlichen Lebens verschwunden sind. Die Frachter im Hafen, die Segel eingeholt. Die Paddleboards aufrecht im Rack, mit Ketten gesichert für die Nacht. Das sinkende Licht lässt Mirells Haut viel dunkler erscheinen als am Tag. Sie spürt seinen Blick, lächelt, ohne die Augen vom Meer zu nehmen. Unablässig ziehen die Wellen am Land, ziehen sie an der Vorstellung, er könne den Moment bewahren, wenn er sich nur nicht bewegt, die Hand nicht von Mirells Arm nimmt, sie nicht zu sich herunterzieht, sie nicht küsst, nicht mit ihr aufsteht, die leere Flasche nicht in einen Mülleimer auf der Strandpromenade wirft.

Ohne Eile schlendern sie stadtauswärts. Je weiter sie sich vom Zentrum entfernen, desto dunkler wird es, das letzte Restaurant bleibt zurück, die letzten Lichter. In der Ferne, am Ortsrand, steht eine leuchtende Kuppel über dem Meer. Erst beim Näherkommen erkennt Patrik die drei separaten Feuer, drei Strandkörbe an Aufgang 3, lodernd in der Dunkelheit. Ein paar Schaulustige sind auf der Promenade stehen geblieben und starren in die Flammen. Mirell und er verlangsamen den Schritt, hören das Knistern, spüren die anwehende Hitze im Vorübergehen auf der Haut.

»Verrückt«, sagt Mirell. »Wer macht so was?«

Eine Weile hängt ihnen der Geruch von Rauch und geschmolzenem Plastik noch nach, ehe er sich in einer vom Meer kommenden Brise ganz plötzlich verliert. Der Strand wird steiniger, links erhebt sich die Wand des Steilufers als schwarze Fläche gegen den Himmel. Im Mondlicht stolpern sie über das angeschwemmte Holz zu einer Treppe in der Wand, dann den Hügel hinauf bis zum Haus. Die Mädchen liegen schon in ihren Betten, bis zum Kinn zugedeckt, die Handys dicht vor ihren Gesichtern. Patrik drückt Ada einen Kuss auf die Stirn und wünscht Carla eine gute Nacht, putzt sich die Zähne, legt sich ins Bett. Noch bevor Mirell aus dem Bad kommt, schläft er ein; erwacht von ihrem sich regenden Körper, von einem Flüstern, Carla am Bett ihrer Mutter, schläft wieder ein und träumt von Wellen, die kommen und gehen, kommen und gehen, erwacht von Mirells Hand an seiner Schulter, von der Zäsur in ihrer Stimme. Er richtet sich auf, pochende Kopfschmerzen, in seinem Schwanz steht das Blut, in seinem Mund liegt die Zunge wie ein trockener Lappen.

»Die waren das mit den Strandkörben«, flüstert Mirell.

»Was?«

»Unsere Töchter haben die Strandkörbe abgefackelt.«

»Warum?«, fragt er.

»Ich weiß nicht, einfach so«, sagt Ada.

»Wie?«

»Einfach so.«

»Wie genau?«

»Wir sind noch mal in den Garten gegangen. Ich hab die Flasche mit dem Grillanzünder gesehen und mitgenommen und die Streichhölzer, die da lagen. Wir sind an den Strand, da war niemand. Ich hab das Zeug durch das Holzgitter in den Strandkorb gespritzt und ein Streichholz reingeworfen. Bei dem zweiten auch, bei dem dritten auch. Dann sind wir nach Hause gerannt.«

»War das deine Idee, Carla?«, fragt er.

»Wie bitte?«, zischt Mirell.

»Ich habe Carla gefragt.«

»Nein«, flüstert Carla.

»Was, nein?«

»Ich bin einfach nur mit.«

»Warum hast du nichts gemacht? Du bist älter, du hättest was sagen müssen.«

»Ich weiß nicht.«

»Lass sie in Ruhe«, sagt Mirell. »Lass meine Tochter in Ruhe.«

Sie schicken die Mädchen auf ihr Zimmer, sitzen am großen Esstisch, bis draußen der Morgen dämmert. Mirell setzt frischen Kaffee auf, gießt Milch in ihren Becher, trinkt in großen, hastigen Schlucken.

»Wir müssen zur Polizei«, sagt sie.

Er nickt, weiß nicht, was er dagegen sagen soll. Noch immer ist sein Hirn wie vernebelt, auch das Duschen hilft wenig. Eiskaltes Wasser prasselt auf seinen Schädel, bis er zu zittern anfängt und aus der Duschkabine steigt. Im Spiegel sein Gesicht, sonnengebräunt und glänzend, ein kurzes Flackern, als er die Augen schließt und sofort wieder öffnet.

Bei der Polizei nehmen sie ein Protokoll auf. Ada wiederholt den Ablauf mit gesenktem Blick, Carla hockt stumm daneben. Der Beamte, *Olberding* steht auf dem Namensschild über der Brusttasche seines Hemds, tippt Namen und Adressen ein, stutzt, sieht Patrik direkt an.

»Kenne ich Sie irgendwoher? Bischoff, irgendwas klingelt da bei mir.«

»Ich war Leichtathlet. Diskus.«

»Stimmt. Olympia, richtig?«

Patrik nickt, spürt Mirells Unruhe neben sich, die nachwirkende Erschütterung dieser Nacht als Beben in ihrem Körper. Olberding druckt das Protokoll aus und lässt zuerst die Mädchen, dann Mirell und ihn als Erziehungsberechtigte unterschreiben, heftet das Protokoll in einem Ordner ab.

»Gut, das war es dann eigentlich«, sagt er.

Mit einem Kopfnicken weist Mirell den Mädchen die Tür, schiebt sie aus dem Raum, ohne sich von

Olberding zu verabschieden. Patrik wartet, bis ihre Schritte im Flur verklungen sind, dann rückt er seinen Stuhl etwas näher an Olberdings Schreibtisch heran.

»Wie geht es jetzt weiter?«, fragt er.

»Wie geht's weiter«, sagt Olberding, »Protokoll haben wir, ich informiere jetzt den Herrn Ahrend, das ist der Besitzer des Strandkorbverleihs, dann leite ich den Vorgang an das Jugendamt hier in Lübeck weiter, die kontaktieren das Jugendamt in Hamburg, das für Sie zuständig ist. Bisschen kompliziert, ich weiß.«

Im Fenster hinter Olberding reißt ein Wolkenband mittig auf. Eine sich ausbreitende blaue Fläche, als triebe eine große Kraft die Wolken von innen auf, eine Art Explosion des Himmels, die sich vor Patriks Augen vollkommen geräuschlos vollzieht.

»Jugendamt?«, fragt er.

»Die schauen sich den Vorgang an und melden sich bei Ihnen. Wahrscheinlich müssen Sie noch mal eine Stellungnahme abgeben, dann machen die ein Beratungsangebot, in-house oder Familienhilfe, so in die Richtung.«

»Muss das denn sein? Das Finanzielle kläre ich mit Herrn Ahrend natürlich sofort.«

»Das ist Standard, ja«, sagt Olberding.

Patrik senkt den Blick und beugt sich vor, die Ellenbogen auf die Knie gestützt, atmet tief ein, als müsste er Kraft sammeln, richtet sich auf, sieht Olberding direkt an.

»Kann ich offen mit Ihnen sprechen?«, fragt er.

»Selbstverständlich.«

»Carlas Vater ist gestorben, keine drei Jahre ist das

her. Gehirntumor, hat brutal gelitten. Das Mädchen hat das nicht gut verkraftet. Ihre Mutter tut alles, Trauerberatung, Therapie, aber leicht ist das natürlich nicht, vor allem als Alleinerziehende. Gerade hatten sie etwas Stabilität reinbekommen, ein bisschen Normalität. Wenn sich da jetzt das Jugendamt einschaltet ... Wir sind noch nicht lange zusammen, Carlas Mutter und ich. Ich würde ihr das gern ersparen.«

Olberding legt den Stift an die Oberlippe, schiebt ein paar Papiere hin und her, ehe er den Stift mit Bedacht ablegt und mit den Handflächen zwei Mal sachte auf die Schreibtischplatte klopft.

»Gut, dann machen wir es so: Sie regeln das mit Herrn Ahrend, ich schaue mir an, ob das reibungslos klappt, und warte so lange mit dem Jugendamt. Ich kenne die Sachbearbeiterin in Lübeck, der erkläre ich die Situation. Ob und wie sie das dann an Hamburg weiterleitet, kann ich nicht sagen. Aber das ist eine Gute, die will nur helfen.«

»Danke«, sagt Patrik, »wirklich.«

»Ihr Autogramm habe ich ja eigentlich schon auf dem Protokoll, aber würden Sie hier noch mal?«

Olberding schiebt ihm einen Zettel hin, und er unterschreibt mit einem Lächeln, fügt Ort und Datum hinzu, drückt Olberding zum Abschied lange die Hand. Auf dem Weg zum Strand telefoniert er mit dem Strandkorbbesitzer, dem die Stimme schon jetzt am Vormittag verdächtig schwer über die Zunge rollt.

Ein alter Säufer.

Sie treffen sich an Aufgang 3, rauchend steht Ahrend hinter dem rot-weißen Plastikband, das den Zugang versperrt, und schwankt leicht im Wind. Mit einem energischen Schritt steigt Patrik über das Band, richtet sich zu voller Größe über Ahrend auf, als sie gemeinsam die Überreste der Strandkörbe begutachten. Drei schwarz verfaulte Backenzähne, überzogen von Löschschaum, der in der Sonne angetrocknet ist.

»Da ham deine Mädels echt ’ne schöne Sauerei angerichtet«, sagt Ahrend.

»Tut mir leid, Mann. Schick mir die Rechnung, dann überweis ich dir das sofort.«

Ahrend winkt ab, spuckt in den Sand. In dem dunklen Kabuff, aus dem er den Urlaubern die Schlüssel für die Strandkörbe reicht und Kaffee in Plastikbechern verkauft, tauschen sie ihre Kontaktdaten aus. Ahrends Kladde auf einem Campingtisch, die Bild-Zeitung, ein voller Aschenbecher. In einer Ecke eine Kühltruhe mit kalten Getränken.

»Verkaufst du mir noch zwei Bier?«, fragt Patrik.

»Geht aufs Haus«, sagt Ahrend.

Sie setzen sich vor dem Kabuff auf zwei Campinghocker, trinken schweigend, schauen aufs Meer. Ahrend stürzt sein Bier in drei großen Schlucken hinunter, dreht sich zu Patrik.

»Noch eins?«

»Nee, ich muss los«.

Er erhebt sich, legt eine Hand schwer auf Ahrends Schulter, drückt, bis Ahrend zusammenzuckt.

»Und du legst ein gutes Wort bei Olberding für mich ein«, sagt Patrik.

»Ehrensache«, brummt Ahrend.

Auf dem Rückweg zum Ferienhaus geht er einen Umweg. Stunden hat er früher nach einem Wettkampf gebraucht, um runterzukommen; zuerst die Dopingkontrolle, dann duschen und umziehen, die Interviews in der Mixed Zone, die Fahrt zum Hotel, dort eine erneute Dusche, weil er wie verrückt nachschwitzte. Im Hotelzimmer tigerte er nur mit einem Handtuch bekleidet auf und ab, starrte auf den kleinen Fernseher, ohne zu begreifen, was er sah; nur sehr langsam fand er aus der mentalen Anspannung in die körperliche Erschöpfung, lag auch dann noch lange wach auf dem Bett und suchte an der Decke nach Mustern, bis er irgendwann in den frühen Morgenstunden einschlief. Jetzt braucht er die Schritte entlang der Strandpromenade stadteinwärts, vorbei an denselben Restaurants, Bars und Cafés, die er gestern in der Dunkelheit mit Mirell abgegangen ist. Im grellen Morgenlicht, noch vor dem ersten Ansturm der Urlauber, betrachtet er die Plastikstühle und die durchhängenden Markisen, die in den Ecken gesprungenen Scheiben, die Leuchtschilder, denen der Stecker gezogen wurde. Glitzernde Spinnennetze fallen ihm ins Auge, die unverputzte Stelle um ein aus der Wand ragendes Drainagerohr. Er weiß nicht, ob er genug getan hat. Ahrend wird sich wohlwollend über ihn äußern, wenn er sein Geld schnell bekommt. Olberding wird im besten Fall darauf verzichten, das Jugendamt einzuschalten, und falls er es doch tut, der Sachbearbeiterin in Lübeck nahelegen, den Vorgang nicht nach Hamburg weiterzuleiten. Er weiß nicht, was für eine Frau diese Sachbearbeiterin ist. Er kennt ihre Werte und Haltungen nicht, weiß nichts über ihre Arbeitsmoral, weiß nicht, in welchem Verhältnis sie zu Olberding steht, ob sie in seiner Parteinahme eine Manipulation erkennen oder ihm bereitwillig folgen wird. Er weiß nicht, welche Wucht ein bürokratischer Vorgang entwickeln kann. Ob eine einzelne Person überhaupt in der Lage ist, ihn zu stoppen, durch einen Vermerk in der digitalen Maske, durch das Ablegen einer Akte im Archiv, durch Nichtbeachtung, er weiß nicht, ob es möglich ist, durch Nichtbeachtung eines bürokratischen Vorgangs diesen Vorgang abzubrechen, und ob dieser Abbruch endgültig oder temporär ist, ob es die Auferstehung bürokratischer Vorgänge gibt, eine Auferstehung von Adas Tat aus den Tiefen der Behörde.

Er kennt die Routinen, die Abläufe, die Wege nicht.

Vollkommen verschwitzt erreicht er das Ferienhaus. Mirell und die Mädchen stehen neben dem Auto, Mirell mit vor der Brust verschränkten Armen, das Kinn gesenkt, Carla dicht neben ihr, ein Häufchen Kind, Ada am Handy. Sie haben schon gepackt, sodass sie gleich loskönnen. Niemand hat das Bedürfnis zu sprechen. Mirell fährt, und Patrik sitzt daneben, beobachtet im Spiegel der Sonnenblende Ada, wie sie in der Ecke kauert und aus dem Fenster starrt, dann klappt er die Blende hoch und konzentriert sich auf den Verkehr, auf die blauen Schilder der Ausfahrten. Lübeck-Moisling, Reinfeld, Bad Oldesloe. Er weiß nicht, ob Ada und er beim Jugendamt aktenkundig sind, weil er nicht weiß, ob Kara je irgendwelche Schritte unternommen hat.

Die Möglichkeit einer Möglichkeit einer Möglichkeit.

Sein Blick löst sich von der Mittelleitplanke, diesem schier unendlichen Band, und weitet sich in die vorbeirauschende Landschaft: Haine und Gehölze, flaches Grün, der Weizen gedrückt von der eigenen Schwere. Verführerisch scheinen ihm die Fluchtmuster der Vögel, die sich lange vor der Gefahr als breites Band von den Feldern erheben und für immer hinter den Bäumen verschwinden.

Ada, sieben Jahre alt

Die E-Mail war um 03.27 Uhr nachts an seine Arbeitsadresse verschickt worden und lag an einem Dienstagmorgen in seinem Posteingang.

Pat, it's been so long
ich weiß gar nicht, wo ich anfangen soll. Es ist so viel passiert in den letzten Jahren, zu viel für eine Mail. Natürlich muss ich mich als Erstes entschuldigen, tausend Mal muss ich mich entschuldigen, aber wozu? Ich kann nichts rückgängig machen, ich kann nur versuchen zu erklären, was gewesen ist. Es war zu früh. Ich war nicht bereit für Ada. Ich dachte, es geht schon, ich dachte, ich bin stark genug, und dann saß ich bei dir in der Küche, und sie weinte, und ich konnte nicht. Ich war wie gelähmt, stell dir vor, wie das für mich gewesen ist, die Beine kaum bewegen zu können. Ich habe es am nächsten Tag probiert, ich wollte noch einmal kommen, aber es ging nicht. Es tut mir leid, jetzt tue ich es schon wieder: Ich spreche nur über mich. Wie geht es dir? Wie geht es Ada? Ich verspreche dir, es wird nie mehr vorkommen. Ich bin jetzt bereit für Ada, also bitte schreib oder ruf mich an. +1 462 998 0752. Tag und Nacht.
K.

Patrik klickte die Mail weg, schloss das Mailprogramm, beruhigte seine Hände, indem er verschiedene Fenster öffnete und parallel mehrere Bestellungen bearbeitete, bestätigte, freigab. Eine produktive Stunde, bevor er sich früh in die Kaffeepause verabschiedete, um frische Luft zu schnappen. Der Himmel war makellos, deutete schon jetzt am Morgen auf einen warmen Tag hin. Ein paar Minunten lang ging er über den Grünstreifen entlang der Umgehungsstraße, Autos schossen an ihm vorbei, Lastwagen ihm entgegen, ihr Fahrtwind riss an seinem Hemd. Rechts bog ein schmaler Weg in die Felder, deren Weizen bereits abgeerntet war, nur noch Stoppeln und aufgeworfene Erde, überall Vögel, vor allem Kolkraben, die nach Spelzen und Hülsen pickten. Hinter Patrik blieb das Rauschen der Umgehungsstraße zurück, vor ihm endete der Weg abrupt, und er ging weiter, in eine Wiese hinein, in wadenhohes Gras, in dem seine Spur deutlich zu erkennen war, als er sich nach zwanzig, dreißig Metern umdrehte: ein leichter, schwankender Bogen nach rechts. Er hatte kein Ziel, keine Orientierung in dieser Landschaft. Mit der Fußspitze stieß er gegen etwas Hartes; er bückte sich, untersuchte den Boden. Steine verschiedener Größe, locker in der Erde. Er nahm einen heraus, wog ihn in der Hand, zu leicht, nahm ein paar andere, fand keinen, der an die zwei Kilo heranreichte. Immer noch war er auf das Gewicht der Scheibe geeicht, obwohl er seit sechs Jahren keine mehr in der Hand gehabt hatte. Er versuchte, sich an das letzte Mal zu erinnern, es musste irgendwann im Techniktraining gewesen sein, vor dem Sehnenriss, aber warum hätte er, ohne zu wissen, was danach passieren würde, einen so unbedeutenden Moment bewahren sollen?

Im Gras hockend, überkam ihn eine plötzliche Sehnsucht nach der alten Bewegung. Sein Karriereende hatte er damals nicht selbst wählen können, nie hatte er den letzten Wurf als eine von ihm abfallende Last erlebt. Zwanzig Jahre hätte er in einer letzten Drehung von sich schleudern, ein letztes Mal sein Leben gebündelt in einem Moment erfahren wollen. Körper und Geist, Hingabe, Talent, Disziplin und die harte, harte Arbeit. Ein Stein kam dem Diskus am nächsten, flacher und weniger kantig als die anderen. Patrik richtete sich auf, stand auf einer Fläche von mehreren Hektar als einzige Erhebung, kein Baum weit und breit, keine Masten oder Windräder. In den Halmen raschelte der Wind, und Patrik führte den Wurfarm auf Schulterhöhe bis zum Umkehrpunkt nach hinten, setzte Rumpf und Hüfte in Vorspannung, bremste den Anschwung mit dem rechten Fuß und senkte den Körper in der Verlagerung des Schwerpunktes vom rechten auf das linke Bein ab. Um die Spannung in der Hüfte zu vergrößern, ließ er den rechten Fuß lange stehen, während er den linken Fuß eindrehte und das Schwungbein aus der Verwringung der Hüfte um die linke Seite beschleunigte. Beim Setzen des Fußes spürte er die alte Stelle im Oberschenkel, verlor an Geschwindigkeit, sodass sein Oberkörper zu spät aktiv und die Wurfauslage zu weit wurde, stechende Schmerzen in Rücken und Knie, als er den Wurfarm aus einer zu offenen Position nach vorne zog. Er kompensierte, wusste es und konnte nichts dagegen tun, riss den Arm, statt ihn flach zu führen, über Schulterhöhe nach oben und verlor im Moment des Abwurfs die Balance, stolperte in zwei ungeschickten Schritten mit überstrecktem Nacken nach vorn, sodass er dem Flug des Steins nicht folgen, nur ahnen konnte, dass er nach links versetzt in einem steilen Bogen ansteigen und ebenso steil abstürzen würde. Ein Rascheln, als der Stein ins Gras fiel, fast gleichzeitig der dumpfe Aufschlag auf den Boden. Patrik sah ihn nirgendwo, zwecklos war es, den Stein suchen und die Weite mit ungefähr metergroßen Schritten messen zu wollen.

Wenn Kara ihn so sehen könnte.

Nach seinem allerletzten Wurf inmitten einer Wiese stehend, schwer atmend, ohne jede Ahnung, in welcher Richtung die Stadt lag. Sie kannte seine Mailadresse, also kannte sie die Firma, für die er arbeitete, also kannte sie den Ort, in dem er lebte, also kannte sie die Grundschule, die Ada besuchte. Sie würde Ada erkennen, daran zweifelte er nicht. Er stellte sich vor, wie Kara am Tor zum Schulhof stand und die Kinder beobachtete, links die Turnhalle und die vorgelagerten Kleinfelder, Fußball, Basketball, die Jungs aller Klassen, die den verschiedenen Bällen nachjagten. Auf dem Spielplatz auf der rechten Seite des Hofs war jedes Gerät besetzt, die Schaukeln schwangen gegenläufig hin und her. Stau auf der Rutsche, im Sandkasten mehrere Mädchen im Kreis, die Köpfe einander zugewandt. Schwer zu sagen, was sie dort taten, ob sie gemeinsam buddelten oder ein Insekt beobachteten, das sich mit klebrigen Flügeln vor ihnen aus dem Sand wühlte. In seiner Vorstellung war Ada eine von ihnen, wandte den Kopf zu der fremden Frau, die ihr gar nicht fremd, sondern seltsam vertraut vorkam, richtete sich auf und ging über den von der Sonne grell beleuchteten Schulhof zu ihr, blieb eine Armlänge entfernt stehen, schaute sie an, abwartend, als wäre die Frau nun am Zug.

Kara war am Zug.

Ihre Züge waren für Patrik nicht vorhersehbar, während sie dort stand und Ada ihre Hand durch die Eisenstangen entgegenstreckte; unverständlich blieben die Worte, die sie ihr ins Ohr flüsterte, nachdem Ada das Schulgelände unerlaubterweise durch das Tor verlassen hatte und in ihre Arme gefallen war. Mutter und Tochter. Nicht zu begreifen, dass sie wieder zusammen sein sollten. Er sah Ada und Kara die Straße hinuntergehen, unbehelligt, niemand folgte ihnen, kein Erzieher, der Kara am Arm packte und ihre Hand mit Gewalt aus Adas Hand löste, keine Lehrerin. Sie gingen ohne Eile, hatten alle Zeit der Welt, um an der Ampel eine ganze Grünphase zu verschwenden, eine halbe Minute, in der er Kara sprechen sah, erklären, warum sie gegangen war und jetzt wiederkam, während Ada mit den Fingernägeln einen Aufkleber vom Ampelmast knibbelte.

»Warum holst du mich ab?«, fragte Ada, als sie über den Schulhof zum Wagen gingen. Nach der Kaffeepause hatte Patrik seinem Abteilungsleiter mitgeteilt, dass er sofort losmüsse, er habe einen Anruf aus der Schule erhalten, Ada sei gestürzt und müsse abgeholt werden.

»Wir hätten gleich Kunst gehabt, bei Frau Seifert, die kennst du noch gar nicht, die ist neu dieses Jahr,

Johann sagt immer Frau Seife, aber der ist blöd, die anderen sagen das nicht, ich auch nicht, wir sagen Frau Seifert, ganz normal, aber Johann sagt auch andere Sachen, Scheißmädchen, und er hat mal seine Schuhe in der Klasse ausgezogen, aber das war bei Frau Tschorra, nicht bei Frau Seifert, bei Frau Seifert traut er sich nicht, obwohl Frau Tschorra viel strenger ist, also nicht böse, aber strenger halt. Wir finden das voll eklig.«

»Was?«

»Das mit den Schuhen.«

Sie fuhren gemächlich, Patrik, ruhiger jetzt, setzte den Blinker rechtzeitig, glitt vorausschauend in die Kreuzungen. Ein Schulterblick, ein Blick in den Rückspiegel; sanft, fast geräuschlos bremste er vor dem Haus ab. Auf der Straße war niemand, eine ruhige Straße kurz vor halb elf, die Arbeitenden bei der Arbeit, die anderen beim Einkaufen oder schon mit der Zubereitung des Mittagessens beschäftigt, die Kinder in der Schule oder Kita, vor den Fernsehern die Alten. Er stellte sie sich tief in ihre Sessel versunken vor, mit zitternden Händen die Fernbedienungen umklammernd, um am Ende einer Sendung sofort umschalten zu können. Feste Schuhe an den Füßen, das sah er auch, als wären sie jederzeit bereit, aufzustehen und ihre Wohnungen zu verlassen.

»Ich bin doch nicht krank!«, rief Ada.

»Nein, zum Glück.«

»Dann brauche ich morgen aber trotzdem eine Entschuldigung. Wenn man früher abgeholt wird, braucht man eine Entschuldigung, man kann ja nicht einfach so gehen. Man muss ja eigentlich sagen, warum.«

»Ich schreibe dir eine Entschuldigung, versprochen, aber jetzt lass uns erst mal reingehen.«

Im Flur zog er die Schuhe aus und schob sie im Schuhregal bündig gegen die Wand, stellte im Kinderzimmer Adas Ranzen an seinen Platz neben dem Schreibtisch. Er kippte das Fenster und zog den Vorhang zu, der sich sofort im Wind bauschte und über sein Gesicht legte. Mit einer harschen Bewegung wischte er den leichten, fließenden Stoff beiseite, bevor er das Zimmer verließ. Kantige Schatten standen im Flur an der Wand. An einem Vormittag unter der Woche war sonst nie jemand in der Wohnung, vielleicht schien sie Patrik deshalb wie aufgeschreckt, als wäre sie dabei ertappt worden, wie sie ihren Zweck nicht erfüllte, niemanden beherbergte oder schützte, nur ihre eigene Leere und Stille umschloss. In keinem Zimmer fühlte er sich um diese Zeit willkommen. Die Kommode im Schlafzimmer stand viel zu tief im Raum, verengte den Durchgang zwischen Wand und Bett, als er auch dort zum Fenster ging, um die Vorhänge gegen die Sonne zu schließen. Es war warm, die Luft wog schwer in seinen Lungen. Im Wohnzimmer, nach Nordwesten gelegen, atmete er etwas leichter, roch aber auch hier das Abgestandene der letzten drei Stunden, in denen der Raum für sich gewesen war. Das Sofa, das er kurz nach dem Einzug vor einem Jahr gekauft hatte, sah er wie zum ersten Mal. Ein dunkelblaues Ungetüm, in den Schatten fast schwarz, viel zu groß für Ada und ihn, wenn sie sich abends zum Fernsehen in eine Ecke drückten und die Kindernachrichten schauten.

Platz genug für eine dritte Person.

Platz für Kara. Kara, die ihre langen Beine ausstreckte und den Kopf über die Rückenlehne baumeln ließ, an die Decke starrte, die Arme ausbreitete und gähnte, sich bei der *Sendung mit der Maus* zu Tode langweilte, die blonden Haare fließend auf dem dunklen Stoff, die Zehen tänzelnd in der Luft, blau lackierte Zehennägel, blau lackierte Fingernägel, eine Hand beiläufig auf Adas Kopf. Er hörte Ada in der Küche, hörte, wie Stuhlbeine über die Fliesen scharrten. Als er den Raum betrat, stand sie auf Zehenspitzen auf dem Stuhl, hatte den oberen Wandschrank geöffnet und angelte mit den Fingerspitzen nach einem Glas, erreichte den oberen Rand gerade so, dass sie es kippen konnte, kippte selbst fast vornüber, suchte mit der freien Hand Halt in der Luft, wackelte bedenklich, bis er einen Arm um sie schlang.

»Stopp, Ada! Du weißt doch, dass du das nicht sollst!«

»Ich kann das aber!«

Er hob seine zappelnde Tochter vom Stuhl, nahm das Glas, stellte es vor ihr auf den Tisch.

»Sag doch, wenn du Hilfe brauchst.«

»Ich kann das selbst, ich bin groß genug!«

»Ist ja gut.«

Er schenkte ihr Wasser ein, aber sie trank nicht, verschränkte die Arme vor der Brust, schob die Unterlippe vor.

»Das ist voll blöd.«

»Was?«

»Dass du mich abgeholt hast! Wir wollten in der Pause Detektiv sein, es gibt da einen Fall, Maya hat ihr Fernglas mitgebracht, und wir haben Stifte und Detektivblöcke und sogar Walkie-Talkies, obwohl wir die gar nicht dürfen, weil auf dem Mädchenklo sind immer die Toiletten verstopft, irgendwer stopft da immer Papier rein, bestimmt Jungs, wir denken Johann, und heute wollten wir uns hinter der Tür verstecken, und jetzt machen die das ohne mich!«

Tränen liefen über ihr Gesicht, und er wischte sie mit den Handflächen ab, hielt ihr das Glas hin, bis sie ein paar kleine Schlucke trank, nahm sie dann in den Arm und trug sie ins Wohnzimmer aufs Sofa, wo sie sich in ihre Ecke drückten. Er schaltete den Kinderkanal ein, blickte nach rechts, die dritte Person, Kara, saß dort.

Obwohl er die Vorhänge in allen Zimmern geschlossen hatte, heizte sich die Wohnung über Mittag auf. Ihre Fremdheit blieb, auch als sie sich der Zeit näherten, zu der sie normalerweise zurückkehrten, drei Uhr, wenn die Wohnung sich ihnen öffnete, zuließ, dass Patrik den Schlüssel im Schloss drehte und die Tür aufstieß, Ada erlaubte, unter seinem Arm hindurch mit dem Ranzen auf dem Rücken in den Flur zu poltern. An diesem Dienstag waren sie längst da, hatten nach dem Fernsehen gegessen, hatten nach dem Essen am Küchentisch Uno gespielt, ein paar kurze Partien, dann eine unendlich lange, während der sie beide mehrfach nur noch eine Karte auf der Hand hatten, nur um vom anderen im letzten Moment durch eine Farbwahlkarte abgefangen zu werden. Plus-2, Plus-4, Richtungswechsel, Aussetzen; der Nachziehstapel schrumpfte, zweimal mischte er nach und versuchte, Ada gewinnen zu lassen, wünschte sich absichtlich die falsche Farbe, geriet selbst an den

Rand des Sieges, bevor sich seine Hand wieder unaufhaltsam füllte und er die Karten, um den Überblick zu behalten, eng nebeneinander fächern musste. Er verlor die Konzentration, bediente Gelb nicht, bediente die Sieben nicht, fuhr Ada an, weil sie Rot ansagte, obwohl er in ihrem schlaff herabhängenden Fächer erkennen konnte, dass sie fast nur grüne Karten auf der Hand hatte. Im Bad wusch er sein Gesicht mit kaltem Wasser. Ada hämmerte an die Tür, die er gegen alle Gewohnheit abgeschlossen hatte, härtere Schläge, als er ihren kleinen Fäusten zugetraut hätte, eine sich steigernde Serie, zuletzt ein Fußtritt.

»Hey!«

»Ich muss aufs Klo!«, schrie Ada.

Fast hätte er sie nicht hineingelassen. Das Badezimmer war seine einzige Zuflucht, ein Raum ohne Fenster, weiß gekachelt, kühler als der Rest der Wohnung. Hier gab es keinen Tagesverlauf, keinen anbrechenden Abend. Die Glühbirne brannte gleichmäßig, warf berechenbare Schatten, als er vom Waschbecken zurücktrat, sich auf den Rand der Badewanne setzte, die Ellenbogen auf die Oberschenkel gestützt, und mit seinem Blick den rechten Winkeln des Fugenrasters folgte.

»Ich! Muss! Aufs! Klo!«

Endlich ließ er sie herein, sollte dableiben, zusehen, wie sie das Kleid raffte, die Unterhose herunterzog, sich hinsetzte.

»In der Schule gehen wir immer zusammen aufs Klo, Maya und ich und Sarah, und manchmal auch Sophie, aber die nicht immer. Können wir gleich auf den Spielplatz?«

»Nein, wir bleiben heute mal zu Hause.«

»Ich will aber auf den Spielplatz! Maya ist bestimmt da.«

»Heute nicht.«

»Doch!«

»Ada. Nein.«

»Warum?«

»Weil ich das sage!«

Sie weinte jetzt wieder, hockte tief in der Schüssel und versuchte aufzustampfen, erreichte aber den Boden nicht, sodass ihre Füße widerstandslos in die Luft traten.

»Jetzt wisch mal ab und wasch dir die Hände.«

»Nein!«

»Mach kein Theater, bitte. Wir können gleich noch was spielen, du darfst aussuchen.«

»Nein, ich will nicht! Ich will zu Maya!«

Sie stemmte sich hoch und sprang von der Toilette, rannte hinaus. Mit einem Feuchttuch wischte Patrik die Urinschlieren von der Brille, hob Adas Unterhose auf und warf sie in die Wäschetonne. Noch einmal wusch er sich Gesicht und Hände mit kaltem Wasser, fühlte die schweren Tropfen auf seinen Augenlidern, trocknete sein Gesicht in einem frischen Handtuch.

Als er in den Flur trat, zog Ada gerade die zweite Sandale an. An der Klinke erwischte er sie, löste ihren Griff und drückte sie an sich, trug sie ins Schlafzimmer und legte sich mit ihr aufs Bett. Hinter den Vorhängen arbeitete der Tag. Im Halbdunkel schienen seine Geräusche ganz nah, die Stimmen der aus dem Hort zurückkehrenden Kinder, als quatschten und kreischten sie nicht unten auf der Straße, sondern direkt hinter ihnen in einer Ecke des Raums. Ada zappelte und bog sich von ihm weg, aber er hielt sie mit beiden Armen fest umschlungen, spürte ihre Tritte kaum. In Karas Bauch hatte sie erst spät getreten, ungewöhnlich flach hatte sich die Bauchdecke unter seiner rechten, der Wurfhand, angefühlt. *Ich bin nicht da, ihr täuscht euch am Ultraschall.* Ein Kind, das sich nicht zeigen wollte. Damals war seine Hand konstant von Schrammen und Blasen übersät gewesen, hatte als Gesteinsformation auf Karas Bauch gelegen; geschwollene Knöchel und schief verwachsene Kapselrisse, Schwielen, Krusten, Hornhäute. Er hatte kein Feingefühl in dieser Hand gehabt, vielleicht spürte er Ada deshalb nicht, vielleicht nahm er deshalb nur die dumpfen, schweren Schläge des letzten Trimesters wahr, das Eindeutige, und nicht, wie Kara, Adas flatterndes Heranwachsen.

»She's spreading her wings, don't you feel it?«

Er hielt Adas Arme umklammert und drückte sie an sich, bis ihre Gegenwehr schwächer wurde.

»Du bist da. Ich bin da«, flüsterte er.

Seine Hand, die Wurfhand, lag fest auf ihrer Schulter. Während die akuten Verletzungen schnell verheilt waren, hatte es nach dem Sehnenriss Monate gedauert, bis die tief sitzenden Schwellungen und Entzündungen in der Hand abgeklungen waren; ein kaum wahrnehmbarer Prozess, an dessen Ende die Hand geschrumpft und leichter geworden zu sein schien, die Haut geschmeidiger und weniger rissig, weil das Talkum sie nicht mehr austrocknete und die Babycreme, mit der er Ada nach dem Baden eincremte, sie mit Feuchtigkeit versorgte. Eine fast normale Hand, wäre die Erinnerung nicht gewesen. Unten auf der Straße entfernten sich die Kinderstimmen, wurden leiser. Patrik fing an zu summen, eine Melodie, die Kara mit den Händen auf ihrem Bauch, als er dann doch endlich gewachsen war, auf dem Bett liegend immer gesummt hatte, um sich selbst und das Kind zu beruhigen.

»Wir müssen noch mal umziehen, Ada«, sagte er.

Sie wand sich aus seinen Armen, ging ins Wohnzimmer, baute den Playmobilhof auf. Später am Abend packte sie einen kleinen Koffer, legte ihre persönlichen Gegenstände hinein, das Feenlicht und ihre Taschenlampe, einen Regenbogenstift mit sechs Farben, die Sammlung besonderer Steine, ihr bestes Kleid. Für die Nacht behielt sie nur das Kissen, ohne das sie nicht schlafen konnte. Und schlief doch nicht, als er spät noch einmal nach ihr sah.

Ada, zwölf Jahre alt

Ada verliert die Kontrolle. Patrik nennt es so, damit er es nicht als Kleinigkeit abtut, wenn sie am Ende ihrer gemeinsamen Laufeinheiten fast aus dem Stand heraus brutal beschleunigt, den Sprint über dreihundert Meter hält und nach einer knappen Minute unter einer Brücke aus seinem Sichtfeld verschwindet. Es ist sinnlos, ihr zu folgen. An einer Bank dehnt er die Waden und hinteren Oberschenkel, schaut mit dem Wasser in die Richtung, aus der Ada zurückkommen muss, geht ihr entgegen. Er macht kurze, bedächtige Schritte, um das Laktat aus den Muskeln zu laufen. Mithalten kann er kaum noch; da ist eine Unnachgiebigkeit in der Art, wie Ada läuft, keine Pausen mehr, kein Tänzeln auf der Stelle wie noch zu Beginn ihres Trainings. Rücksichtslos gegen sich selbst ist sie geworden. Ignoriert den Schmerz, wenn sie vom Balken abrutscht und einfach weitermacht, so wie er den Schmerz ignoriert hat, wenn seine Muskulatur komplett blau, jede Wiederholung ein Schlag mit der Eisenstange auf den Achillessehnenansatz, jeder Abwurf ein Messerstich in die Schulter war. Jede Drehung quetschte den Meniskus und legte einen würgenden Ring um sein linkes Knie, sodass Patrik im Vorfeld der Wettkämpfe nur ganz behutsam auftrat, etwas, was er auch bei Ada beobachtet, dass sie sich zwischen den Einheiten schont, um im Training Vollgas geben zu können. Kerzengerade liegt sie nach der Schule auf ihrem Bett. So hat er selbst gelegen, in den Sportschulen und Hotelzimmern, die Wasserflasche griffbereit, auf den Fluren gedämpfte Geräusche, Putzkolonnen, ein Staubsauger zwei Zimmer weiter. Anderthalb Stunden, in denen sein Körper auf eine friedliche Art wehtat, dumpf und schwer und dankbar für die Ruhe, anderthalb Stunden, bis der Kampf weiterging, und er schon in den letzten Minuten die Widerstände spürte: nicht aufstehen zu wollen, nicht in den Kraftraum, nicht in die glühende Sonne, nicht in den Ring und nicht zum hunderttausendsten Mal den gleichen Ablauf durchgehen zu wollen, der auch beim hunderttausendsten Mal in einer Nuance falsch war.

Wenn er Ada zusieht, wie sie in der Halle ein Element trainiert, beneidet er sie manchmal darum, dass für sie noch so viele Bewegungen neu sind. Vage erinnert er sich dann an seine ersten Würfe mit knapp zwölf Jahren, an das Gefühl, etwas gefunden zu haben, das nur ihm gehörte, an die pure Freude, weit zu werfen und beim nächsten Mal noch weiter. Im Verein wurden sie auf ihn aufmerksam, nahmen ihn aus der Mehrkampf-Gruppe, in der er zwei Jahre gewesen war, drückten ihm den Diskus in die Hand. *Bleib mal dabei, mit deiner Größe, deiner Statur.* Sie hatten recht, sein Körper war ideal. Sein Körper hatte die richtigen Maße und Hebel, für nichts anderes war er gemacht, als jeden Tag in den Ring zu treten und Scheiben zu werfen. Sein Körper legte ihn fest auf dieses Leben, ließ kein anderes zu. Landeskader Nordrhein, Bundesstützpunkt Leverkusen, Sportfördergruppe Köln. Siebzehn Jahre im Rhythmus des Rahmenterminkalenders: Grundlagenaufbau, Trainingslager, Frühjahrsmeetings, Trainingslager, Deutsche Meisterschaft, Golden League, WM oder Olympia.

So viel hat sein Körper ihm genommen.

Zeit, Freunde, Beziehungen, die Freiheit, sein Leben anders zu leben, als er es getan hat. Architektur oder Maschinenbau hätte er studieren, irgendein Handwerk erlernen können, er weiß es nicht. Was er hätte sein wollen, hat sich nie durchgesetzt gegen das, was er war, ein sich über alle Köpfe türmender Athlet, ein Riese in jedem Raum, ein Fantasieobjekt. So viel hat sein Körper ihm gegeben, Macht und Struktur, in Reinform gegossene Glücksmomente, wenn die einzelnen Bewegungen völlig kontrolliert und zugleich unbewusst in einem Ganzen zusammenflossen. Quecksilber, hat er es Tom gegenüber einmal genannt, eine gute Sekunde, eine Drehung, eine Gestalt aus Quecksilber. Vier deutsche Meisterschaften hat ihm sein Körper gewonnen, eine Bronzemedaille bei Weltmeisterschaften, die Golden League, Olympia-Silber.

Ada wird niemals etwas auch nur annähernd Vergleichbares erreichen.

Für eine Karriere ist sie viel zu alt, hätte sie mit drei oder vier Jahren beginnen müssen, und selbst dann hätte sie es nicht geschafft. Patrik versteht wenig vom Turnen, aber so viel versteht er, so viel sieht er samstags in der Halle, so viel erkennt er, wenn er

Ada mit Comăneci vergleicht, deren Videos er sich manchmal noch anschaut: dass ihr Talent begrenzt ist. Natürlich macht sie Fortschritte, wie Mirell sagt, natürlich gelingen ihr Sprünge und Drehungen, die vor sechs Monaten noch undenkbar waren. Aber es sind hart erarbeitete Fortschritte. Jeden einzelnen hat sie ihrem Körper durch zahllose Wiederholungen abgerungen, jede Bewegung ist ihr fremd, und sie muss sie sich mühevoll einverleiben. Nichts fällt ihr leicht, nichts fliegt ihr zu. Ada turnt, wie sie läuft, unnachgiebig, rücksichtslos, arbeitet bei den Auf- und Umschwüngen am Barren nur aus den Oberarmen und Schultern, nutzt das Drehmoment nicht, reißt am Holm, um den fehlenden Schwung mit Kraft auszugleichen, wiederholt die Sequenz wieder und wieder, obwohl Patrik ihr sagt, dass sie aufhören, eine Pause machen soll.

Sie beachtet ihn nicht. Unter der Brücke taucht ihr Gesicht auf, blass und starr, die Augen tief in den Höhlen, dann der vorgebeugte Oberkörper, die dünnen Beine, zuletzt ihre neonpinken Laufschuhe. Zwanzig Minuten war sie weg, fünf mehr als beim letzten Mal. Er hebt die Hand, um mit ihr abzuklatschen, aber sie läuft an ihm vorbei, ruft, ohne den Kopf zu drehen:

»Ich muss noch bis zur Richardstraße.«

Er hat ihr eine Predigt gehalten: fremdes Eigentum, Respekt, Verantwortung. Er hat den Urlaub in Holland und das Taschengeld der nächsten Monate gestrichen, hat sie verpflichtet, Geld zu verdienen, um sich an der Begleichung des Schadens zu beteiligen. *Wie soll ich Geld verdienen*, hat sie gefragt, und er hat mit den Schultern gezuckt. Eigenständigkeit, Eigeninitiative, Eigenverantwortung. Die Wörter müssen gesagt werden, er, als Vater, muss sie sagen, damit die Tat seiner Tochter nicht stumm und für sich allein in der Welt steht. Drei Feuer in der Nacht zu je fünfhundert Euro. Er will ihr glauben, dass sie nicht weiß, warum sie es getan hat. Da steht eine Flasche, und sie nimmt die Flasche. Da liegen Streichhölzer, und sie nimmt die Streichhölzer. Jetzt hat sie Anzünder und Streichhölzer, also zündet sie etwas an, und schon brennen die Strandkörbe, einfach so. Dann wäre sie ein Kind, das einem Impuls gefolgt ist, den zweiten Schritt nur wegen des ersten getan hat und den dritten wegen des zweiten.

Dann wäre Ada ein Kind.

Dann wäre die Zeit stehen geblieben, aber das ist sie nicht, im Gegenteil, Ada ist noch einmal gewachsen, kommt ihm vor wie vierzehn, fünfzehn, obwohl sie weder Schmuck noch Make-up trägt, die Haare zu einem Pferdeschwanz gebunden hat, als sie zehn Minuten nach ihm vom Laufen nach Hause kommt. Ein klares, schönes Gesicht, darin die Frau, die sie einmal sein wird. Sie lässt sich nicht mehr leugnen oder verdrängen wie früher, als er Ada ansehen konnte, ohne an ihre Zukunft zu denken. Er betrachtet sie im Spiegel des Flurs, sie hat kaum Platz neben ihm, wird an den Rand gedrängt von seiner mächtigen Gestalt. Schweißnass ist sie unter dem Laufshirt, auf ihrer Stirn sprießen drei frische Pickel, obwohl sie nach wie vor keine Süßigkeiten isst.

»Wollen wir einen Tee zusammen trinken?«, fragt er.

»Jetzt?«

»Wann denn sonst?«

»Später.«

»Später klappt doch wieder nicht.«

In der Küche rückt er die Stühle zurecht, stellt zwei Becher mit Teebeuteln auf den Tisch, schaltet den Wasserkocher an. Kräuselnd steigt Dampf auf, als er das kochende Wasser in die Becher gießt, vernebelt für einen Moment Adas Gesicht, bevor er sich zur Decke hin auflöst. Er setzt sich zu ihr, die üblichen Plätze. Ada schaut aus dem Fenster, zu den gegenüberliegenden Häusern.

»Lass uns mal langsamer machen mit dem Laufen, das wird echt zu arg«, sagt er.

»Du wolltest doch, dass ich Sport mache.«

»Aber nicht so.«

»Wie, so?«

»Du übertreibst total. Du brauchst auch mal Pausen.«

Ada senkt den Blick und pustet im flachen Winkel auf ihren Tee, schlürft aus der Tasse die viel zu heiße Flüssigkeit.

»Ich wollte dich sowieso noch was fragen wegen dem Laufen«, sagt sie nach einer Weile.

»Klar, frag.«

»Es gibt da so eine Smartwatch, die zeigt alles Mögliche an, Entfernung, Durchschnittsgeschwindigkeit, Spitzengeschwindigkeit und so. Die misst sogar den Puls und speichert die Strecken, dann kann man die Zeiten vergleichen. Die ist total gut, da gibt's auch eine App für. Kann ich die haben?«

Er sieht sie an, ungläubig, beugt sich leicht vor und

kneift die Augen zusammen, als könnte er durch die Schlitze besser erkennen, ob sie Witze macht, ihn auf den Arm nimmt und gleich anfängt zu lachen, aber sie lacht nicht, sitzt vollkommen ruhig da, beide Hände um die Tasse gelegt, und wartet auf eine Antwort.

»Ist das dein Ernst?«, fragt er.

»Was?«

»Du fackelst Strandkörbe ab«, sagt er, und seine Stimme wird mit jedem Wort lauter, bis er fast brüllt, »und ich darf das bezahlen, und was kommt von dir? Nichts! Kein Wort, keine Erklärung. Von einer Entschuldigung will ich gar nicht reden, und jetzt setzt du dich ernsthaft – ernsthaft – hierher und fragst mich, ob ich dir eine scheißteure Uhr kaufe?«

Ada drückt den Teebeutel mit dem Daumen an der Innenseite des Bechers aus, wickelt den Faden um ihren kleinen Finger und lässt den Beutel auf und ab tanzen, ehe sie ihn in den Tee zurückfallen lässt.

»Also kann ich die Uhr nicht? Dann frag ich Mirell.«

»Weiß du was, Ada?«, sagt Patrik. »Mach, was du willst.«

Sie will laufen, sie will trainieren.

Seit dem Ende der Sommerferien gehen sie samstags wieder in die Halle und bauen die Geräte auf. Widerstandslos gleiten die Matten über den Boden, der noch intensiv nach Kunststoff riecht, leuchtend die Linien für Handball und Basketball, es gibt noch keine Abriebspuren, und sogar die Bank, auf der Patrik in Straßenklamotten und Socken sitzt, während er Ada zusieht, ist neu. Auch das Vereinstraining findet wieder statt. Mirell hat ihm ausgeredet, Ada für eine Weile herauszunehmen, obwohl er kurz davor war und die Entscheidung für sich schon getroffen hatte.

»Das Training braucht sie doch, gerade jetzt. Du redest immer von Struktur, dann gib ihr Struktur. Das ist sowieso das Einzige, was du tun kannst, wenn du irgendwann mal verstehen willst, warum sie das gemacht hat.«

»Es gibt kein Warum«, sagt er. »Sie sind den Hang hinuntergefallen, von einer Handlung in die nächste. Die wussten oben noch nicht, was sie unten machen würden.«

»Du sagst immer noch *sie*, Plural.«

»War Carla dabei oder nicht?«

»Ja.«

»Also.«

»Du machst es dir zu leicht«, sagt Mirell.

Immer wieder fängt sie mit den Strandkörben an, wenn sie in den Wochen der Frühschicht nach dem Training gemeinsam zu Abend essen. Er hat ihr nichts von seinem Gespräch mit Olberding erzählt, nichts davon, dass er den Briefkasten nur noch mit einem Grummeln im Magen öffnet und das Herunterladen der E-Mails eine Ewigkeit zu dauern scheint, nichts davon, dass der Anruf einer unbekannten Nummer Adrenalin durch seinen Körper jagt. Sie weiß nichts von seiner Angst, mit Ada behördlich erfasst zu werden. Es gibt eine fragile Statik, die seit Jahren gehalten hat, und es gibt ein System, von dem er nicht weiß, wie es sich verhält, wenn drei Strandkörbe brennen. Es gibt die gemeinsame Sorgeerklärung, die Kara und er vor Adas Geburt abgegeben haben, es gibt das Aufenthaltsbestimmungsrecht, das Umgangsrecht, es gibt die Geburtsurkunde, dazu die gemeinsame Erklärung, dass Ada Patriks Nachnamen tragen soll.

Ada Bischoff statt Ada Jedrzejczyk.

Niemand konnte Karas Namen richtig aussprechen, in allen denkbaren Varianten wurde er falsch geschrieben, Jedreizyk, Jedraiczik, Jedraicyk, Jedrejzyck, Jedreytschik, Jedreitschick, und sie waren sich einig, Ada dieses Schicksal ersparen zu wollen.

»My fucking Polish roots«, sagte Kara, als sie die Erklärung unterschrieb. Ihre Großeltern seien aus Tarnów nach Chicago ausgewandert, erzählte sie ihm, ihr Großvater habe in den Schlachthöfen Schweine aufgebrochen und halbiert, ihr Vater schon nicht mehr.

»Witam, co mogę dla pana zrobić?«, sagte sie.

»Was heißt das?«

Sie lächelte, zuckte mit den Schultern.

»Irgendwann will ich hin und mir alles ansehen.«

»Wohin?«

»Tarnów.«

»We're coming with you«, sagte er.

Sie haben es nie nach Polen geschafft.

Keine fünf Monate später ist Kara gegangen, und der Gedanke, allein mit Ada den Spuren in Karas Vergangenheit zu folgen, ist Patrik nie gekommen. Jetzt stellt er es sich vor: wie sie nach einer langen Fahrt morgens in Tarnów aus dem Auto steigen. Was weiß er von diesem Land? Nichts. Birken, Sonnenlicht in den hellgrünen Kronen, die Straße vom Winterfrost aufgebrochen, ab und zu rumpelt ein Wagen vorbei. Er hat keine Ahnung, wie die Häuser in Tarnów aussehen. Sozialistische Plattenbauten, sechs Stockwerke, winzige Balkonwürfel, auf denen Wäsche trocknet. Mit Ada geht er an den ockergelben Fassaden entlang, hat keinen blassen Schimmer, in welcher Wohnung Karas Großeltern gelebt haben, weiß nicht, ob es diese Gebäude damals überhaupt schon gegeben hat oder ob sie erst nach ihrer Ausreise nach Chicago gebaut wurden. An einem Eingang bleiben sie stehen und lesen die polnischen Namen auf den Klingelschildern. Er weiß nicht, wer nach den Jedrzejczyks gekommen ist, kann die Namen nicht aussprechen, als er sie leise vor sich hin murmelt. Ohne Kara ist er aufgeschmissen an diesem eingebildeten Ort. Er hebt den Blick Richtung Osten, in die halbhohe Sonne, lässt ihn die Straße entlang zu den letzten Häusern der Stadt schweifen, zu den Feldern dahinter, Weizen, nimmt er an, und sieht ihn vor sich, eine weite, goldene Fläche, wogend bis zum Horizont.

Mirell und er haben das Geld für die Strandkörbe zusammengekratzt, knapp 1500 Euro, und Ahrend überwiesen. Sie haben angefangen zu sparen, gehen nicht mehr aus. Abends sitzen sie zusammen auf Mirells Balkon, obwohl es nach Einbruch der Dunkelheit schnell kalt wird, dann ziehen sie sich Pullover über und ihre Schuhe an. In den Wochen der Spätschicht schlafen sie mittwochs wie gewohnt miteinander. Der dunkle Ton in Mirells Haut hält sich länger als die Temperaturen, eine Erinnerung an den Sommer vor der Tat, an das fremde Gefühl von Familie in dem fremden Haus. Weiterhin liegen sie in dem Trapez aus Licht zusammen. Es wird mit jeder Woche schmaler und kürzer, zieht sich zusammen, ohne seine grundsätzliche Form zu verlieren. Eine Eigenheit der Winkel im Zimmer und des Fensters. Mit der flachen Hand fährt Patrik über Mirells Rücken, versucht mit aller Macht, bei ihr zu bleiben, nicht an Ada zu denken, nicht an Kara, die anders als Mirell keinen einzigen Leberfleck am Körper hatte. Anders als Mirell nach dem Sex nicht aus dem Fenster sah, sondern mit geschlossenen Augen neben ihm lag, in einer tiefen, für sie ganz untypischen Ruhe, aus der heraus sie plötzlich zu sprechen begann, irgendein Gedanke, der ihr durch den Kopf ging, Erinnerungen an ihre Kindheit, an die Schule, ans College. Dann schloss er ebenfalls die Augen und hörte zu, wie sie vom Laufen erzählte, immer vom Laufen, dass sie früher als alle anderen damit angefangen habe oder sich das zumindest einrede.

»But maybe it's wrong. Vielleicht brauche ich das auch einfach, dieses Bild von mir als kleiner Stöpsel, wie ich mich irgendwo hochziehe und einfach loslaufe, als wäre es das Leichteste auf der Welt. Ich bin so leicht in diesem Bild, ich laufe, ohne nachzudenken. Dabei war ich als Kind nicht mal schnell. Meine Beine waren zu kurz, kannst du dir das vorstellen? Ich meine, schau sie dir an.«

Kara strampelt die Decke weg und streckt ihre Beine in die Luft, und er sieht an ihnen entlang bis zu den Zehen, die längsten Beine der Welt, küsst Mirells Schulter und legt die Hand auf ihre Lendenwirbel, die zum Teil schon im Schatten liegen. Sie weiß nicht, dass er nachts, wenn Ada schläft, im Netz nach Stellenausschreibungen in der Logistikbranche sucht, weiß nichts davon, dass sich sein Magen umdreht, wenn er die Namen von Städten liest, in denen er noch nie gewesen ist.

Pforzheim, Erfurt, Schwäbisch Gmünd.

Am Sonntagvormittag zieht der Himmel endgültig zu, aber sie fahren trotzdem. Ein Ausflug in die Lüneburger Heide, *damit ihr mal ein bisschen frische Luft abbekommt*, sagt Mirell zum ständigen Gemecker von der Rückbank. Kurz vor Egestorf setzt Regen ein, ein paar Minuten später entlädt sich das Gewitter über ihnen, und sie bleiben auf dem Parkplatz im Auto sitzen, während die fetten Tropfen auf Motorhaube und Dach prasseln. Um sie herum ist es dunkel, ein Blitz zuckt verästelt über den Himmel, und Patrik zählt, eins, zwei, bis der Donner über ihnen zusammenkracht. Auf dem Beifahrersitz presst Mirell die Hände auf die Knie, grinst schief, als er sie ansieht.

»Gewitter konnte ich schon als Kind nicht.«

Der Regen schlägt kleine Bombentrichter in den sandigen Boden des Parkplatzes, im Wageninnern herrscht ein brutaler Lärm, dazu die von vier Körpern aufgeheizte Luft, die Enge im faradayschen Käfig. Schweiß läuft Patrik aus den Achseln, und er spürt den Druck der sich über dem Auto türmenden Luftmassen, schaltet das Radio an und sofort wieder aus, weil Carla und Ada sich beschweren. Er schaut in den Rückspiegel, wo ihre halben Köpfe zu sehen sind, zwischen ihnen baumelt das Kabel eines Kopfhörers. Eine Weile sitzen sie schweigend da, die Mädchen in die Musik vertieft, Mirell in ihre Angst, er selbst in die Beobachtung des Lichts, das als einzelner Strahl durch ein erstes schmales Wolkenfenster fällt.

Keine zehn Minuten dauert der Spuk. Sie steigen aus dem Auto und betreten die Heide über einen schlammigen Weg. Sie sind zu spät dran, die Heide ist verblüht, braune Flächen, aus denen der Dampf wie Nebel steigt und die Landschaft aus ihrer Verankerung hebt, sie über ihrer eigentlichen Topografie schweben lässt. Tief saugt Patrik die feuchte Luft ein. Seine Schritte schmatzen in den Furchen des Weges, dann, nach ein paar Hundert Metern, erreichen sie die Niederschlagsgrenze, eine scharf gezogene Linie zwischen dunklem Schlamm und hellem Sand. An einer Kreuzung das Schild eines Pferdehofs. Wie hingeworfen liegt er in einer Senke, ein lang gezogenes, einstöckiges Backsteingebäude, um zwei Anbauten erweitert, die schräg versetzt das Gebäude in verschiedene Richtungen zu biegen scheinen. Ohne erkennbaren Sinn liegen Koppel und Stall getrennt voneinander. Der Weg führt ums Haus herum, eine ausgetretene Schleife aus Sand und Lehm, improvisiert wie alles hier. Vor dem Stall steht ein Zwinger aus Maschendraht, daneben liegen Heuballen unter einer dunkelgrünen Plane. Farblose Pflanzen neigen sich in den Beeten. Kein Mensch ist zu sehen, dafür harrt ein einzelnes Pferd mit verfilzter Mähne und verschmutzten Flanken auf der Koppel aus. Was Ada in ihrer Kindheit mit großer Sorgfalt und Akribie aufgebaut hat, ist hier nie verwirklicht worden. Auf ihrem Hof gab es die Vernachlässigung nicht, weil die Pferde jeden Morgen gestriegelt wurden, gab es die Unordnung nicht, weil Ada abends, nachdem die Figuren eingeschlafen waren, noch einmal nach dem Rechten sah und alle herumliegenden Teile an ihre Plätze räumte. Auch die

Einsamkeit gab es nicht, weil alle willkommen waren und von dem Licht und der Wärme der in den Bäumen hängenden Laternen begrüßt wurden.

Hier sind sie die Einzigen.

Hier, in dieser kargen Umgebung, wo das Pferd sich selbst überlassen in der Mitte der Koppel steht und nicht frisst oder trinkt, keine Fliegen mit dem Schwanz vertreibt, nur kurz den Kopf hebt und sofort wieder sinken lässt, während sie über den schlammigen Weg den Hof betreten. Patrik legt eine Hand an Mirells Hüfte, bleibt mit ihr zurück, beobachtet Ada und Carla, die auf die untere Latte des Zauns steigen und sich in die Koppel beugen, das Pferd mit Schnalzgeräuschen locken, Grasbüschel ausreißen und ihm hinhalten, alles vergebens, das Pferd kommt nicht, zuckt nicht einmal.

»Ey, Pferd!«, ruft Carla.

Etwas schießt aus dem Bretterverschlag in der Ecke des Zwingers, so schnell, dass alle erstarren, und verbeißt sich im Maschendrahtzaun. Ein wahnwitziges Bellen bricht sich Bahn, rollt durch die Senke und von den Wänden zurück. Patrik vermutet einen Rottweiler unter dem mattschwarzen Fell und den vorstechenden Rippen, eine Lefze ist eingerissen, dahinter kommen gelbe Zähne zum Vorschein. Geifernd und grollend hängt sich der Hund in die straff gespannte Kette, mit der er zusätzlich gesichert ist. Auf der Koppel regt sich das Pferd nicht. Bei jedem Fremden das gleiche Spiel, ein altbekanntes Toben, das zum Hof gehört wie die schiefen Gebäude, die Vernachlässigung, die Unordnung, die Einsamkeit, nichts, wofür es den Kopf drehen müsste.

Solange die Kette und der Maschendraht halten, besteht keine Gefahr. Knapp zehn Meter liegen zwischen dem Hund und den Mädchen, die sich nur langsam aus ihrer Erstarrung lösen. Ada springt als Erste vom Zaun und macht ein paar Schritte auf den Hund zu, geht in die Hocke, starrt das Tier an. Carla folgt ihr zögernd, hockt sich neben sie. Der Hund bellt, aber niemand kommt, das Gelände bleibt leer, im Halbdunkel hinter den Fenstern ist keine Bewegung, nur zu erahnen die Möbel und Einrichtungsgegenstände. Als lebten das Pferd und der Hund allein auf dem Hof. Ada ahmt ihn nach, fletscht die Zähne, knurrt. Patrik bleibt zurück, dem Maschendraht vertrauend. Wie neu glänzt er im Sonnenlicht, also gibt es sie doch, Menschen, die hier leben und sich kümmern, die brüchigen Drähte austauschen, Fenster und Zäune reparieren, die beiden Tiere zumindest so ausreichend füttern, dass sie nicht verhungern. Ada streckt die Hand aus und wedelt mit ihr vor den Augen des Hundes herum. Patrik fragt sich, wie ihr Hof heute aussehen würde. Ob sie in dem riesigen Haus nur ein Zimmer mit dem Nötigsten einrichten würde, Bett, Stuhl, Schreibtisch, damit das Mädchen, das sie früher einmal war, schlafen und die Hausaufgaben machen kann, bevor sie mit ihr nach draußen geht und die grundlegenden Dinge abspielt, das einzige Pferd im Stall striegelt, einen Eimer holt, einen Ballen Stroh. So wenig braucht der Hof, um ein Hof zu sein. Er stellt sich vor, wie Ada aus dem Haufen der Figuren einen Hund wühlt und auf die leere Fläche vor dem Haus stellt, davor das Mädchen mit ausgestrecktem Arm. Der Rottweiler folgt Adas Hand, wie hypnotisiert ruckt sein Kopf, er bellt jetzt nicht mehr, hechelt stattdessen und hat die Rute flach auf den Boden gepresst. Wie ein Frosch beginnt Ada, vor dem Hund auf und ab zu hüpfen. Ihr Gesicht ist eine polynesische Maske, weit aufgerissener Mund, zu Schlitzen geschlossene Augen, die Zunge hängt heraus, entrollt sich und tanzt zwischen den Lippen. Der Hund wirft sich gegen den Maschendraht, die Augen drehen ins Weiße, entfesselt steigt sein Lärm über den Hof.

»Lasst den Hund in Ruhe!«, ruft Mirell.

Ada bleibt hocken, ihre Grimasse erstarrt. Sie dreht sich kurz zu Mirell und Patrik um und nimmt einen Stein, wirft ihn vor den Hund, so knapp, dass er zurückzuckt, nimmt den nächsten, wirft ihm Steine hin wie Brocken von dunklem Fleisch.

»Und du?«, zischt Mirell und funkelt Patrik an. »Willst du vielleicht auch mal was machen?«

Auf dem Rückweg zum Auto sagt sie kein Wort, geht so schnell, dass er Mühe hat, Schritt zu halten. Die Mädchen bleiben zurück. Er dreht sich um, leicht versetzt trödeln sie durch die flache Heide, zu weit weg, als dass er im Gegenlicht irgendetwas anderes erkennen könnte als ihre schmalen Gestalten und den Größenunterschied zwischen ihnen. Lange vor ihren Töchtern erreichen sie den Parkplatz. Kein anderes Auto steht mehr zwischen den großflächigen Pfützen vom Regen vorhin, am Himmel, in einiger Ferne, braut sich der nächste Wolkenturm zusammen. Patrik entriegelt die Türen, setzt sich auf den Fahrersitz und lässt die Scheiben herunter, steigt wieder aus.

»Wie kann das sein?«, fragt Mirell, die Hände auf die Motorhaube gestützt.

Auf dem Lack sitzen die Tropfen kugelförmig wie auf den wasserabweisenden Blättern einer Lotuspflanze. Patrik hebt den Blick in die Heide, aber die Mädchen sind nirgends zu sehen.

»Wie kann es sein, dass du alles für deine Tochter tust und dann plötzlich gar nichts mehr und morgen wieder viel zu viel?«

»Woher willst du wissen, was morgen ist?«

»Ich kenn dich inzwischen ein bisschen, ob du's glaubst oder nicht.«

»Ein bisschen.«

Mit der flachen Hand fährt er über den Lack, verwischt ein paar Tropfen.

»Gut genug, um zu sehen, dass dir das Maß verloren geht«, sagt Mirell.

»Woher willst du das wissen? Was das richtige Maß für mich ist?«

»Vielleicht habe ich einen anderen Blick auf dich, vielleicht sehe ich Sachen, die du nicht mehr siehst. Manchmal denke ich, du bist blind für alles, was nicht Ada ist.«

»Das stimmt nicht.«

»Wie oft hast du dich mit Carla unterhalten? Also wirklich unterhalten, weil du dich für sie interessierst, und nicht, weil sie mit Ada befreundet ist? Das ist meine Tochter, verdammt!«

Sie schlägt auf die Motorhaube, und er spürt die Erschütterung in der Hand, ein Zittern, das ihm durch den Arm bis hoch in die Schulter läuft. Mirells Augen schimmern feucht. Hinter ihr, in einiger Ferne, tauchen die Mädchen auf. Patrik setzt sich ins Auto, lässt den linken Arm durchs Fenster baumeln, legt die rechte Hand aufs Lenkrad. Die Scheiben fährt er erst hoch, als auch die anderen eingestiegen sind.

Er versucht es mit Freiheit.

Er lässt Ada allein laufen, lässt sie aus der Küche gehen, sich umziehen und das Haus verlassen, ohne ihr nachzusehen, obwohl der Impuls da ist, ans Fenster zu treten und ihre ersten Meter entlang des Kanals zu verfolgen, bis sie hinter den Bäumen verschwindet. Er überlegt zu duschen, aber was, wenn Ada früher zurückkommt? Sie hat keinen Schlüssel dabei, er sieht am Schlüsselbrett nach, bringt den Schulrucksack in ihr Zimmer, hebt ein paar Blätter Papier vom Boden auf und legt sie auf ihren Schreibtisch. Am Fenster leuchten die selbstklebenden Schmetterlinge. Es ist noch hell, im Dunkeln würde er sie nicht lassen. Das sagt er ihr in den nächsten Tagen, *bevor es dunkel wird, bist du zu Hause, und ich will wenigstens wissen, wo du bist und mit wem.* Er fragt nicht mehr nach den Hausaufgaben. Die Arbeiten zeichnet er ab, ohne sie durchzusehen, die Noten kommentiert er nur noch mit einem Nicken, akzeptiert die Dreien, die Vier plus in Englisch. Die Brotdose für die Schule packt Ada selbst. Das ist die Gegenleistung für ihre Freiheit, sich selbst zu kümmern, ihre Wäsche selbst zu sortieren und in die Maschine zu tun, selbst darauf zu achten, dass die Sachen rechtzeitig trocken sind und in den Turnbeutel gepackt werden können.

Nach wie vor fährt er sie samstags zur Halle. Er hat ihr angeboten, das Training ganz sein zu lassen, aber sie will unbedingt weitermachen, also schließt er ihr auf, geht in der Zwischenzeit spazieren. Es ist später September, der Stadtteil hängt noch am Sommer, Tische und Stühle stehen vor den Cafés, Sonnenschirme, obwohl der Himmel dicht bewölkt ist. Auf den Spielplätzen sind die Kinder viel zu dünn angezogen. Solange sie spielen, merken sie es nicht, erst, wenn ihre Eltern sie zum Essen und Trinken zu den Bänken rufen, fangen sie an zu frieren. Klein geschnittenes Obst aus Tupperdosen, Wasser aus Flaschen mit Trinkaufsätzen. Die Eltern legen ihre Arme um die schmalen, schlotternden Körper und beschließen, dass es Zeit ist, nach Hause zu gehen.

Dann geht ein erstes Rauschen durch die Rosskastanien, es wird Oktober, die Wohnung kühlt aus, weil Patrik sie mit seinem Körper allein nicht beheizen kann. Er erlaubt Ada, nach der Schule direkt zu Carla zu gehen und nach dem Training dort zu essen, Mirell hat nichts dagegen, sodass er nach der Frühschicht eine leere Wohnung betritt, geschrumpfte Räume, so kommt es ihm vor, als wären seine Möglichkeiten in Adas Abwesenheit begrenzt. Er tigert von einem Zimmer ins andere, bleibt in der Küche stehen, traut sich endlich, Olberding anzurufen. Am Telefon scheint ihm seine eigene Stimme fest und sicher, kurz tauschen sie sich über das Wetter in Hamburg und an der Ostsee aus, dann gelingt es ihm, Olberding fast beiläufig zu fragen, ob er wegen der Strandkörbe, er erinnere sich doch, schon mit der Sachbearbeiterin beim Jugendamt in Lübeck gesprochen habe.

»Natürlich erinnere ich mich«, sagt Olberding.

Patrik greift das Handy fester, presst es an sein Ohr,

während er durchs Fenster einen älteren Mann beobachtet, der mit schlurfenden Schritten die Straße vor dem Haus überquert.

»Das Geld hatten Sie Ahrend ja direkt überwiesen, in der Hinsicht alles einwandfrei, das habe ich so an Frau Çetin weitergegeben. Was die Problematik mit Ihrer Freundin und deren Tochter angeht, schien sie mir auch recht aufgeschlossen.«

»Wie würden Sie das einschätzen«, fragt Patrik, »kommt da noch was?«

»Wie lange ist das jetzt her? Zehn, zwölf Wochen? Ist natürlich für eine Behörde keine Zeit, dort mahlen die Mühlen langsam, aber wenn Sie bis jetzt nichts gehört haben? Also, ich wäre da optimistisch.«

Er bedankt sich bei Olberding, verspricht, bei Gelegenheit vorbeizuschauen, von Hamburg aus sei es ja wirklich nur ein Katzensprung, wartet, bis Olberding aufgelegt hat. Erstaunlich ruhig ist seine Hand, als er das Handy in die Hosentasche steckt. Er geht ein paar tastende Schritte zum Küchentisch und setzt sich, lässt die Worte nachschwingen, *optimistisch, langsame Mühlen, keine Zeit*. Die Angst, Ada zu verlieren, ist unvermindert stark. Wie ein Körperteil scheint sie zu ihm zu gehören, wie sein Wurfarm, der nach dem Training und den Wettkämpfen mal mehr, mal weniger schmerzte. Er beugt und streckt den Arm, legt ihn vorsichtig auf der Tischplatte ab.

Pforzheim, Erfurt, Schwäbisch Gmünd.

In der Wohnung ist es still. Ada ist nicht da, seine einzige Gesellschaft ist er selbst in den Spiegelungen der Fenster, in den Spiegeln des Flurs und des Badezimmers. Es ist ein Vorgeschmack auf die Zeit, wenn

Ada gegangen sein wird und er weniger haben und brauchen wird, ein Shampoo, ein Duschgel, ein Deo, Rasierer und Rasierschaum, ein paar Handtücher. In der Küche: Brot, Milch, Obst und Tee. Es ist November, und er bekommt keinen Bissen herunter. Ein paar Schlucke Tee, ein Apfel, den er in Stücke schneidet und nicht anrührt. Er schaut auf die Uhr, halb acht, gerade hat das Training begonnen. Eigentlich hat er gelernt zu warten, die Stunden vor dem Wettkampf, das Nichtstun in der Kabine oder der *restricted area* auszuhalten, ohne große Möglichkeiten, sich abzulenken, es gab keine Handys wie heute. Manche hatten MP3-Player und summten ewig vor sich hin, andere fanden überhaupt keine Ruhe, liefen die Fliesenböden in Mustern ab, ohne eine Fuge zu berühren, oder indem sie alle Fugen im 90-Grad-Winkel kreuzten. Ticks waren weit verbreitet, in Rituale gegossener Aberglaube, ein Kubaner, der ständig eine Hundepfote küsste, ein Weihwasser spritzender Bulgare. Er selbst hängte sich nicht an irgendwelche Objekte. Er zog sich in sich selbst zurück, tiefer und vollständiger als alle anderen, saß äußerlich ruhig in einer Ecke und verfolgte die wachsende Spannung unter seinen Konkurrenten, reagierte kaum, wenn man ihn ansprach, lächelte nur, so wurde es ihm erzählt, und bekam nichts davon mit. Vor seinem inneren Auge ging er die Schritte bis zum Wettkampf durch, dann den Wettkampf selbst. Kein Detail ließ er aus, nicht die Ansagen der Stewarts, nicht den Gang durch den Tunnel ins Stadion, nicht das Einschreiben am Kampfrichtertisch. Er visualisierte, wie er noch einmal die Schuhe binden, dann die Hände sorgfältig mit Talkum trocknen und den

Diskus vom Rack nehmen würde. Aufs Gramm genau spürte er die zwei Kilo, sah die aufstäubenden Partikel vor sich, wenn er den Diskus von einer Hand in die andere klatschte, berührte in seiner Vorstellung die Kante des leicht abgesenkten Rings, setzte die Spitze des rechten Fußes dagegen, ging in die Knie, drehte an.

Im Warten auf den Wurf verfügte er über die totale Kontrolle, jetzt ist nichts mehr davon übrig. Der Tee abgekühlt, der Apfel oxidiert. Er steht vom Küchentisch auf, gießt den Tee ins Spülbecken, wirft den Apfel in den Müll. Er wird nichts kochen, ein Fehler, aber auch das gehört zur Freiheit, dass Ada nach dem Training einen Teller mit Obst, Joghurt, Olivenbrot belädt und in ihrem Zimmer verschwindet. Er wird kein Gemüse in akkurate Streifen schneiden. Er wird das Fleisch nicht mit Frischhaltefolie bedecken, damit die Fasern nicht reißen, wenn er es mit einer Pfanne aus Edelstahl klopft. Ohne Ada verkommen die Lebensmittel. Er schaltet den Fernseher im Wohnzimmer an, lässt ihn laufen, während er den Werkzeugkasten aus der Kammer holt. Schon lange hat er die Scharniere am Sideboard anziehen wollen, jetzt ist die Zeit. Er hockt sich hin, sucht nach der schonendsten Haltung für Rücken und Knie. Der Schmerz begleitet ihn seit Jahren, ein Anker in die Vergangenheit, zuverlässiger als jede Erinnerung. Mit dem Kreuzschraubenzieher zieht er die Schrauben fest, er ölt die Scharniere, prüft ihre Leichtgängigkeit, indem er die Türen öffnet und schließt, öffnet und schließt. So wird seine Zukunft aussehen, wenn er nicht grundlegend etwas ändert: kleine Reparaturen im Haushalt, die Arbeit, Gedanken an Ada, die nicht da ist. Er versucht, sich mit Mirell zu sehen, beschwört ihr Gesicht herauf, ihren Körper, Sex, Strand, Reisen, ein leichtgängiges Leben. Er kommt nicht weiter als das, was er beim Aufblicken im Fernseher sieht. Eine Auswandererserie, verlorene Seelen auf Costa Rica, Schlagersänger auf Mallorca. Patriks Kehle zieht sich zu angesichts der Not und Einsamkeit in den fremden Ländern, wie sie auf der Bananenplantage oder im Bierkönig mit großen Augen von ihren Projekten erzählen, hohlwangig, weil der Selbstbetrug vielleicht noch nicht in ihren Worten, in ihren Gesichtern aber längst angekommen ist.

Das kann er sein.

Dort kann er sitzen, mit Mirell oder allein, und vor einer heruntergekommenen Gewerbeimmobilie auf den Kanaren in die Kamera erzählen, dass er einen Neuanfang gebraucht habe, dass ihm Deutschland zu eng geworden sei, das Wetter, die Leute, dass es ihm nicht schwergefallen sei, alles hinter sich zu lassen. Dass er sich um keine Familie kümmern müsse, das kann er erzählen, die einzige Tochter sei aus dem Haus, die einzige Tochter rufe regelmäßig an, die einzige Tochter komme ihn jedes Jahr zu Weihnachten besuchen. Dabei ruft sie immer seltener an, fragt nur kurz, wie es ihm geht, bleibt vage, wenn er wissen will, was sie macht, verspricht zu kommen und kommt nicht. Nachrichten bleiben unbeantwortet, Bilder verblassen. Auf Teneriffa ist das Licht am Mittag so grell, dass er sich Adas Gesicht nicht mehr ins Gedächtnis rufen kann. Dort sitzt er und versucht es, starrt auf die Fensterfront eines Mercadona, aus dem vereinzelt Kunden tröpfeln, alte Frauen am Rollator, junge

Frauen, die nicht Ada sind. Er kann erzählen, dass die einzige Tochter Pakete runterschicke, Milka-Schokolade und Nivea-Creme, die Vitamintabletten, die er seit Jahrzehnten nimmt. Was er nicht erzählen kann: dass aus den gemeinsamen Jahren nichts geblieben ist, keine Nähe, kein Verständnis, kein Gespür, das über Ozeane hinweg die Verzweiflung des anderen erkennt. Auf den gekachelten Stufen sitzt er, als hätte er nie eine Tochter gehabt. Er starrt auf die schmutzigen Fußabdrücke der Arbeiter, die in den Räumen hinter ihm eine Trennwand ziehen und Anschlüsse legen, damit er in drei Wochen eröffnen kann. Ein Fitnessstudio oder eine kleine Bar mit selbst gemachten Tapas, eine Agentur für Golfreisen oder begleitete Wanderungen über die Insel. Patriks Brust wird eng, und er richtet sich auf, schaltet den Fernseher aus, fühlt die Stiche im Knie, als er durch den Flur zur Kammer humpelt und den Werkzeugkasten verstaut, sich das T-Shirt vom Körper reißt und im Bad seine Achseln wäscht. Ein Haufen Wäsche in der Tonne, den er mit dem verschwitzten Shirt in die Maschine stopft, der chemische Geruch des Waschpulvers, das Gurgeln des Wassers im Schlauch, im Spiegel sein Gesicht, seine übergroßen Augen. Erst, als es klingelt, löst er sich von dem Bild, öffnet die Tür, nimmt Ada in die Arme. Ihr Gesicht glänzt vom Schweiß, ihr ganzer Körper glüht nach, er spürt es durch die Kleidung, drückt sie an sich und lässt sie nicht los.

Lässt sie nicht los.

Kurz nach ihnen verlässt Patrik das Haus.

Am Ende der Straße leuchten die Bremslichter

von Mirells Wagen auf, bevor er selbst einsteigt, ein paar Minuten mit den Händen am Steuer dasitzt und wartet, bis sie ausreichend Vorsprung haben. Er muss ihnen nicht folgen. Er kennt den Weg, rechnet nach, vor gut acht Monaten ist er ihn zum ersten Mal gefahren, zuletzt vor fünf Wochen, als er Ada und Carla zum Training gebracht hat, weil Mirell bei der Arbeit aufgehalten wurde, und die Gruppe sich allein aufwärmen musste. In wie vielen Formen die Zeit für ihn verlaufen ist: in Wochen, in Monaten, in festen Blöcken, farblich markiert auf seinen Trainingsplänen. In anderthalb Sekunden vom Andrehen bis zum Loslassen des Diskus. Im Acht-Stunden-Takt zwischen den Fieberzäpfchen, die er seiner auf der Wickelauflage der Waschmaschine schreienden und zappelnden Tochter verabreichen musste, ihre Fußgelenke mit einer Hand umklammernd, mit dem Daumen der anderen das Zäpfchen einführend. In abgezählten Minuten, wenn er zu Hause sitzt und darauf wartet, dass Ada zurückkommt, von Läufen, die immer länger werden und inzwischen die Stundenmarke überschreiten. Früher hat er über ihre Zeit bestimmt, jetzt bestimmt sie über seine. Mit zunehmender Ausdauer verlängert sie die Phasen ihrer Abwesenheit und zwingt ihn dazu, stumm in der Küche zu sitzen oder sinnlose Dinge zu erledigen, Scharniere anzuziehen, Bodenleisten zu streichen. Er hat nun doch einen Eintopf vorgekocht, Kartoffeln, Sellerie, Steckrüben, Karotten, Mettwürstchen, der Winter kommt und mit ihm der erhöhte Energiebedarf des Körpers. Vielleicht kann er Ada damit ködern, *dein Körper braucht die Kalorien, um bei dieser Kälte zu funktionieren*, vielleicht sitzen sie dann gemeinsam am Tisch und pusten in die dampfenden Teller.

Aber noch hält der Herbst.

Unter den Reifen schmatzen Blätter, als er aus der Parklücke schert, ein feiner Sprühregen verhängt die Stadt und dämpft ihre Lichter. Vor acht Monaten ist er die Strecke an einem der ersten schönen Tage des Jahres gefahren; Ada saß auf dem Beifahrersitz, schweigend, die Knie an die Brust gezogen, die Füße auf dem Armaturenbrett, knibbelte Hautfetzen von der Nagelfalz ihres linken Daumens und starrte in den Verkehr, der ohne Stockungen stadtauswärts floss.

»Was ist das Schlimmste, das dir passieren kann?«, fragte er.

»Das Schlimmste? Ich kann mich voll blamieren, ich kann mich verletzen, vielleicht kann man dabei sogar sterben, wenn man vom Reck stürzt, auf jeden Fall querschnittgelähmt.«

»Blamieren ist also das Schlimmste.«

»Ja.«

»Und was ist das Beste?«

»Dass ich mich nicht blamiere?«

»Was noch?«

»Weiß nicht. Dass es Spaß macht?«

»Oh, es könnte Spaß machen!«, sagte er. »Und Carla könnte dich mögen!«

»Vielleicht.«

»Bestimmt.«

»Was ist das Peinlichste, das dir je passiert ist?«, fragte sie nach einer Weile.

»Ich hab mal bei einem Wettkampf ins Stadion gekackt.«

»Was?«

Im Augenwinkel sah er, wie Ada die Füße vom Armaturenbrett nahm und sich ihm zuwandte.

»In einen Eimer mit Talkumpulver«, sagte er.

»Ach du Scheiße!«

»Ja, genau.«

»Wieso das denn?«

»Magen-Darm-Grippe. Oder was Falsches gegessen. Auf jeden Fall ging's mir schon die Nacht davor nicht gut, aber ich hab gedacht, das wird schon, musste ja auch. Dann fing der Wettkampf an, erster Versuch okay, ich setze mich wieder auf die Bank, und plötzlich reißt es mich auseinander, keine Chance, rechtzeitig auf die Toilette zu gehen, also sitze ich da und kneife alles zusammen, neben mir hockt Ubartas, glaube ich, und guckt mich ganz komisch an, weil er natürlich die Geräusche hört, die ich mache, aber zum Glück ist er dann mit seinem Wurf dran und geht zum Ring, und ich schaue mich um, total verzweifelt, das kannst du mir glauben, sehe den Eimer, ziehe ihn zu mir unter die Bank, mache den Deckel ab, rutsche nach hinten, Hosen runter und ab die Post.«

»Igitt, ist das eklig! Und wie hast du dich abgewischt?«

»Handtuch.«

»Und dann wollten die anderen Pulver nehmen und sind mit den Händen da rein?«

»Nein, der Eimer war nur zum Nachfüllen da. Da stand immer so eine Schale am Ring, aus der wir uns kurz vor dem Wurf was genommen haben. Nicht direkt aus dem Eimer. Ich hab einfach den Deckel wieder draufgemacht und so getan, als wäre nichts.«

»Was ist mit dem Eimer passiert?«

»Keine Ahnung.«

»Aber den muss doch irgendwer weggeräumt haben«, sagte Ada. »Den hat irgendwer in einen Abstellraum getan, und dort ist dann deine Kacke mit dem Pulver mutiert, und als beim nächsten Wettkampf einer den Eimer aufgemacht hat, ist so ein Alienfladen rausgesprungen und hat sich an seinem Gesicht festgesaugt, da gibt's doch so einen Film, wo die Aliens den Leuten das Leben aussaugen, und so war das da auch, dein Alienkackfladen hat den anderen das Leben ausgesaugt, und du bist übrig geblieben und hast gewonnen.«

»Ja, ungefähr so.«

»Ist das eklig.«

Sie hielten an einer Ampel, und er wandte sich Ada zu. Sie hatte den Blick wieder nach vorn gerichtet, ruhiger jetzt als noch vor ein paar Minuten.

»Egal, was passiert, ich verspreche dir, du wirst nachher nicht in einen Eimer kacken«, sagte er.

»Nee, glaub ich auch nicht«, sagte Ada.

»Besser?«, fragte er.

»Ein bisschen.«

Sie würgte trocken, grinste.

Ein anderer Mensch.

Wenn er sich eine Form der Zeit wünschen könnte, dann eine, in der er auf alle Versionen von Ada gleichzeitig zugreifen kann. Er will sie noch einmal als Baby im Arm halten und, bevor sie erwacht, zu der Sechsjährigen zurückkehren, die nach dem Umzug den Kindertisch für den ersten Besuch ihrer neuen Freundin deckt, fiebrig vor Aufregung, dann weiter zu der Achtjährigen mit den blauen Lippen, die zitternd und voller Stolz das Seepferdchenabzeichen entgegennimmt und ihre tropfnassen Haare an seinen Bauch drückt, als er sie umarmt. In einem weiten Satz will er zu dem Abend vor acht Monaten springen, um ihr die Geschichte noch einmal zu erzählen, will sie ihr so oft erzählen, bis sie wahr geworden ist und er selbst daran glaubt:

Ich habe im Stadion in einen Eimer gekackt.

Immer wieder will er Ada zu ihrem ersten Training fahren, über die Ahrensburger Straße in die Rechtwinkligkeit eines schwach beleuchteten Wohngebiets aus Rotklinkerbauten. Er parkt etwas weiter weg und geht die letzten Meter zu Fuß, wartet auf der gegenüberliegenden Straßenseite, bis die anderen Eltern ihre Töchter abgeliefert haben und nur noch Mirells Wagen auf dem Parkplatz der Halle steht. Vor acht Monaten hat er im Auto gewartet, draußen war es noch hell, jetzt ist es dunkel, und er nähert sich langsam dem leuchtenden Quader, der knapp über dem Boden zu schweben scheint, abzuheben und im All zu verschwinden droht, von wo er unzweifelhaft gekommen sein muss. Ein moderner Bau, schlanke Metallstreben, Front und Seitenwände aus Glas. Bis auf fünf Meter kommt Patrik heran, verharrt hinter einem Baum, unsichtbar für die Mädchen im Inneren, für Mirell, für Ada. Sie betritt die Halle als Erste, die Haare streng zusammengebunden, dehnt sich in den langen Schritten zum Geräteraum mit über den Kopf gestreckten Armen, lächelt nicht, öffnet das Tor. Nach und nach kommen die anderen dazu, acht sind sie insgesamt. Mirell schließt die Tür zu den Umkleidekabinen, ruft Anweisungen zum Aufbau der Geräte, die Patrik nicht versteht. Das Glas ist zu dick, geräuschlos schlagen die Matten auf. Die Mädchen formieren sich in einer Reihe und traben mit dem linken Fuß an, laufen ihre Runden um die Halle, sowjetisch in ihrem Ernst und den schwarz-roten Turnanzügen. Der dumpfe Rhythmus ihrer Füße auf dem Linoleumboden ist nur zu erahnen. Patrik hört und schmeckt nichts; riecht den typischen Turnhallengeruch nicht, Schweiß, Leder, Kunststoff, spürt die Temperatur nicht auf der Haut, weiß nicht, ob die Halle beheizt wird oder nicht. Sechzehn Arme recken sich in die Höhe, sechzehn Beine deuten Spagatsprünge an. Acht Oberkörper fallen über die Hüfte rückwärts in den Bogengang. Nach dem Aufwärmen teilt Mirell die Geräte zu, und er erkennt Adas Fortschritte am Boden und ihre Stagnation am Balken, wie sie am Sprung ihren ersten Handstützüberschlag schafft und bei der Landung, vom Drehmoment nach vorn gewuchtet, auf die Knie fällt. Patrik will ihre Stürze nicht zählen. Nichts liegt ihm ferner, als die Fehler seiner Tochter zu verzeichnen, obwohl sie ihm natürlich auffallen, die wiederkehrenden Überstreckungen, der Kontrollverlust bei fast allen Drehungen.

Fehler gehören dazu, die banalste aller Weisheiten.

Er könnte seine eigenen nicht zählen, ihre Summe übertrifft bei Weitem alles, was ihm je gelungen ist. 69,77, sein bester Wurf, und trotzdem erinnert er sich daran, wie er im Anschwung den Kopf nicht weit genug zurückführte, der Wurfarm in der Beschleunigung um drei bis vier Grad zu flach abfiel, es war kaum zu erkennen auf den Videobildern, aber er erinnert sich an die Panik dieser Hundertstelsekunde, in der sein Arm sich nicht heben ließ. Die meisten seiner Fehler waren auf diese Weise messbar, in Graden, Zentimetern, Hundertstelsekunden. Auf dem Standbild zeichnete Torsten den Beugungswinkel seines rechten Knies nach, zog eine Linie entlang der Streckung des Schultergürtels. Sein flackerndes Ich auf dem Schrottmonitor von Torstens Laptop, sein Körper aufgebrochen in eine Serie statischer Einzelbilder, es ist alles noch da.

Die Erinnerungen fluten ihn an, es hat inzwischen angefangen zu regnen, und Patrik zieht die Kapuze über die Stirn, während drinnen Ada vom Balken auf die Matte fällt. Er zählt die Stürze nicht, nimmt sie hin, interessiert sich nur dafür, ob sie aufsteht und weitermacht. Ohne zu zögern, kehrt sie ans Gerät zurück und turnt die Übung noch einmal von vorn, geht wieder an der gleichen Stelle ab, kehrt zurück, turnt von vorn, geht ab. Mirell steht unbeteiligt daneben und lässt Ada fallen, fallen, fallen. Ein Verhalten, das er nicht begreift; es ist unvorhersehbar, wann sie dazwischengeht und wann nicht, unberechenbar, wie sie es tut, mal mit einem harten Ruf, den er ihr von den Lippen ablesen kann, *Ada, stopp!*, mal behutsam, fast zärtlich, indem sie zu Ada geht und leise in ihr Ohr flüstert. Ein geheimes Zeichen, ein Ritual, das er nicht versteht: Sie legen Daumen und Zeigefinger abwechselnd am ersten Glied übereinander und richten die restlichen Finger wie Hahnenkämme auf.

Über die Rinde des Baums streifend, fragt Patrik

sich, welche Zeichen und Rituale Kara mit ihrer Tochter geteilt hätte. Vor jedem Wettkampf schlug sie sich mit den flachen Händen dreimal auf die Oberschenkel, dann dreimal auf die Wangen, bevor sie sich in den Startblock kniete. Auf den ersten Metern leuchteten die Abdrücke ihrer Handflächen noch rot, im Ziel waren sie verschwunden. Jeweils drei Schritte lagen zwischen den Hürden, 43 oder 44 insgesamt, je nachdem, wie sie nach der letzten Hürde wieder in den Tritt kam. Das Laufen war Karas natürlicher Zustand, die von der Sonne beschienene Laufbahn der Ort, an dem sie lieber war als irgendwo sonst. Ohne jeden Zweifel hätte sie Ada irgendwann mitgenommen und auf das Kautschukgranulat gesetzt, sie ermuntert, aufzustehen und ein paar Schritte zu machen. Sie hätte es ihr vorgemacht, drei, vier Sätze auf der mittleren Bahn, dann wäre sie in die Knie gegangen und hätte die Arme weit geöffnet, um ihre torkelnde und jauchzende Tochter zu empfangen. Es sind Versionen von Ada, gegen die Patrik sich nicht mehr wehren kann: Ada mit fünf, spindeldürr in ihrem winzigen Trikot und den kurzen Hosen, wie sie vor ihrem ersten Rennen die Routinen ihrer Mutter nachahmt, drei Schläge auf die Oberschenkel, drei auf die Wangen. Ada und Kara beim gemeinsamen Training: An der Startlinie gehen sie in die Hocke und hüpfen bis zur 50-Meter-Markierung, *frog jumps* zur Steigerung der Schnellkraft, kippen lachend und mit brennenden Oberschenkeln zur Seite, rollen auf den Rücken. Über ihnen der blaue Himmel, die Sonne, vor der sie die Augen schließen müssen. Ewig scheinen sie auf der warmen Bahn zu liegen, ohne sich zu bewegen, Adas Gesicht friedvoll neben dem ihrer Mutter, ihr Körper entspannt neben Karas Körper, von dem er die Schlankheit und Länge der Glieder geerbt hat, die Sprinterbeine, die Fast-Twitch-Fasern. Die schnellen Kontraktionen lassen sich nur für kurze Zeit aufrechterhalten, danach müssen die Muskeln ruhen. Es ist eine Ruhe, die er Ada schon lange nicht mehr geben kann.

In der Halle wechselt sie zum Barren, dem empfindlichsten Gerät von allen: zwei Glasfaserholme von unterschiedlicher Höhe, Verspannungen, Scharniere, Klicksysteme. Patrik versucht, ihre Körpersprache zu lesen, aufrecht geht sie neben Carla, auf ihrem Gesicht regt sich nichts; eine hohe Grundspannung, seit sie die Halle betreten hat, auch jetzt, als sie Carlas Übung vom Mattenrand aus verfolgt. Adas Augen machen die Schwünge mit, ihr Kopf neigt sich beim Übergang vom oberen zum unteren Holm und kreist mit Carlas Riesenfelge, nickt ihren Abgang in einen sicheren Stand. Mirell kommt dazu, die beiden Mädchen klatschen ab, bevor Ada an den Barren tritt. Sie schließt die Augen und atmet tief ein, stößt die Luft aus, greift den unteren Holm. Noch immer ist ihre Hüfte beim Umschwung zu weit vom Holm entfernt. Hinter dem Baum visualisiert Patrik den korrekten Ablauf, denkt seine positivsten Gedanken, aber Ada steigt zu flach an, muss mit Kraft kompensieren, was ihr an Beschleunigung fehlt, dreht zu langsam, um aufzuhocken und den Übergang vom unteren zum oberen Holm in einer fließenden Bewegung zu schaffen. Sie geht ab, will sofort wieder ans Gerät, aber Mirell geht dazwischen, ruft etwas, auf das Ada nicht reagiert. Mirell packt Adas Handgelenk, Ada holt Schwung, und Mirell muss zur Seite ausweichen, um nicht von ihren Beinen getroffen zu werden. Sie zieht Ada vom Holm weg, schreit sie an. An den anderen Geräten unterbrechen die Mädchen ihre Übungen und schauen zum Barren, nur Carla hält den Blick gesenkt. Patrik tritt aus dem Schutz des Baums und geht näher heran. Niemand wird ihn entdecken, alle Augen sind auf Ada und Mirell gerichtet, die keine Armlänge voneinander entfernt neben dem Barren stehen. Er hat Mirell noch nie so gesehen: vollkommen außer sich. Aus ihrem Gesicht ist alle Farbe gewichen, während sie mit verzerrtem Mund auf seine Tochter einredet, deren Blicke wild durch die Halle zucken. Schwere Tropfen prasseln auf Patriks Kopf und seine Schultern, der Regen ist stärker geworden, und er zieht die Kapuze tiefer ins Gesicht, macht noch ein paar Schritte, bis er die Scheibe mit der Hand berühren kann. Er will in die Halle zu Ada, aber seine Scham ist zu groß. Was soll er sagen, wenn er klatschnass vor ihr steht? Soll er ihr sagen, dass er nicht weiß, was er sonst machen soll, dass es besser ist, in der Dunkelheit zu stehen und sie heimlich zu beobachten, besser, im Regen zu stehen, mit ihr hinter Glas, als allein in der Wohnung zu sitzen? Nach wie vor hält Mirell ihr Handgelenk umklammert, obwohl Ada immer heftiger versucht, sich zu lösen, den Arm wegreißt, schließlich den ganzen Körper herumwirft, um sich aus Mirells Griff zu befreien. Ganz plötzlich lässt Mirell los. Ada stolpert nach hinten, fängt sich und stürmt von der Matte, an Carla vorbei, rempelt sie an, verschwindet in der

Kabine. Mit großen Schritten eilt Patrik zum Wagen. Seine Wangen glühen trotz des Regens, und er kann sich nur vorstellen, wie die Mädchen noch eine Weile unschlüssig in der Halle herumstehen, bevor sie ihre Übungen an den Geräten wieder aufnehmen, wie Mirell einen Arm um Carla legt und flüchtig ihre Stirn küsst.

Kann sich nur vorstellen, wie Ada allein in der Umkleide sitzt und das Gefühl langsam in ihren tauben Körper zurückkehrt.

»Wie war's?«, fragt er, als Ada eine Stunde später nach Hause kommt.

Im Flur zieht sie die Schuhe aus, die Haut am Handgelenk scheint ihm leicht gerötet. Sie zieht ihre Jacke aus, hängt sie an die Garderobe.

»Gut«, sagt sie.

»Welche Geräte habt ihr heute gemacht?«

»Alle. Wie immer.«

»Und? Ging gut?«

»Ja.«

»Barren auch?«

»Ja.«

»Kannst du auch noch was anderes sagen als Ja?«

»Nein.«

»Und mit Mirell?«

»Was soll mit Mirell sein?«

»Ist alles okay bei euch?«

»Was soll denn nicht okay sein?«

»Ich weiß nicht, deshalb frage ich ja.«

Ada geht an ihm vorbei in die Küche, schenkt sich Wasser ein, trinkt gierig, während sie aus dem Fenster auf den leeren Balkon gegenüber schaut, wo im Sommer der winkende Junge stand.

»Können wir am Samstag mal länger in die Halle?«, fragt sie. »Ich muss ein paar Sachen üben, vor allem am Barren.«

»Sagt Mirell das?«

»Was?«

»Dass du die Sachen üben musst.«

»Nein. Ich sag das.«

»Ist es wegen Carla?«

»Wieso wegen Carla?«

»Weil sie besser ist als du?«

»Das weißt du doch gar nicht.«

»Ist doch nicht schlimm«, sagt er. »Sie hat eben diesen Vorsprung, weil sie viel früher angefangen hat.«

»Carla ist mir egal.«

»Warum dann?«

»Weiß nicht. Einfach so halt.«

Er will noch einmal in die Küche kommen, wo die dreijährige Ada inmitten von Konservendosen und Nudelpackungen sitzt, die sie fein säuberlich aus der Vorratsschublade geräumt hat. Er will ihr noch einmal einen Futterwürfel in die siebenjährige Hand drücken und sie ermutigen, die Damhirsche zu füttern. Er will noch einmal mit ihr den Kletterpark an der französischen Atlantikküste besuchen, gute zwei Jahre ist es her. Ada steht auf einer Plattform zehn Meter über ihm. Er hat den Kopf in den Nacken gelegt und sieht zu ihr hoch, verschwitzt, klebrig, weil er die ersten vier Abschnitte noch mit ihr geklettert ist, ehe bei einem großen Ausfallschritt zwischen zwei Schlaufen ein stechender Schmerz in sein Knie gefahren ist. Also hat er sie allein auf den fünften Abschnitt geschickt, der höher in den Kiefern liegt als alle anderen, zu seiner Verwunderung ohne ein Widerwort von ihr, nachdem sie am Anfang gar nicht klettern wollte und ihn gedrängt hatte zu gehen.

»Können wir nicht zum Strand? Es ist so heiß, ich will lieber schwimmen.«

»An den Strand können wir immer noch. Das hier macht Spaß, glaub mir!«

Zwischen den Zweigen blitzt die Sonne auf, eine knisternde Trockenheit in den Kiefern, seit Wochen kein Regen. Ada klickt die Karabiner an das Stahlseil, prüft den Halt, indem sie sich einmal in den Sicherungsgurt hängt. Die Seilbahn des fünften Abschnitts ist die längste und führt über das mit einem Holzzaun umschlossene Gelände des Kletterparks hinaus zu einer Gruppe von Bäumen, von denen er wegen des Zauns nur die Wipfel sieht, darüber der konturlose blassblaue Himmel. Er beschirmt mit der Handfläche seine Augen, sieht, wie Ada sich von der Plattform ins Nichts wirft und in hoher Geschwindigkeit über ihn hinwegschießt, nicht kreischend oder jubelnd wie die anderen, sondern als ein stiller Pfeil, überhaupt ist es plötzlich ganz still, nur die Rolle auf dem Seil macht ein sirrendes Geräusch, das noch nachklingt, als sie längst aus seinem Blickfeld verschwunden ist. Das Seil zittert, schwankt in der Luft. Er sieht nicht, wie Ada ankommt, sieht nicht, ob sie ankommt oder in gerader Linie den Himmel in zwei Hälften schneidet, sein endlos dahingleitendes Kind, nur von Haken und Gurten gehalten.

Es ist der schönste Tag mit Ada, an den er sich erinnern kann.

Wie nach einer langen Reise legen sie nach dem Klettern die Gurte ab, ein Tag des Fliegens und des Landens, des sanften Aufkommens auf den Kiefernnadeln. Im Schatten der Bäume trinken sie eiskalte Limonade. Die Höhe hat sie leicht gemacht, träumerisch schweigend sitzen sie beieinander und lächeln sich an, beobachten die kletternden Kinder, während auf ihrer Haut der Schweiß trocknet und in ihren Köpfen die Gedanken nur langsam wieder zueinanderfinden. Sie haben keine Eile, keine Aufgabe. Alle Einkäufe sind erledigt, alle Programmpunkte abgehakt, sodass sie ewig unter dem Dach der Kiefern sitzen bleiben könnten und vielleicht gerade deshalb, um die Freiheit wissend, aufstehen, den Kletterpark verlassen und ins Meer springen. Gemeinsam tauchen sie unter und wieder auf und noch einmal unter, es ist alles da an diesem Tag, die luftigen Baumwipfel und der Meeresgrund unter ihren Füßen. Dort, wo sie noch stehen können, treten sie auf Steine und Muschelschalen. Dort, wo sie sitzen und in der Sonne trocknen, leert sich der Strand gegen Abend, fällt das Licht, verebben die Geräusche. Kaum merklich zieht sich das Wasser zurück und gibt die Felsrippen frei. Mühelos fließt die Zeit dahin: Adas Wissbegier und seine Lust, ihr die Gezeiten zu erklären, ihre schnelle Auffassungsgabe und seine Freude über dieses schlaue, freundliche, zugewandte Mädchen, seine Dankbarkeit dafür, dass er hier sitzen und mit ihr reden darf. Den Mond erklärt er als Kugelmagneten, die Gravitation als an den Ozeanen ziehende Finger.

Er spürt sie auch an sich selbst, wie sie ihn anhebt und zusammenpresst, überlässt sich ihr für eine kurze, winzige Sekunde. Es geschieht nur ganz selten, dass er Ada anschaut und nicht vor ihrer Verletzlichkeit zurückschreckt. Ein paar Sommersprossen hat sie auf der Nase, ihre Zähne blitzen weißer als sonst in dem von der Sonne gebräunten Gesicht. Strähnen haben sich aus ihrem Pferdeschwanz gelöst und fallen ihr in die Stirn. Gedankenverloren zieht sie das Band aus den Haaren und streift es über ihr linkes Handgelenk. Pink, eine Farbe, die sie eigentlich nicht mehr mag. Er zupft zwei Haare vom Band, pustet sie in den Sand.

Er kann nicht anders.

Er liebt Ada wie nichts auf der Welt.

»Sie hat gefragt, wo ihre Mutter ist«, sagt Mirell.

»Sie weiß, wo ihre Mutter ist.«

»Wo?«

»In Amerika.«

»Und?«

»Nichts und.«

»Adas Mutter ist in Amerika und sonst nichts? Das war's?«

»Genau.«

»Sprecht ihr nie über sie?«

»Wenn Ada was wissen will, kann sie kommen und mich fragen. Dann reden wir.«

»Du kannst doch von einer Zwölfjährigen nicht verlangen, dass sie den ersten Schritt macht. Das ist doch deine Verantwortung.«

»Ich verlange gar nichts von ihr«, sagt er.

»Aber sie verlangt was von dir, und du verweigerst ihr das. Mit welchem Recht eigentlich?«

»Bist du jetzt ihre Anwältin?«

»Braucht sie denn eine?«

Mirell setzt sich auf, nachdem sie miteinander geschlafen haben, die Decke rutscht bis auf ihren Schoß und gibt ihre Nacktheit preis. An ihren Schultern rote Abdrücke, dort, wo er sie mit beiden Händen gehalten hat. Am Hals die Leberflecken. An ihrer Brust sein Speichel, am Bauch die Faltungen der Haut, als sie sich vorbeugt, um seinen Blick in ihr Gesicht zurückzuholen.

»Hey. Sag mal ihren Namen.«

»Kara.«

Überrascht zieht Mirell die Augenbrauen hoch.

»Glaubst du, ich kann ihren Namen nicht sagen?«, fragt er. »Glaubst du, ich habe irgendeinen Schaden, weil sie nicht mehr da ist? Sie hat eine Entscheidung getroffen, zwei Mal, und Ada und ich leben damit, so wie du mit Carla lebst.«

»Erzähl mir was von ihr.«

»Sie geht dich nichts an«, sagt er.

Ada, zehn Jahre alt

Auf der Rückfahrt vom Atlantik hörte Ada nicht auf zu fragen, und er hörte nicht auf zu antworten, erklärte ihr nach den Gezeiten auch die Zentrifugalkräfte, nachdem sie auf der Autobahn in einer langgezogenen Linkskurve gegen die Wagentür gedrückt worden war.

»Unsere Körper sind faul und träge«, sagte Patrik, »die wollen nicht ständig die Richtung ändern. Deshalb widersetzen die sich, wenn die Straße plötzlich eine Kurve macht und nicht mehr geradeaus geht. Das ist der Trägheitswiderstand. Und dagegen wirkt dann die Beschleunigung, mit der wir in die Kurve gehen. Deshalb fühlt sich das so an.«

»Wart mal, das ist mir jetzt zu schwierig.«

»Aber du kennst das doch, vom Karussell oder von der Drehscheibe auf dem Spielplatz. Da zieht es dich ja auch nach außen. Ganz extrem war das bei mir früher im Ring, wenn ich mich gedreht habe.«

»Was für ein Ring?«

»Na beim Diskuswerfen.«

»Ach so, stimmt, das hast du ja mal gemacht«, sagte Ada.

Sie saßen auf einem Tisch aus Waschbeton, hatten die Schuhe ausgezogen und ihre nackten Füße auf die Sitzfläche der zugehörigen Bank gestellt, tranken die letzten Schlucke Limonade aus einer Flasche, die sie zwischen sich hin- und herreichten. In der Abendsonne rauschte der Verkehr unter ihnen vorbei. Der Rastplatz, auf dem sie angehalten hatten, lag auf einer Kuppe, und ihre Blicke folgten dem vierspurigen Band bis zum Horizont, wo es sich zwischen dunkelgrünen Wäldern verlor. Es war noch warm, das Licht jedoch schon orange, die Schatten der wenigen Bäume auf dem Rastplatz länger als die Bäume selbst.

»Warst du eigentlich gut?«, fragte Ada.

»Ja, doch. Ich war gut.«

»Wie gut?«

»Ich war mal der Zweitbeste.«

»Wow!«

Ada sah ihn an, ehrlich beeindruckt, und er spürte, wie ihm die Hitze in die Wangen schoss.

»Tu doch nicht so«, sagte er, »du weißt doch, dass ich Diskuswerfer war.«

»Ja, schon. Aber warum hast du nie erzählt, dass du echt richtig gut warst?«

»Das ist schon so lange her.«

»Na und?«

»Eigentlich hast du recht.«

Er trank die Flasche aus, Ada beschwerte sich kurz, dann saßen sie noch eine Weile schweigend da und betrachteten den fließenden Verkehr aus ihrer erhöhten Position, als wüssten sie mehr als die anderen dort unten in ihren Autos über die Kräfte, die in den engen Kabinen wirkten.

Mit einem leichten Fieber kam er zu Hause an. Als sie ihre Koffer und Taschen in die Wohnung trugen, trat ihm kalter Schweiß auf die Stirn, in der Nacht erwachte er von Kopfschmerzen. Gierig stürzte er Wasser in seine ausgetrocknete Kehle, dann legte er sich wieder hin, schlief nur bis zum Sonnenaufgang, weil er am Abend vergessen hatte, die Vorhänge zu schließen. Er horchte in sich hinein, spürte, dass es nichts Schlimmes war. Angenehm matt fiel das Licht ins Zimmer, und er schlug die Decke zur Seite, blieb mit geschlossenen Augen liegen und hing den Bildern des Urlaubs nach, verliebt in diese gelungenen Tage mit Ada.

Salzränder, Krustentiere, Sternschnuppennächte.

Er döste noch einmal ein und träumte wirr von den Zeltleinen auf dem Campingplatz, die kreuz und quer zwischen den Bäumen gespannt waren, sodass er sich in zahllosen Verrenkungen durch sie hindurchschlängeln musste, öffnete, von einem Geräusch geweckt, ganz plötzlich die Augen. Ada klirrte in der Küche. Er stand auf und ging zu ihr, setzte sich an den Tisch, ein wenig wattig im Kopf.

»Hallo, Papa.«

»Guten Morgen.«

Sie machte Anstalten, ihn auf die Wange zu küssen, aber er hob abwehrend die Hände, rückte mit dem Stuhl ein Stück nach hinten.

»Ich bin ein bisschen krank, Ada.«

»Oh, wirklich? Ist es schlimm?«

»Nein, ich bin nur erkältet, aber ich will dich nicht anstecken.«

»Ist doch egal, Papa.«

Sie beugte sich vor, und er ließ die Hände sinken, ganz weich machte ihn der Infekt, ganz behutsam schmolz das Fieber seine Widerstände ab, und Ada schmatzte ihm auf die Wange. Sie kochte Kamillentee, bestrich zwei Toastscheiben mit Butter und schob sie ihm hin, räumte nach dem Frühstück das Geschirr in die Spüle, wischte die Krümel vom Tisch.

»Du musst das nicht machen«, sagte er, »ich hab eine Erkältung, keinen Schlaganfall.«

»Doch, lass mich mal. Ich pflege dich.«

Er protestierte, stand auf, um ihr beim Geschirrspülen zu helfen, aber sie schob ihn aus der Küche, wies ihn an, sich im Wohnzimmer hinzulegen. Seufzend gab er auf, ließ sich in ihre Fürsorge fallen wie in eine Wolke, beobachtete durch die halb offene Tür, wie sie im Flur die Koffer und Taschen auspackte und die Schmutzwäsche in den Wäschekorb warf. Seine Arme und Beine wurden schwer, und trotzdem besaß er kein Gewicht auf dem Sofa, es war leicht, so zu liegen und nichts tun zu müssen, als existierte sein Körper ohne die Aufgaben, an die er gebunden war, nur in seiner Vorstellung. Ada kam ins Wohnzimmer und wischte sich eine Haarsträhne aus dem Gesicht.

»Ich geh jetzt einkaufen. Mittagessen darfst du aussuchen. Ich kann Pfannkuchen und Nudeln mit Tomatensauce. Oder was mit Ketchup.«

Obwohl der Supermarkt nur zwei Straßen entfernt war, lag Patrik unruhig, bis Ada zurückkam. Sie legte ihm das Wechselgeld auf den Wohnzimmertisch, dann fing sie an, in der Küche zu werkeln, und er dämmerte weg. Eine Hand rüttelte ihn wach, das Essen sei fertig, sagte Ada und fühlte seine Stirn.

»Ist ja gar nicht so heiß.«

»Sag ich doch.«

Sie hatte den Tisch gedeckt, die Pfannkuchen auf einen großen Teller in die Mitte gestellt und Ahornsirup darübergegossen, dunkel glänzend lief er über die Ränder, und Ada nahm eine Gabel, zog den obersten Pfannkuchen auf seinen Teller. Er schnitt ein Stück ab und steckte es in den Mund, darauf vorbereitet, so tun zu müssen, als schmeckte es ihm, aber die Pfannkuchen waren hervorragend, hell und dünn und saftig, er sagte es ihr, *bessere hatte ich nie*, und Ada schlug lächelnd die Augen nieder. So stolz war sie, dass er über seinen Hunger hinaus auch noch den letzten Pfannkuchen aß. Danach erlaubte sie ihm, beim Abwasch zu helfen, schickte ihn, als das Geschirr in den Schränken verstaut war, wieder aufs Sofa, nicht ohne ihm vorher noch eine Flasche Wasser mitzugeben.

»Trinken ist wichtig«, rief sie ihm hinterher.

»Jetzt wird's langsam albern, Ada.«

»Wieso, sagst du doch auch immer.«

Im Wohnzimmer öffnete er das Sideboard und nahm die Schatullen heraus. Er stellte sie in eine Reihe auf den Tisch, zog Adas Stuhl neben seinen, setzte sich.

»Ada, kommst du mal? Ich will dir was zeigen.«

»Was denn?«

Sie kam, setzte sich neben ihn.

»Mach mal auf.«

Aus großen Augen sah sie ihn an, dann klappte sie die erste Schatulle auf, öffnete nacheinander von links nach rechts die anderen. Die Medaillen glänzten wie poliert, obwohl er sie seit Karas Verschwinden nicht mehr in der Hand gehabt hatte. Adas Blick wanderte an ihnen entlang, blieb an der Silbermedaille von Athen hängen, der mit Abstand größten und dicksten von allen.

»Darf ich die anfassen?«, fragte sie.

»Klar.«

Vorsichtig berührten ihre Fingerspitzen das Metall, fuhren über die Flügel der eingeprägten Nike, über den griechischen Schriftzug, die olympischen Ringe.

»Kannst sie ruhig rausnehmen«, sagte er.

»Echt?«

Er nickte, und Ada nahm die Medaille vom Polster, legte sie auf ihre Handfläche, strich das Band glatt.

»Ist die schwer!«

Sie drehte sie um, auf der Rückseite das Feuer in einer Schale, der Vers der Achten Olympischen Ode, der Lorbeerkranz. Aufmerksam hörte Ada zu, als er ihr alles erklärte. Ihre Ehrfurcht verlieh der Medaille einen Wert, den er ihr nie beigemessen hatte, wie einen Schatz hielt sie sie in den Händen, behutsam, als könnte sie durch eine falsche Bewegung etwas kaputt machen. Patrik drückte seinen Zeigefinger auf das Metall. Es war weder besonders warm noch besonders kalt, nichts war darin gebannt, nichts sprang ihn an, keine Erinnerung löste sich durch die Berührung, und er zog den Finger zurück, fasste das Band und hängte Ada die Medaille um den Hals.

»Steht dir gut.«

Sie lief in den Flur, um sich im Spiegel zu betrachten, kam zurück, setzte sich wieder neben ihn. Nacheinander nahm sie die anderen Medaillen aus den Schatullen, und er sagte ihr zu jeder, wo und wann er sie gewonnen hatte: Sydney 1996, Turku 1997, Erfurt 1999, Stuttgart 2001, Edmonton 2001, Ulm 2003, Athen 2004, Ulm 2006.

»Da bist du aber ganz schön rumgekommen«, sagte Ada.

»Und das ist ja nur ein winziger Teil. Stell dir mal die ganzen Wettkämpfe vor, bei denen ich nichts gewonnen habe oder es keine Medaillen gab. Dazu noch die Trainingslager. Ich war auf allen Kontinenten außer Südamerika. Und der Antarktis.«

»Also auch in Nordamerika? Das ist ja ein eigener Kontinent.«

»Ja.«

Er hob den Blick und sah aus dem Fenster, nicht eine Wolke stand am Himmel. Ein paar Geräusche waren zu erahnen, vorbeifahrende Autos, Nachbarn, die sich vor dem Haus unterhielten, während Ada ganz still neben ihm saß.

»In Afrika auch?«, fragte sie schließlich.

»Wir hatten mal eine Maßnahme in Kapstadt. Total bescheuert. Zwölf Stunden hin, zwölf Stunden zurück, für eine knappe Woche.«

»Und jetzt hocken wir immer zu Hause«, sagte Ada.

»Wir waren doch gerade erst in Frankreich.«

»Das ist ja nicht das Gleiche. Aber ich muss ja auch in die Schule, normalerweise. Und du musst arbeiten.«

Sie drehte die Medaillen in den Händen, strich über die Ränder, ließ sie an ihren Bändern baumeln. Es stimmte. Seine Welt war klein geworden, nachdem sie einmal groß gewesen war. Er erzählte Ada vom Tafelberg und den Pinguinen am Boulders Beach, von den Elchen, die er in Finnland gesehen hatte, und wie er und ein paar andere aus der Delegation in einer Sauna gewesen waren und nackt Arschbomben in einen See gemacht hatten.

»Hattest du viele Freunde?«, fragte Ada.

»Freunde? Ich hatte Kollegen, die waren aber gleichzeitig meine Konkurrenten. Befreundet waren wir nicht.«

»Du hattest keinen einzigen Freund?«

»Damals war jeder auf sich selbst konzentriert, da ging es um andere Dinge als Freundschaft.«

»Um was denn?«

»Ums Gewinnen.«

Ada runzelte die Stirn, wieder ging ihr Blick über die Medaillen, aufgereiht lagen sie da, die Leistungsnachweise seines Lebens an kunstseidenen Bändern.

»Brauchst gar nicht so streng zu gucken«, sagte er. »Die Medaillen gibt's überhaupt nur, weil ich gewinnen wollte. Weil ich von morgens bis abends an nichts anderes gedacht hab als ans Gewinnen, weil es nichts anderes gab, weil alles andere egal war. Weil ich radikal war. Weißt du, was das heißt? Dass man an die Wurzel geht. Dass man ganz tief in sich reinhört, was man will, und dann auch alles, aber wirklich alles dafür tut.«

»Das klingt aber anstrengend«, sagte Ada.

»War es auch. Für den Körper, klar, das ganze Training, die Schmerzen, die Verletzungen, aber noch mehr für den Kopf. Alles war gut, wenn ich gewonnen habe, und alles war schlecht, wenn ich verloren habe.

Dazwischen gab es nichts. Ich konnte nie richtig abschalten, das war das Anstrengende.«

»Aber es muss doch irgendjemanden gegeben haben, mit dem du über das alles reden konntest. Ich rede ja zum Beispiel auch mit Anna, wenn in der Schule was doof ist.«

Er griff nach der Silbermedaille, die noch immer um Adas Hals hing, *mit Kara*, dachte er und legte sie sacht auf Adas Brust zurück.

»Na ja, Tom vielleicht. Der war mein Physiotherapeut.«

»Was ist das noch mal?«

»So eine Art Arzt, aber nicht ganz. Der hat sich um meinen Körper gekümmert, Massage, Stretching, so was alles. Der konnte mit seinen Händen fühlen, wenn bei mir was nicht in Ordnung war. Ich lag dann auf der Massagebank, und er hat mich durchgeknetet, dabei haben wir geredet. Der hat sogar mal auf dich aufgepasst, als ich ins Krankenhaus musste.«

»Echt?«

»Ja, ich hab mir im Training eine Sehne im Oberschenkel gerissen und musste operiert werden.«

»Wie alt war ich denn da?«

»Noch ganz klein, nicht mal anderthalb.«

»So klein?«, fragte Ada staunend.

»Ja. Die haben dich nicht mit ins Krankenhaus gelassen, obwohl das nur für eine Nacht war.«

»Und da musstest du Tom fragen, ob er auf mich aufpasst, weil dir niemand anderes eingefallen ist.«

Er nickte, ließ den Blick sinken und hob ihn sofort wieder, sah Ada an. Ihre rechte Hand lag auf der Medaille, ihr Zeigefinger fuhr über die Prägung, aber sie fragte nicht. Sie öffnete den Mund nicht, ein schmaler Strich in ihrem Gesicht, schlug die Augen nieder und betrachtete ihre linke Hand, die flach auf ihrem Oberschenkel lag.

Fragte nicht.

In der Stille rauschten Patriks Ohren. Er räusperte sich, seine Kehle war schon wieder trocken, und er griff nach der Wasserflasche auf dem Tisch.

»Physiotherapeut ist voll das komische Wort«, sagte Ada.

»Ja, voll.«

»Klingt wie fies. Fiesio. Ein Fiesiotherapeut.«

Sie lächelte und rutschte vom Stuhl, holte in der Küche ein Glas, damit er nicht aus der Flasche trinken musste. Er legte die Medaillen in die Schatullen, räumte sie ins Sideboard zurück. Die Silbermedaille behielt Ada um den Hals. Immer wieder fasste sie sie an, als sie am Nachmittag Brettspiele spielten, als sie auf dem Sofa lagen und einen Disney-Film schauten, fast schon unbewusst der Griff an die Brust, um das Metall zu berühren, an den Hals, um über das Band zu streichen.

»Willst du die nicht mal abnehmen?«, fragte er.

Ada schüttelte den Kopf. Je später es wurde, desto mehr schien das Gewicht der Medaille sie nach unten zu ziehen; mit gebeugtem Nacken stand sie am Herd und kochte Nudeln, steckte die Medaille beim Essen unters Shirt, damit sie nicht in die Tomatensauce hing. Sie aß wenig, wehrte sich nicht dagegen, dass er den Abwasch übernahm. Als sie im Bad die Zähne putzten, schlug die Medaille gegen den Rand des Waschbeckens, und Ada warf ihm über den Spiegel einen schuldbewussten Blick zu. Die Zahnbürste ragte aus ihrem Mundwinkel, von ihrem Kinn lief weißer Schaum, und er legte einen Arm um sie, küsste ihren Scheitel.

»Danke, dass du dich heute so gut um mich gekümmert hast«, sagte er.

Ihr Kopf war warm, er fühlte ihre Stirn, maß ihr Fieber. In der Nacht stieg es auf 39,5 Grad, und er gab ihr Ibuprofen, brachte Wasser an ihr Bett, tauschte die verschwitzte Decke gegen ein dünnes Laken. Schwer lag die Medaille auf ihrer Brust. Er schob eine Hand unter ihren Nacken und hob ihn vorsichtig an, zog das Band über ihren Kopf, legte die Medaille auf den Nachttisch.

»Aber du tust die nicht weg«, flüsterte Ada.

»Nein, versprochen.«

»Kannst du noch ein bisschen bleiben?«

»Klar.«

Er hockte sich auf die Matratze, an die Wand gelehnt, und Ada rollte sich zusammen, streckte sich wieder aus, strampelte das Laken weg. Lange kam sie nicht zur Ruhe, warf sich stöhnend herum, bis er zu summen anfing, Melodien, an die er jahrelang nicht gedacht und die er längst vergessen geglaubt hatte. Ein Nachtlicht brannte, und er fühlte sich in der Zeit zurückversetzt, froh über die Schleifen, die sein Leben mit Ada zog. Während er an ihrer Seite wachte, begann sie zu träumen. Im Fastdunkel glänzte ihr Gesicht, ihre Lippen bewegten sich, *Anna*, schien sie zu rufen, oder *Mama*, es war nicht eindeutig zu verstehen.

Ada, zwölf Jahre alt

Er hat sich von Cosmin bequatschen lassen. An einem Samstag fährt er mit Mirell, Carla und Ada zu der Adresse, die Cosmin ihm genannt hat, eine Schrebergartensiedlung am östlichen Stadtrand. Sie haben Mühe, die Parzelle zu finden. Auf schmalen Wegen irren sie zwischen Hecken und Zäunen über das Gelände, es ist niemand zu sehen, den sie fragen könnten, nur menschenleere, mit dünnem Frost bedeckte Gärten, die Lauben verrammelt, Plastikplanen über den Möbeln, Geräten und Wassertonnen.

»Was wollen wir hier?«, fragt Carla.

»Keine Ahnung«, sagt Mirell.

Auch Patrik weiß es eigentlich nicht. Vielleicht will er etwas ausgleichen, die Überlegenheit, die er in der Firma Cosmin gegenüber manchmal verspürt und von der er nicht weiß, woher sie kommt. Sicherlich nicht von seiner vorgesetzten Position, die ist ihm völlig gleichgültig. Die Arbeit ist nur eine Unterbrechung seines wirklichen Lebens, acht Stunden ohne eigenen Wert, Stunden, die er am rechten unteren Bildschirmrand abzählt, erste Kaffeepause, Essen, zweite Kaffeepause, dazwischen seine Runden über das Firmengelände und die unterschiedlichen Bodenstrukturen: Nadelvlies, Linoleum, Waschbeton, zum Schluss das Metallgitter der Empore im Hochregallager. Durch das Raster kann er manchmal Cosmin unter sich auf und ab gehen sehen, seine durch die Perspektive gestauchte Figur in der grauen Latzhose, das sich lichtende schwarze Haar, wie er, ohne die Gestalt über sich zu bemerken, selbstvergessen seine Lieder summt.

»Ist er das?«, fragt Mirell und bleibt stehen.

Am Ende des Wegs leuchtet eine Parzelle im warmen Licht unzähliger Lämpchen und Lichterketten. Ein Heizpilz glüht auf der Veranda, neben einer Feuerschale auf dem Rasen steht Cosmin und stochert mit einer Eisenstange in der Glut, blickt auf, hebt die Hand zum Gruß.

»Habt ihr's nicht gleich gefunden?«, fragt er, nachdem er sie an der Gartenpforte empfangen und auf die Veranda geführt hat. Auf einem runden, mit einer rot-weiß karierten Tischdecke bedeckten Tisch stehen Gläser und eine Karaffe Wasser, Tassen, ein Stövchen, in dem das Teelicht schon brennt. Mirell überreicht die beiden Glühweinflaschen, die sie gestern im Supermarkt besorgt hat.

»Ich hab gedacht, bei der Kälte«, sagt sie.

»Soll ich die heiß machen?«, fragt Cosmin.

»Ach, keine Eile. Erst mal ankommen.«

Sie schauen sich um. Im Garten hat Cosmin die Kanten der Beete abgestochen und die Beete mit Vlies bedeckt, entlang des Zauns die Stauden zurückgeschnitten. Nichts liegt herum, keine vergessenen Geräte oder von den Nachbarparzellen herübergewehte Gartenabfälle, kein einziges Blatt, als hätte Cosmin erst kurz vor ihrer Ankunft alles Laub zusammengerecht und in der Feuerschale verbrannt. Er zeigt ihnen die Laube, darin die gleiche umfassende Ordnung. Zwei Elektrokochplatten auf einer Anrichte, ein kleiner Kühlschrank, Töpfe, Pfannen und Teller in einem Regal. Eine schmale, straff bezogene Liege an der rechten Wand. Ein Tisch unter dem einzigen Fenster, auf dem im Lichtkegel einer Schreibtischlampe ein Kugelschreiber und ein aufgeschlagenes Rätselheft liegen. Cosmin schlägt es zu, schaltet die Lampe aus. An den Wänden, vereinzelt, als gehörten sie nicht zusammen, hängen kleinformatige, silbern gerahmte Fotos, darauf ein alter Mann, eine noch ältere Frau, eine baumlose Landschaft.

»Nett hast du es hier«, sagt Mirell.

»Arbeit, viel Arbeit. Von der Arbeit hierher und direkt weiterarbeiten, sonst wird das nichts.«

»Und wohnen tust du woanders?«

»Osdorfer Born, aber da ist es scheiße.«

»Mit deiner Familie?«, fragt Patrik.

»Nein, allein. Allein und frei, Digga.«

Cosmin erzählt, wie er sich nach der Nachtschicht manchmal zwischen den Gärten zu seiner Parzelle schleicht, die Tür leise hinter sich schließt, das Licht anschaltet.

»Da ist dann plötzlich nichts mehr, draußen im Dunkeln, und hier drin, im Licht, ist alles, mein ganzes Leben, verstehst du? Dann zieh ich erst mal die Schuhe und die Socken aus, egal, wie kalt es ist, koch mir einen Kaffee und setz mich an den Tisch. Die

Stille kannst du dir nicht vorstellen, das sag ich dir, so still ist es nirgends. Vor zwei Monaten hab ich die Fugen am Fenster frisch versiegelt, ist eh doppelt verglast, das Holz ist auch imprägniert. Da kommt nichts durch, das Ding ist winterfest.«

Er klopft mit der Faust an die Wand, knapp neben dem Landschaftsbild. Eine Ebene erstreckt sich dort bis zum Horizont, grüne Wiesen und goldene Äcker, links ist ein Fluss zu erahnen, ein leichtes Flirren in der klaren Luft.

Im Sommer, sagt Cosmin, sei die Laube ein Backofen. Dann halte ihn nichts hier drinnen, und er setze sich auf die Veranda in den Schatten und schaue sich um, beobachte den Reifegrad der Erdbeeren, der Stachelbeeren, der Johannisbeeren, jedes Jahr würden es mehr, Mengen, die er allein nicht verbrauchen könne und deshalb in der Siedlung verschenke. Mit einem Korb gehe er herum und verteile das Zeug, bis der Korb leer sei, dann setze er sich wieder auf die Veranda, und es brauche keiner zu fragen, ob es noch etwas gebe, aber das wisse ohnehin jeder.

»Wir kommen nicht zum Rumänen«, sagt Cosmin, »der Rumäne kommt zu uns.«

Er grinst und nimmt die Faust von der Wand, steckt die Hände in die Hosentaschen.

Allein und frei.

Patrik nickt, leicht gebückt steht er unter der niedrigen Decke und sieht aus dem Fenster nach draußen auf die Rückwand der benachbarten Laube. Bis heute hat er an seine Vorstellung von Cosmin mit einer Familie geglaubt, daran, dass sie seiner Frau und seiner Tochter begegnen würden, einem Mädchen, das in seiner Fantasie Cosmin wie aus dem Gesicht geschnitten war, breite, weiche Züge und um einen Kopf kleiner als Ada, und er fragt sich, ob es ein Fehler war herzukommen, jetzt, da es dieses Mädchen nicht gibt. Er dreht sich zu Ada um, da steht sie und starrt aus der Tiefe ihrer Kapuze das Bild der alten Frau an, zuckt zusammen, als Cosmin sie anspricht.

»Die ist fast hundert geworden. Krasse Frau.«

»Wer ist das?«, fragt Mirell.

»Irgendeine Urgroßtante oder so«, sagt Cosmin. »Und der da«, er zeigt auf den alten Mann an der gegenüberliegenden Wand, »wahrscheinlich ihr Mann. Aber ehrlich gesagt hab ich keine Ahnung. Die lagen in einem Umschlag bei den Sachen von meiner Mutter, die gehören zusammen, hab ich gedacht, also hab ich sie so aufgehängt, dass sie sich anschauen können. Aber diese Blicke, kein Scheiß, die machen mich fertig. Deshalb ziehe ich manchmal den Kopf ein.«

Er macht es vor, geht in die Knie, beugt den Oberkörper nach hinten und legt den Kopf in den Nacken, tanzt wie beim Limbo unter der Blicklinie des Mannes und der Frau hindurch bis zur Anrichte. Irritiert schaut Ada zu Mirell, die leicht mit den Schultern zuckt.

»Du hast sie ja nicht mehr alle«, sagt Patrik.

»Ich weiß«, sagt Cosmin.

Auf die beiden Kochplatten stellt er zwei Töpfe, gießt in den einen aus einem Plastikkanister Wasser für den Tee, in den anderen eine Flasche von Mirells Glühwein. Mit dem Dampf steigen die Gerüche auf und füllen den Raum, Zimt, Nelke, Orange, dazu eine stechende Säure, vor der Patrik nach draußen flieht.

Auf dem schmalen Weg zwischen den Beeten geht er zum Zaun und schaut über das ausgewaschene Land, noch immer scheint sich außer ihnen kein anderer Mensch in der Siedlung aufzuhalten. Auf der Veranda trinken sie Tee, Mirell und Cosmin einen Becher Glühwein. Weil Cosmin nur vier Gartenstühle hat, sitzt Patrik auf dem Stuhl aus der Laube, aufrechter und höher als die anderen, die durch die zurückgestellten Lehnen tief in den Polstern hängen. Sie müssen sich vorbeugen, um ihre Getränke vom Tisch zu nehmen und wieder abzustellen, jedes Mal ächzen die Stühle. Ada zieht ihr Handy aus der Tasche und löst die Sperre mit ihrem Fingerabdruck. Noch immer trägt sie die Kapuze, hat wenigstens den Reißverschluss der Jacke etwas geöffnet, sodass Patrik ihr Gesicht sehen kann, starr und ausdruckslos ist es, nur die Pupillen zucken mit den Wischbewegungen ihres Daumens über das Display. In Patriks Nacken glüht der Heizpilz, der billige Fusel in Mirells Becher riecht auch im Freien säuerlich. Er führt die Tasse mit dem Pfefferminztee an die Lippen, atmet tief ein. Cosmin erzählt vom Chaos bei der Übersiedlung von Rumänien nach Deutschland. Mehrere Kisten seien verloren gegangen, eine von irgendwoher dazugekommen. Tagelang hätten seine Eltern und er mit knallroten Köpfen in Unterwäsche um einen großen Topf sitzend essen müssen, weil Teller und Oberbekleidung fehlten. In der fremden Kiste seien *westliche Heftchen* gewesen. Er grinst Mirell an.

»Eine der Ladies hat 'ne Katze gestreichelt, und kannst du jetzt glauben oder nicht, plötzlich hatten wir genau so eine Katze, pechschwarz, ist nachts durch das gekippte Fenster in mein Zimmer gekommen, wahre Geschichte.«

Lachend steht Mirell auf und holt sich einen frischen Becher Glühwein aus der Laube. In ihrer kurzen Abwesenheit weiß niemand etwas zu sagen, stumm wandert Cosmins Blick durch den Garten und bleibt an einem Beet in der linken, hinteren Ecke hängen, als wäre er in Gedanken schon über den Winter hinaus im Frühling, wenn er an dieser Stelle den Boden umgraben und die Samen aussäen muss.

»Wir gehen mal ein bisschen gucken«, sagt Ada und erhebt sich im selben Moment. Carla tut es ihr nach, laut scharren die Stühle über die Holzbohlen, als sie sie zurückschieben und von der Veranda springen. Sie lassen die Gartenpforte offen und wenden sich nach links, Patrik sieht ihnen nach, wie sie an den Rändern ausfransen und schließlich ganz ins Grau des Nachmittags übergehen. Mirell tritt aus der Laube und setzt sich wieder neben ihn, folgt seinem Blick.

»Sie werden schon keine Strandkörbe anzünden«, sagt sie.

»Strandkörbe? Wieso Strandkörbe? Markus hat einen, da hinten«, sagt Cosmin und zeigt mit dem Arm in die Richtung, in der die Mädchen verschwunden sind.

»Oder vielleicht doch?«

Mirell nippt an ihrem Glühwein, grinst in den Becher. Cosmin hebt fragend die Augenbrauen.

»Patrik hat Angst, dass sein Töchterchen auf die schiefe Bahn gerät. Er hat so Bahnen für sie im Kopf, da darf sie nicht runter, kerzengerade muss sie durchs Leben, swusch, so schnell kannst du gar nicht gucken.«

»Kerzengerade gibt's nicht«, sagt Cosmin zu Mirell.

»Sag ihm das. Vielleicht glaubt er's dann.«

»Hör auf deine Frau, Chef.«

Patrik nickt, kneift die Augen zusammen. Mit Mühe erkennt er auf der gegenüberliegenden Parzelle die leere Vogelfutterstation, den Knauf der Gartenpforte, am Rosenspalier die gewundenen Drähte.

»Siehst du, Patrik?«, fragt Mirell. »Jetzt passt dir was nicht, und statt dich damit auseinanderzusetzen, leidest du still in dich hinein und ziehst eine Schnute, bis wieder alle nach deiner Pfeife tanzen.«

»Blödsinn«, sagt er.

»Du weißt, dass ich recht habe.«

Cosmin räuspert sich und drückt sich aus dem Stuhl, zieht sein vom Sitzen zerknittertes Hemd glatt.

»Sorry, ich muss mal kurz. Hinterm Haus ist ein Dixi-Klo, nur dass ihr Bescheid wisst.«

Er klopft auf den Tisch, verschwindet hinter der Laube.

»Haus«, sagt Mirell abschätzig und nimmt einen großen Schluck aus ihrem Becher.

Patrik sieht ihr beim Trinken zu. Im Schein der vielfältigen Lichtquellen glitzert ein roter Tropfen in ihrem Mundwinkel, den Becher stellt sie gar nicht mehr ab, dreht ihn zwischen den Fingern, führt ihn mit beiden Händen zum Mund. Ein einziges Mal hat er Kara nach der durchfeierten Nacht in Zürich noch betrunken erlebt. Aus den USA hatte sie die Nachricht vom Tod ihrer Großmutter erhalten, es war zu erwarten gewesen, und Kara wurde mit jedem Schluck Wodka ruhiger, saß ihm gegenüber am Küchentisch, lächelte ihn ab und zu an, bis die Traurigkeit endlich auch auf ihrem Gesicht ankam. Sie bat ihn, das Licht auszuschalten. Eine Weile saßen sie schweigend im Dunkeln, dann stand er auf, holte eine Kerze aus der Schublade und zündete sie an. Kara nahm seine Hand, und sie sahen gemeinsam in die Flamme, tranken die Flasche fast leer, vereinzelt erhob sich draußen ein Motorengeräusch und klang wieder ab.

Patrik wendet den Blick von Mirell, über den Gärten hängt rauchiger Dunst, und er fragt sich, was Ada in dieser Lichtlosigkeit macht, zwischen leeren Parzellen und Lauben, ob sie wie Cosmin in der brachliegenden Erde die Möglichkeiten des kommenden Jahres erkennt.

»Es geht nicht mehr«, sagt er.

»Was?«, fragt Mirell.

»Das mit uns.«

Sie schaut in den Becher, stellt ihn ab, hebt den Kopf.

»Ernsthaft? Du machst mit mir Schluss, während dein Kollege scheißen geht?«

»Ja.«

»Feigling.«

»Ja, wahrscheinlich.«

Im übernatürlich hellen Licht sind alle Fensterplätze besetzt, als er am Sonntag mit Ada das Café des Nordens betritt, blasse junge Paare und ein paar blasse Familien sitzen da, blasse Kinder. Die weißen Möbel tun ihr Übriges. Der ganze Raum schreit *hygge*, selbst die Kellnerin strahlt etwas unbestimmt Skandinavisches aus, als sie Ada und ihn zu einem Zweiertisch in der Mitte des Raums führt.

»Braucht ihr die Karte? Wir haben auch ein Weihnachtsspecial, Bratapfel-Zimt-Porridge, der steht nicht drauf, nur, dass ihr euch nicht wundert. Was wollt ihr denn trinken?«

Patrik bestellt Filterkaffee und Kakao, schiebt Ada die Karte hin, in die sie nur kurz hineinschaut, bevor ihr Blick wieder an ihm vorbei zum Fenster geht. Sie zeigt kein Interesse an veganem Brennnesselkäse und frischem Roggenbrot, kein Interesse an den jungen Frauen, die in ihrer Blässe klar und modern wirken, ganz selbstverständlich hier sitzen und in den Tag trödeln, während draußen die Stadt auf sie wartet. Die Speisekarte philosophiert über das richtige Leben, eine Art Manifest auf der ersten Seite: saisonal, regional, kein Fleisch, fair gehandelter Kaffee mit Hafermilch. Die Kellnerin kommt mit den Getränken zurück, lächelt über ihre Köpfe hinweg in den Raum.

»Wisst ihr schon?«

»The Big Vegan für zwei«, sagt Patrik.

Während sie warten, stellt er sich Ada vor, wie sie auf einem schmalen Streifen Land ihr eigenes Obst und Gemüse anbaut. Sie ist braun gebrannt von der Arbeit im Garten, wie alt mag sie sein, Mitte zwanzig, Dreck unter den Fingernägeln. Sie erzählt ihm von den Solarmodulen auf dem Dach des klimaneutralen Tiny House, in dem sie lebt, dass sie nicht fliegt und kein Auto hat, in der Stadt bei Wind und Wetter mit dem Fahrrad fährt, mit dem Zug nur, wenn es weiter weg geht. Mit bloßen Händen zieht sie Frühlingszwiebeln fürs Abendessen aus der Erde. Sie habe sich daran gewöhnt, mit den Jahreszeiten zu leben, im Sommer komme das Wasser kochend heiß aus dem

Hahn, im Winter kaum lauwarm, als würden die Jahreszeiten durch die Solaranlage noch verstärkt. Ist das nicht seltsam, sagt Ada, in Zeiten, wo sowieso alles extremer wird. Dürren, Überschwemmungen, Unwetterlagen, die wochenlang über dem Land hängen, riesige Gewitterzellen und dann wieder für Monate nicht der Hauch einer Wolke, der perfekte Himmel, schau mal hoch, so wie jetzt. Er kniet neben ihr auf der Erde und hört ihr zu, hebt seinen Blick in das reinste Blau, das er je gesehen hat. Nicht der geringste Fetzen, keine Schleier, keine Kondensstreifen. Was er in seiner Karriere an CO_2 verflogen hat, kann sie in fünf Leben nicht einsparen. Er will sich entschuldigen, aber findet die Worte nicht. Wie lange hat er sie nicht gesehen in dieser Version einer erwachsenen Tochter, es müssen Jahre sein. Schweigend gräbt er die Kartoffeln aus und legt sie in den Weidenkorb zu den Zwiebeln. Im Haus sitzt er mit gebeugtem Rücken, weil die Decke so niedrig ist. Auf der einzigen Platte kocht Ada erst die Kartoffeln, gießt sie ab, schneidet sie in Scheiben, brät sie in der Pfanne an und gibt die Frühlingszwiebeln dazu. Nur Salz, kein Pfeffer, der kommt aus Indien oder Vietnam, das muss auch mal aufhören. Beim Essen sitzen sie nebeneinander auf der schmalen Bank, die Ada auch als Bett benutzt, und er fragt sich, wie sie später schlafen werden, wo er liegen soll in dieser für seinen Körper gänzlich ungeeigneten Zukunft.

Adas Löffel schlägt gegen die Tasse, und Patrik zuckt zusammen, überall um sie herum sind diese Geräusche, klirrende Gabeln und Gläser, über die Teller kreischende Messer. Mit einem vollen Tablett tritt die Kellnerin an ihren Tisch und lädt bedächtig um, dreht die Etiketten der Marmeladengläschen in sein Blickfeld, damit er lesen kann, um welche Sorten es sich handelt. Sanddorn, Aprikose, Himbeere.

»Das dauert jetzt ein bisschen, aber fangt schon mal an«, sagt sie.

Als sie sich vorbeugt, streifen ihre Brüste seinen Oberarm, ein leichter Schweißgeruch, noch frisch nach einer Stunde Arbeit, der sich mit dem Geruch des Brennnesselkäses mischt. Schälchen um Schälchen, Teller für Teller wandern auf den kleinen Tisch. Bedenklich nah an der Kante steht der Hummus, aber Patrik schiebt ihn nicht zurück, soll er fallen und in Strahlen über den Boden spritzen. Ada gießt Hafermilch in ihr Müsli und stochert darin herum. Nichts ist mehr übrig von der Begeisterung, mit der sie im Tiny House davon gesprochen hat, selbst Getreide anbauen und Brot backen zu wollen, ohne Konservierungsstoffe und künstliche Backtriebmittel, nur Mehl, Wasser, Wärme und Zeit, dazu die nötige Sorgfalt, damit sich im ersten Sauerteig die guten gegen die schlechten Bakterien durchsetzen.

Ein bewusstes Leben.

Brot backen, in den Marschen spazieren gehen, sicherlich auch bis zum Umfallen arbeiten, Kinder kriegen oder nicht, alles, was sich denken lässt, kann er sich vorstellen, wenn er ihr zusieht, wie sie mit geschlossenen Augen ein paar Körner von der Löffelspitze leckt, nichts ahnend von den Möglichkeiten dieser Welt, nichts ahnend von ihren Gefahren.

»Hast du eigentlich schon darüber nachgedacht, was du später mal machen willst?«, fragt er.

»Als Beruf? Nein, keine Ahnung.«

»Hast ja auch noch Zeit.«

»Was wolltest du denn werden, als du so alt warst wie ich?«

»Ich weiß nicht mehr. Irgendwas bestimmt, aber ich kann mich nicht erinnern. Es fällt mir sowieso immer schwerer, mir vorzustellen, wie ich als Kind war. Irgendwann denkst du an Sachen zurück, von denen du weißt, dass sie dir passiert sind, aber es fühlt sich an, als wären sie jemand anderem passiert. Das geht dir später auch so, wirst sehen.«

»Glaub ich nicht«, sagt Ada. »Ich bin ja nicht du.«

»Okay«, sagt er und steht auf, legt Geld auf den Tisch, nimmt seine Jacke von der Stuhllehne.

»Lass uns gehen.«

Ada folgt ihm, ohne zu zögern, ohne erkennbare Verwunderung über den plötzlichen Aufbruch. Wahrscheinlich ist sie genauso erleichtert wie er, der Wärme und den Menschen zu entkommen, hinaus in die Kälte zu gehen, ein Stück die Semperstraße entlang bis zum Goldbekplatz. Es hat geschneit; auf den Wegen ist der Schnee festgetreten, auf den Geräten eines Spielplatzes sitzt er in luftigen Hauben, kein Kind weit und breit. Sie hocken sich auf die Rückenlehne einer Bank, die Füße auf der Sitzfläche, und starren auf den weißen Panzer einer Holzschildkröte, viel schöner so, viel schöner die Stille im Winter als der sommerliche Wahnsinn schreiender und fallender Kinder.

»Mirell und ich sind nicht mehr zusammen«, sagt Patrik.

Adas Blick geht zu den beiden Schaukeln, von denen eine kaum wahrnehmbar schwingt, als wäre sie vor einer Minute erst angestoßen worden.

»Carla siehst du ja in der Schule, und mit dem Turnen schauen wir mal, okay?«

»Mmh.«

Patrik dreht sich zu ihr und nimmt sie in den Arm, ein wenig wackelig sitzen sie nebeneinander auf der schmalen Lehne. Er drückt Ada an sich, wenig Widerstand leistet sie gegen seinen Trost, ihre Lippen sind blau, auch dann noch, als sie längst zu Hause sind.

Sie verschwindet am frühen Abend.

Gerade war sie noch in ihrem Zimmer, hat auf dem Bett gelegen und den Kopf geschüttelt, als er sie gefragt hat, ob sie mit ihm fernsehen wolle, jetzt ist sie weg, und der Raum liegt da wie schlafend. An der Garderobe fehlen ihre Schuhe, ihre Jacke. Der zweite Mensch, der ihm wegläuft, denkt Patrik, nein, nicht läuft, schleicht, aus dem Zimmer und durch den Flur schleicht, die Wohnungstür so leise hinter sich ins Schloss drückt, dass er es im Wohnzimmer nicht hört. Von ihm muss man heimlich gehen. Etwas Genetisches? Bei ihm, dass er sie vertreibt, bei Kara und ihrer Tochter, dass sie nicht bleiben können?

Er ruft Ada auf dem Handy an, Mailbox, ruft bei Mirell an, fragt, ob Ada bei ihr ist.

»Nein. Was ist los?«

»Sie ist nicht in ihrem Zimmer.«

»Ich frag mal Carla.«

Sie ruft durch die Wohnung, *weißt du, wo Ada ist*, aber Carlas Antwort ist nicht auszumachen.

»Sie weiß es auch nicht«, sagt Mirell.

»Okay.«
»Soll ich vorbeikommen?«
»Nein.«
»Brauchst du irgendwas?«
»Du kannst mir die Kontakte von den anderen aus der Turngruppe schicken.«
»Gut, mach ich.«
»Okay.«
»Sag Bescheid, wenn sie wieder da ist.«
Er legt auf, ruft Ada an, Mailbox, schreibt

Wo bist du? Melde dich,

während die Kontakte in sein Handy pingen,

Das sind die Nummern der
Mütter,

schreibt Mirell und

viel Glück.

Glück.

Er löscht die Nachricht, telefoniert die Kontakte ab. Niemand weiß irgendwas. In die Leere von Adas Mailbox spricht er mit gedämpfter Stimme, *wo bist du, hör auf damit*. Noch verbirgt seine Wut die Angst, aber er erkennt sie schon als Umriss hinter dem Vorhang, dort steht sie, mächtig und groß, bereit vorzutreten, sobald er aufhört zu handeln und anfängt zu denken. Noch einmal ruft er Mirell an, bittet sie, Carla ans Handy zu holen.

»Ja?«, fragt Carla.

»Mit wem ist Ada in der Schule befreundet? Außer mit dir?«

»Mit niemandem.«

Er glaubt ihr sofort, so schnell kommt die Antwort, fragt trotzdem nach, weil er nicht fassen kann, dass Ada niemanden hat, keine Freundin, bei der sie sein könnte, keinen Jungen, für den sie schwärmt und vor dessen Fenster sie gerade steht.

»Irgendjemanden muss es doch geben«, sagt er.

»Nein, echt nicht. Tut mir leid.«

»Danke, Carla.«

In Adas Zimmer brennt die Stehlampe noch. Normalerweise braucht sie kein Licht, wenn sie am Handy chattet oder auf dem Tablet spielt, aber was lässt sich daraus ableiten, dass sie kurz vor ihrem Verschwinden offenbar nicht gechattet oder gespielt hat, nichts, ob sie gelesen, geschlafen oder an die Decke gestarrt hat, es bedeutet nichts. Er hebt die Matratze an, öffnet die Schreibtischschubladen, durchsucht ihren Ranzen.

Ein Zettel, den sie während des Unterrichts vollgekritzelt hat, der letzte Elternbrief. In einer Schublade liegen die gemalten Bilder der früheren Jahre. Nichts, was aus Adas Leben mit ihm hinausweist, keine fremden Namen, auf den Bildern steht immer nur er mit dicken Armen neben ihr, die Beine wie Baumstämme, lacht mit rotem Mund und blauen Augen aus einem viel zu kleinen Kopf. Er legt die Bilder zurück, schließt die Schublade, setzt sich auf Adas Bett.

Ab wann Polizei?

Sie ist freiwillig gegangen, niemand hat sie aus der Wohnung gezerrt, aber sie ist erst zwölf, draußen ist es dunkel, und er weiß nicht, wo sie ist. Er wählt den Notruf; legt auf, als er die Stimme der Beamtin hört. Einer Fremden erzählen, dass er als Vater seine Tochter nicht schützen kann, er bringt es nicht über sich. Einmal noch geht er durch die ganze Wohnung. Für den unwahrscheinlichen Fall, dass alles nur ein Irrtum ist, Ada Verstecken spielt, im großen Schrank im Flur hockt, zwischen seinen Hosen, Pullovern und Arbeitsklamotten, oder flach in der Badewanne liegt. Er zieht den Duschvorhang zurück, der noch feucht von der Dusche, die er am Nachmittag genommen hat, in der leeren Wanne hängt.

Fängt an zu denken.

Und die Angst tritt vor.

Dunkle schwarze Ecken der Stadt, Hauseingänge, Innenhöfe, Gebüsch. Das Scheinwerferlicht reicht nie ganz hinein, streicht nur über die Fassaden der Häuser und spiegelt sich in den Fenstern, ein Gesicht leuchtet auf, überbelichtet, taucht sofort ins Nichts zurück. Patrik wendet den Kopf von links nach rechts nach links und rechts, während er langsam, teils im Schritttempo, den Weg zu Mirells Wohnung abfährt. Einzelne Gestalten begegnen ihm, die Kragen aufgestellt, die Hände in den Taschen vergraben. Auf der Hauptstraße, wo er schneller fahren muss, um den Verkehr nicht zu behindern, stehen vor den Wettbüros Männer in Grüppchen zusammen. Sie rauchen und schweigen, Frauen sind kaum unterwegs. Eine wechselt vor Patrik die Straßenseite und sieht ihn durch die Windschutzscheibe an, das Gesicht eingerahmt vom künstlichen Fell der Kapuze. Auch sie ist einmal ein Mädchen in Adas Alter gewesen, auch sie geht wie Ada allein durch die Dunkelheit. Er lächelt ihr zu, und sie wendet sich ab, beschleunigt ihre Schritte, bloß weg, verschwindet in einer Seitenstraße zwischen parkenden Autos.

Zwei Mal fährt er den Weg zu Mirell ab, hält vor dem Haus kurz an und sieht zu der Wohnung im vierten Stock hinauf. Licht brennt in beiden Fenstern, aber sie würde sich melden, wenn Ada bei ihr wäre, er checkt sein Handy, ruft Ada an, wieder die Mailbox.

Ich bin nichts ohne dich, denkt er und lässt das Handy sinken.

Er kann sie nun nicht mehr zurückhalten, die Bilder von ihr, und sie schnüren ihm die Kehle zu: die Bilder von Ada im Schnee, die Bilder von Ada im Wasser, eingebrochen im dünnen Eis, die Bilder von Ada auf der Kreuzung im Blaulicht, die Bilder von Ada im Auto des Fremden, Adas Schreie im Auto des Fremden, die Hand des Fremden über Adas Mund, die Hand des Fremden in Adas Hose, wie der Fremde Ada mit der Faust ins Gesicht schlägt, Adas Tränen, Adas Blut, Ada blutet im Gesicht und zwischen den Beinen, Ada wehrt sich, Ada kratzt und beißt in die Hand des Fremden, Ada macht den Fremden wütend, Ada ist zu schwach, Ada ist ein Kind, Ada hat Todesangst, während er tatenlos vor Mirells Wohnung sitzt.

Er muss in Bewegung bleiben.

Auf dem Rückweg nach Hause missachtet er Ampeln und Verkehrsschilder, parkt in zweiter Reihe, rennt nach oben. Ada ist nicht da. Er schreibt einen Zettel, *ich suche dich, warte hier, ruf mich an*, legt ihn auf den Küchentisch. Vor dem Haus spürt er zum ersten Mal, wie kalt es ist. Ein scharfer Wind fegt den Schnee aus den Bäumen am Kanal, wann waren sie zuletzt zusammen laufen, er weiß es nicht mehr. Die ersten Meter ihrer alten Strecke sind von Laternen beleuchtet, dann schwenkt der Weg von der Straße weg in die Dunkelheit. Er tastet sich hinein, mit unsicheren Schritten, wie ins Leere gesetzt, rechts die Bäume, links, nur zu erahnen, das Geländer und die zum Kanal abfallende Pflanzfläche, auf der in seiner Erinnerung die Sträucher im Sommer hellrosa Blüten getragen haben. Über ihm leuchtet schwach orange die Aura der Stadt. Er bleibt stehen, bis seine Augen sich an die Dunkelheit gewöhnt haben, denkt an Adas hellblaue Jacke, die er erkennen würde, wenn Ada zwischen den Sträuchern oder mit einem Arm über der Kante auf der Kanalmauer läge. Unter seinen Füßen knirscht das in den Pfützen gefrorene Wasser. Die Kälte ist kaum auszuhalten. Undenkbar, dass Ada freiwillig hier draußen ist, er ist sich plötzlich ganz sicher, zieht, einer Eingebung folgend, den Schlüsselbund aus der Hosentasche und tastet mit steifen Fingern die Schlüssel ab, hält sie sich dicht vor die Augen, erkennt nichts. Licht, er braucht Licht, läuft zurück, rutscht aus, fällt auf die Knie und auf die Hand, die die Schlüssel hält, rappelt sich hoch, läuft weiter, bleibt unter der ersten Laterne stehen.

Der Schlüssel zur Turnhalle fehlt.

Auf dem Weg zum Auto laufen Hitzewellen durch seinen frierenden Körper, Adrenalin, aber er traut sich noch nicht zu hoffen, blockt, während er fährt, alle Gedanken, so gut es geht, ab und konzentriert sich auf den Verkehr, der ihm verlangsamt vorkommt wie alles in dieser dunklen, halb eingefrorenen Zeit.

Die Tür ist nicht verschlossen. Ein rotes Nachtlicht schimmert im Gang, in der Halle selbst brennt keine einzige Lampe, sodass Patrik sich an der Wand entlangtasten muss. Das Quietschen seiner Straßenschuhe auf dem neuen PVC-Boden ist ein Sakrileg, was soll er denken, der Name fällt Patrik nicht ein, Korffmacher, was soll Korffmacher denken, wenn er am Montag die eingetrockneten Schneematschabdrücke entdeckt? Er findet den Lichtschalter, alles wiederholt sich, die Leuchtröhren springen an. In der kurzen Blindheit fragt er sich, was Kara denken soll, wenn er ihre Tochter nicht wiederfindet.

She's gone, I lost her.

Das Tor zum Geräteraum steht offen, darin der Mattenwagen, auf den Matten Ada, zusammengerollt unter ihrer Jacke.

Ada schläft.

Er geht zu ihr, berührt sanft ihre Schulter.

»Hey«, flüstert er.

»Was?«

Sie fährt hoch und schlägt seine Hand weg, starrt ihn an, kramt in ihrer Jacke, zieht ihr Handy heraus.

»Untersteh dich und glotz jetzt da drauf«, zischt er.

»Und wenn?«

Er schlägt ihr das Handy aus der Hand.

»Spinnst du?«

Sie springt vom Mattenwagen und will das Handy aufheben, das ein paar Meter in die Halle geschlittert ist, aber er holt sie ein und packt sie mit einem Arm um die Hüfte, hebt sie hoch, drückt sie an sich. Adas Beine strampeln in der Luft, ihre Fäuste trommeln auf seinen Rücken, und sie versucht, sich aus seinem

Griff zu winden. Patrik spürt, wie sich die Hebel verändert haben, eine andere Mechanik als früher, als er nur einen Bruchteil seiner Kraft aufwenden musste, um Ada zu halten.

»Lass mich!«, schreit sie.

»Hör mir zu.«

»Nein!«

»Mein Leben hab ich für dich aufgegeben«, sagt er. »Mein ganzes Scheißleben.«

Ada zappelt noch einen Moment, dann weicht die Spannung aus ihr, und sie sinkt widerstandslos gegen seine Brust. Er muss den zweiten Arm dazunehmen, damit sie ihm nicht wegrutscht, spürt die Last im Rücken und im Knie, im kaputten Oberschenkel, sackt schließlich mit ihr zu Boden.

»Es ist gut, alles gut.«

Ada reagiert nicht, sagt nichts. Eine Weile liegen sie zusammen da und schauen zur Decke, Trägerkonstruktionen für die herunterklappbaren Basketballkörbe, Laufschienen für Kletterseile, Belüftungsklappen, Heizungsrohre. Er stellt sich die Elemente als ein System in Bewegung vor, jedes einzelne abhängig von allen anderen, jedes einzelne alle anderen bedingend, dreht sich zu Ada, um es ihr zu erklären, aber plötzlich sind die Worte weg, und er schaut sie nur an, ihr fernes Gesicht, die in die Ferne gerichteten Augen,

gone,
lost.

Die Katze kommt am zweiten Abend in die Ferienwohnung.

Plötzlich ist sie da, dunkelgrau und schwarz getigert, hockt auf der Ablage hinter der Eckbank, buckelt und faucht, als Patrik sich nähert, schnuppert dann doch an seinen Fingern. Ihr Bauch ist makellos weiß, obwohl sie von draußen aus den matschigen Wiesen gekommen sein muss. Erst für die Weihnachtstage ist Schnee angesagt, bis dahin der vom Wind getriebene Sprühregen, den sie gestern schon bei ihrem ersten Spaziergang am Hausberg durchschritten haben, eine zarte, transparente Feuchtigkeit, als legte sich mit jeder Brise ein Seidenvorhang auf ihre Gesichter. Patrik setzt sich auf die Bank und krault die Katze unterm Kinn, streicht mit der Hand den Buckel aus ihrem knochigen Rückgrat. Schnurrend lässt sie sich auf der Sitzfläche nieder, den Kopf auf die blau-weiß karierte Polsterung gedrückt. Hinter ihr an der Wand hängt ein zweigdünner Heiland am Kreuz, darüber die niedrige, mit Holzbalken gestützte Decke, das Getrampel der Zwillinge, die mit ihren Eltern im ersten Stock wohnen. Dumpfe Schläge kommen von oben, ebenso dumpfe Schreie, vielleicht spielen sie Fußball oder prügeln sich durch die Wohnung wie am Vormittag, als erst eine scharfe Zurechtweisung der Mutter die Auseinandersetzung beendete.

Unter Patriks Hand atmet die Katze ruhig und regelmäßig. Sie muss durch die Terrassentür hereingekommen sein, als er vorhin kurz draußen stand und die Hänge des Hochkalterstocks auf der gegenüberliegenden Seite des Tals betrachtete, die dunkel aufsteigenden Wälder, die Schneefelder, von nacktem Fels durchbrochen, die in Schleiern liegenden Gipfel. Graue Wolken hockten in den Graten nicht anders als die Katze jetzt, wandelten ihre Form in umwälzenden

Bewegungen. Aus den Katzen wurden Wölfe, aus den Wölfen Bären, die Bären erhoben und verdichteten sich zu Bergtrollen, die ihre stumpfen Schädel in quälender Langsamkeit gegen die Wände schlugen und dabei zu Nebelgeistern ausfaserten, während in seinem Rücken die Katze unbemerkt in die Wohnung schlüpfte.

Ada wird sie lieben.

Aus Furcht, es könnte verschwinden, lässt Patrik die Hand auf dem Tier, ruft erst leise, um es nicht zu erschrecken, dann etwas lauter nach seiner Tochter.

»Ada.«

»Ada, komm mal her!«

Es dauert eine Weile, bis sie aus ihrer Kammer kommt, ein Lächeln, als sie die Katze entdeckt und sich im rechten Winkel zu ihm auf die Eckbank setzt. Patrik nimmt seine Hand weg, Ada legt ihre auf den Rücken der Katze. Der Übergang ist nahtlos, unvermindert schnurrt die Katze weiter, ohne sich an der plötzlich kleineren, leichteren und weicheren Hand zu stören. Er steht auf und geht zum Kühlschrank, gießt auf eine Untertasse etwas Milch, die die Katze restlos aufschleckt, während Ada sie weiter streichelt.

»Die kommt wieder«, sagt er.

»Meinst du?«

»Bestimmt. Die Milch merkt sie sich.«

Sie geben ihr keinen Namen. Als sie an Heiligabend morgens wieder auf der Eckbank sitzt, ist sie noch immer *die Katze*, bleibt *die Katze* über den Tag hinweg, an dem sie vormittags zum Einkaufen in den Ort fahren und nachmittags in den Wald gehen, um den Christbaum zu holen. Eine Aufforstung junger Tannen. Die Bäumchen, in geraden Linien und exakt bemessenen Abständen gesetzt, reichen Patrik nur bis knapp übers Knie und sind identisch gewachsen, sodass Ada auf das erstbeste zeigt, nachdem er sie gebeten hat, eins auszusuchen. Mit dem Brotmesser, weil er keine Säge hat, versucht er, den Stamm durchzusägen, reißt den Baum schließlich samt Wurzelwerk aus dem Boden und trägt ihn über der Schulter zur Wohnung.

Seine Hände riechen nach Erde, Harz und Nadeln, als er die Katze an sich drückt und über ihr Fell streicht, während Ada den Baum schmückt. Im Discounter gab es nur noch eine Packung Lametta und eine Lichterkette, keine Kugeln, keinen Christbaumständer, also haben sie den Baum in den blauen Mülleimer aus der Küche gestellt und den Eimer bis zum Rand mit Erde gefüllt, die Patrik mit bloßen Händen aus einem Beet hinter dem Haus gehoben hat. Die Lichterkette ist viel zu lang für den kleinen Baum. Ada wickelt sie mehrfach darum, wirft das goldene Lametta büschelweise in die Zweige. Als sie den Stecker einsteckt, explodiert der Baum in Licht. Auf Patriks Schoß richtet sich die Katze auf und starrt mit hoch erhobenem Schwanz in das Glühen, springt aus seinen Armen und läuft zu Ada, damit auch sie sich ihre Liebe holen kann. Mit beiden Händen packt sie das Tier knapp hinter den Vorderbeinen, presst sein kleines Gesicht gegen ihre Stirn, reibt ihre an seiner Nase. Über ihnen trampeln unermüdlich die Zwillinge.

»Es tut mir leid, Ada«, sagt er.

Ada nickt, ohne aufzusehen.

»Und es stimmt ja auch nicht. Ich habe Scheiße erzählt, weil ich Angst hatte, gar nichts habe ich aufgegeben, ich habe dich dazubekommen, zu meinem Leben noch ein ganzes Leben dazu, und ich kann mir nicht einmal vorstellen, dass es dich nicht gibt, weil es mich dann auch nicht mehr gibt.«

Zur Feier des Tages haben sie für die Katze Leber gekauft. Er fragt Ada, ob sie sie schneiden will, früher hat sie sich gern geekelt, hat Fischaugen angefasst und das Mark aus den Knochen gedrückt. Jetzt schüttelt sie den Kopf und setzt sich mit der Katze auf dem Schoß vor den leuchtenden Baum.

»Wollen wir jetzt schon Bescherung machen?«, fragt er.

»Ich weiß nicht.«

»Dann essen wir erst.«

»Okay.«

Er stellt den Teller mit der Leber unter die Eckbank, schnalzt mit der Zunge, damit sich die Katze aus Adas Arm windet und zum Fressen kommt. Schnelle, schmatzende Bisse, von der winzigen Zunge und den Drehungen des Kopfes unterstützt, kleine Stücke, die sie im Ganzen herunterschlingt. Eine konzentrierte Gier, bis der Teller geleert ist, es dauert keine zwei Minuten, während Ada für ihr Würstchen eine Ewigkeit zu brauchen scheint. Hauchdünne Scheiben schneidet sie herunter und stochert im Kartoffelsalat, plötzlich schaufelt sie schnell hintereinander drei Gabeln davon in den Mund, bevor sie in ihre vorherige Lethargie zurückfällt. Über ihnen im ersten Stock beginnt die Bescherung, das erste Lied, *Schneeflöckchen,*

Weißröckchen. Gedämpft durch die Decke hören sie die tiefe Stimme des Vaters und die höhere der Mutter, das Zwischenspiel der Flöten, die ein- und aussetzenden Zwillinge. Ada steht auf und nimmt sich die Katze, lauscht mit ihr vom Sofa aus.

In der Weihnachtsbäckerei

O du fröhliche

Leise rieselt der Schnee

Dann liest der Vater die Weihnachtsgeschichte vor, so interpretiert Patrik die einsetzende Stille. Er verzichtet darauf, den Tisch abzuräumen und das Geschirr zu spülen, setzt sich auf die Eckbank und hört wie Ada zu.

Stille Nacht

Die Zwillinge trappeln aus dem Wohnzimmer und verschwinden in ihrem Zimmer, Patrik sieht sie vor sich, wie sie mit glühenden Gesichtern auf ihrem Bett hocken, während nebenan die Eltern die Geschenke unter den Baum legen. Nach einer Weile, es ist still bis auf das gelegentliche Knacken der Heizung, glaubt Patrik ein Glöckchen zu hören, ein zartes, helles Geräusch, vielleicht hat er es sich auch nur eingebildet. Er schaut zur Katze auf Adas Arm, ob sie den Kopf hebt und die Ohren spitzt. Oben stürmen die Zwillinge los. Poltern ins Wohnzimmer, stocken kurz vor der Pracht des Baumes, bevor sie sich auf die Pakete stürzen und von der Mutter zurückgerufen werden, *langsam*, glaubt er zu verstehen, ihre angenehm kräftige Stimme, *eins nach dem anderen*. Er steht auf und holt aus seinem Koffer die Smartwatch, die er für Ada gekauft hat. Dann setzt er sich neben sie aufs Sofa, nimmt die Katze, während sie auspackt.

»Oh, danke«, sagt Ada. »Warte, ich hab auch was.«

Sie kommt mit dem Bild zurück, das sie am Nachmittag noch schnell gemalt hat, in ihrem Zimmer lagen die Stifte auf dem Boden, als er vorhin ihre Jacke an den Haken neben der Tür gehängt hat.

»Ich hab ja kein Geld«, sagt sie.

Zwei farbige Flächen, hellblau und silbergrau, getrennt durch eine Diagonale von der linken unteren in die rechte obere Ecke. In der hellblauen Fläche steht in silbergrauer Schrift *Frohe*, in der silbergrauen Fläche in hellblauer Schrift *Weihnachten*.

»Schön, danke, Ada.«

Er legt das Bild auf den Boden, küsst ihren Scheitel. Ada steckt die Smartwatch in die Verpackung zurück. Nahezu gleichzeitig pingen ihre Handys, eine Nachricht im brachliegenden Gruppenchat.

Mirell
Ihr beiden, ich hoffe, es geht euch
gut und ihr habt eine schöne Zeit.
Seid nachsichtig miteinander.
Ich denk an euch.

Carla
Ich auch
(Weihnachtsbaum)
(Geschenk)
(Weihnachtsbaum)
Was machst du?

Ada
Warte ich schreib dir
drüben

Sie steht auf und tippt, während sie in ihr Zimmer geht, im privaten Chat mit Carla weiter. Auf Patriks Handy kommen keine Nachrichten mehr an, und er schließt die App, ohne Mirell zu antworten. Über ihm kehrt für eine Weile Ruhe ein. Von den Bergen rollen Abwinde ums Haus und pfeifen in den Winkeln, in der dunklen Wohnung brennt der Baum als einziges Licht. Er hebt die Katze von seinem Schoß, warm pocht ihr Leben unter den Rippen, setzt sie auf den Boden und steht auf, lauscht an Adas Tür. In der Kammer ist es still. Er geht in die Küche, räumt das Geschirr ab, schiebt die Reste von Adas Teller in den Müll. Im ersten Stock wallen die Gefühle noch einmal auf. Die Zwillinge sollen ins Bett, aber natürlich können sie nicht von ihren Geschenken lassen, wollen nicht heraus aus der Stubenwärme. Er hört ihre spitzer werdenden Protestschreie, ein Poltern und Schaben, als würde etwas Schweres über den Boden geschleift, dann das Machtwort der Mutter.

Schluss jetzt.

Oben wird es still, und er spült das Geschirr, trocknet ab, klopft danach an Adas Tür, um zu fragen, ob sie noch einen Film schauen wollen.

»Du darfst aussuchen«, sagt er.

Vergeblich wartet er auf eine Antwort, klappt trotzdem das Laptop auf. Ada kommt aus ihrem Zimmer und drückt sich in die andere Sofaecke.

»Keine Ahnung«, sagt sie.

Mit Schnalzlauten versucht sie, die Katze zu locken, die unter dem Küchentisch liegt und sich nicht bewegt.

»Die will nicht«, sagt Patrik.

»Weißt du doch nicht«, sagt Ada.

Sie schnippst mit den Fingern und schnalzt, beugt sich vor, sodass sie fast vom Sofa fällt, stützt sich mit einer Hand auf dem Boden ab, ruft:

»Ey, Katze!«

»Schluss jetzt!«

Es klingt nervöser als bei der Mutter von oben. Patrik räuspert sich, öffnet den Browser, es dauert eine Ewigkeit, bis die Webseite des Streaminganbieters lädt, dann zwingt er sich, einen versöhnlichen Ton anzuschlagen.

»Lass uns doch jetzt einfach was gucken, bitte.«

Ada zieht sich in ihre Ecke zurück, und er klickt auf den erstbesten Superheldenfilm. Glasfassaden glitzern in der Nacht, durch die Straßenschluchten summt das Batmobil in einer tiefen, enervierenden Frequenz. Karas Brüchigkeit am Tag vor ihrem Verschwinden, sie kommt ihm ganz plötzlich in den Sinn. Ihre Nervosität in der kleinen Wohnung, als er nach dem Nachmittagstraining die Tür öffnete, ihre Stimme wie auf einen Draht gespannt.

»You're late«, sagte Kara.

Sie stand im Flur, und weil er nach der brutalen Einheit den Kopf kaum heben konnte, sah er zuerst ihre Füße, den abgesplitterten blauen Nagellack, ihre Beine in den schwarzen Nike-Leggings. Er stellte die Sporttasche ab, legte den Schlüssel in die Tonschale zu Karas Schlüssel, ein schwach metallisches Klimpern, dann streifte er die Schuhe mit den Füßen ab, unfähig, sich zu bücken oder in die Knie zu gehen. Vom Nacken über die gesamte Wirbelsäule bis in die hinteren Oberschenkel schmerzte die Muskulatur von den Übungen am Zugturm und an der Langhantel. Sie hatten an diesem Tag länger gemacht, er hatte länger geduscht, und auch der Rückweg mit dem Fahrrad hatte länger gedauert, weil er nicht versucht hatte, auf Teufel komm raus die auf Gelb springenden Ampeln zu erreichen, wie er es sonst immer tat. Durch die geöffnete Küchentür fiel Licht in den Flur. Kara stand noch immer da, und er sah nun endlich auf, in ihre müden Augen und das blasse Gesicht, legte seine Wurfhand an ihren Oberarm, küsste ihre Wange.

»Wie war's mit Ada?«, fragte er.

»Gut«, sagte Kara.

Es war still in der Wohnung. Ada schrie nicht, vielleicht schlief sie in der Wiege, vielleicht lag sie auf der Spieldecke unter den Tieren. Er löste sich von Kara und bückte sich nun doch, hob die Sporttasche auf und trug sie ins Bad, wo er seine verschwitzten Klamotten in die Waschmaschine stopfte, dazu Karas und Adas Sachen aus der Wäschetonne. Er stellte die Maschine an, wusch sich die Hände. Im Wohnzimmer stand Kara an der Wiege, in der Ada lag und schlief, und betrachtete ihre Tochter. Sie bemerkte ihn nicht gleich, zuckte zusammen, als er neben sie trat.

»Don't wake her up«, flüsterte sie.

Er beugte sich über Ada und berührte mit den Fingerspitzen ihre Stirn, strich über ihre Augenbraue. Ada schien zu lächeln, machte einen tiefen Atemzug, lag wieder still.

»Please, don't«, flehte Kara.

Er zog die Hand zurück und folgte ihr in die Küche. Sie hatte schon gegessen, also aß er allein, Süßkartoffelauflauf vom Vortag, Hüttenkäse mit getrockneten Früchten und Haferflocken, riesige Mengen, nicht weil er Appetit darauf hatte, sondern weil es sein musste, während Kara mit ihm am Tisch saß und aus einem Glas Leitungswasser immer wieder kleine Schlucke trank. Details des Trainingstages gingen ihm durch den Kopf, Anweisungen von Torsten, das Knarren eines Scharniers an der Butterfly-Maschine. Am nächsten Tag würde er wieder im Ring stehen, und die Geräusche würden andere sein, ein Gegenwindrauschen bei den Drehungen, Vögel, die krächzend über das Stadion flogen und sich auf der Rasenfläche niederließen.

»Pat?«

Sie hatte ihn etwas gefragt, er hatte ihre Stimme gehört, aber nicht verstanden, was sie gesagt hatte.

»Sorry, ich war woanders.«

»Du bist ständig woanders.«

»Ich weiß.«

Kara sah ihn an, dann ließ sie den Blick sinken. Sie trank noch einen Schluck, stellte das Glas ab und sah hinein, als gäbe es dort, auf der Wasseroberfläche, etwas zu sehen.

»Sag noch mal, bitte.«

»Es ist nicht wichtig.«

»Doch, sag.«

Sie holte tief Luft, atmete aus, sagte dann doch nichts. Einen Moment lang ließ er den Löffel noch über der Schale schweben, ehe er weiteraß. Die Geräusche kamen zurück, das Rauschen, die Vögel, der dumpfe Aufschlag des Diskus auf dem Rasen. In seiner Erschöpfung drangen sie ungefiltert zu ihm durch, sie kamen ihm laut vor, die Vögel und die Schläge, ebenso das Klirren des Löffels auf dem Porzellan. Kara stand auf und stellte ihr Glas in die Spüle.

»Wir können auch morgen darüber reden, morgen bin ich früher da, vier, spätestens halb fünf«, sagte er.

»Morgen«, sagte Kara.

Sie drehte sich nicht um, er sah nur ihren Rücken und dass sie aufrecht stand, verkrampft, die Schulterblätter spitz unter dem türkisfarbenen Shirt.

»Ja, morgen ist besser«, sagte sie.

Im Wohnzimmer fing Ada an zu schreien, aber Kara blieb mit den Händen in der Spüle stehen, sodass er sich schließlich mühsam aufrichtete und zu Ada ging. Er nahm sie hoch, hielt sie an seiner Schulter. Nur Kara würde sie beruhigen können, ihre Nähe, ihre Milch, trotzdem sprach er leise mit seiner Tochter, summte, trug sie durch den Raum zum Fenster. Auf der Straße fuhren die Autos im Feierabendverkehr stockend und dicht hintereinander, in ihren Scheiben spiegelte sich das Licht, und er trat vom Fenster zurück, schloss kurz die Augen. Kara kam herein und nahm Ada entgegen, setzte sich mit ihr in den Sessel, schob ihr Oberteil hoch. Er versprach, die Nacht zu übernehmen, er müsse sich nur ein wenig ausruhen, drei Stunden, er werde den Wecker stellen. Kara nickte, ohne ihn anzusehen. Sie bemühte sich, Ada zum Trinken zu bewegen, aber Ada bog sich von ihr weg und schrie mit zusammengekniffenen Augen.

»Soll ich …?«

»No, go!«

Im Schlafzimmer legte er sich auf seine Seite des Betts und versuchte, zur Ruhe zu kommen. Die unzähligen Sets an den Geräten hatten Bewegungsmuster in ihn eingeschrieben, die sein Körper auch jetzt, nachdem das Training längst beendet war, noch wiederholen wollte, Kontraktionen der Rückenmuskulatur, angedeutete Drehungen des Schultergürtels, als würde er noch immer an der Langhantel trainieren. In seinem rechten Oberschenkel zuckte der Biceps femoris mit der Absicht, das Knie gegen seinen Willen zu beugen. Ada schrie und schrie. Durch zwei Türen und den heraufziehenden Schlaf hörte er sie zunehmend gedämpft, und auch die Zuckungen ließen nach, hörten schließlich ganz auf. Sein Körper war ein Stein und er nur noch der Beobachter des Steins, und selbst wenn er hätte aufstehen wollen, wäre es ihm in diesen letzten Sekunden, bevor er einschlief, nicht mehr gelungen.

Als er hochschreckte, war es still.

Trotz der Dunkelheit wusste er sofort, wo er war, drehte sich zum Radiowecker und schaltete den Alarm aus. So genau funktionierte sein inneres Uhrwerk, dass er zwei Minuten vor der Zeit aufgewacht war. Noch immer tat ihm alles weh, aber wenigstens war er von den Mustern befreit, fühlte sich ruhiger, stabiler, als er aufstand und in die Küche ging. Er öffnete den Kühlschrank, und das Licht strömte heraus, in der Tür stand die Milch, die Kara für die Nacht abgepumpt hatte, daneben eine Flasche Mineralwasser, aus der er gierig trank. In der ganzen Wohnung war es dunkel, im Flur, im Wohnzimmer, es brannte kein Licht , nur im Fenster huschten die Scheinwerfer vorbei. Er sah Kara nicht, auf den Umrissen des Sofas saß sie nicht, sie stand nicht an der Wiege. Er sah nicht, ob Ada in der Wiege lag. Die Schatten verschoben sich, als draußen der nächste Wagen vorbeifuhr, wurden länger, flächiger, dann wieder kürzer. Einen Augenblick lang glaubte er, der Raum wäre leer, und er wandte den Kopf, um zu sehen, ob im Spalt unter der Badezimmertür Licht brannte. Horchte: das Rauschen des sich entfernenden Wagens, leiser, kaum wahrnehmbar Adas Atemzüge. Er ging zur Wiege und sah hinein. Adas Gesicht war ein blasser Fleck in der Dunkelheit, eine fast gleichmäßige Fläche, auf der er Augen und Nase nicht erkennen konnte und den Mund nur als Linie, die Haare so schwarz, als fiele ihr die Nacht in dünnen Strähnen in die Stirn.

»Sie schläft«, sagte Kara.

»Hey«, sagte er leise.

Von der Wand neben dem Fenster löste sich ihre Gestalt und ging an ihm vorbei zur Tür, zögerte kurz, trat in den Flur, schloss die Tür hinter sich. Einen Moment blieb er noch an der Wiege stehen, dann setzte er sich in den Sessel und schaltete den Fernseher an. Ohne Ton plätscherten die Wellen an einen exotischen Strand, die Körper waren schön, es spielte keine Rolle, was sie sagten. Er streckte sich aus, und sein Fuß stieß gegen ein Kissen, das auf den Boden gefallen war, er hob es auf, das blaue Kissen, legte es aufs Sofa zurück. In seinem Rücken brannten die Muskelstränge entlang der Wirbelsäule bei jeder Bewegung.

Am nächsten Morgen würden die Schmerzen andere sein, ein beinahe tröstlicher Gedanke.

Auf dem Laptop prügeln die überschminkten und maskierten Gestalten aufeinander ein, die programmierte Fassade der Stadt, Gotham, dunkel und regenverhangen. Patrik denkt an das blaue Kissen und fragt sich, wo es geblieben ist. Er fragt sich, ob sein Leben anders verlaufen wäre, wenn er Kara zugehört hätte, ob Adas Leben anders verlaufen wäre, wenn er sich an diesem letzten Abend nicht hingelegt, seine Frau und sein Kind nicht allein gelassen hätte. Als der Film endlich zu Ende ist, klappt er das Laptop zu. Ada nimmt ihr Handy vom Tisch, erhebt sich vom Sofa.

»Kann ich zuerst ins Bad?«, fragt sie.

»Ja.«

Eine Nachricht tippend, geht sie um den Tisch herum, sofort pingt das Handy, und sie antwortet, bleibt, bis sie zu Ende geschrieben hat, vor der geschlossenen Badezimmertür stehen.

»Gute Nacht«, sagt er.

»Ja, gute Nacht.«

Ada verschwindet im Bad. Patrik zieht den Stecker der Lichterkette aus der Steckdose, geht in sein Zimmer, legt sich aufs Bett. Oben ist es still. Die Zwillinge schlafen, die Eltern vögeln nicht miteinander oder so leise, dass er es nicht hören kann. Aus den Winkeln löst sich der Wind. Mit jeder wachen Stunde scheint er anzuschwellen, heult er in Böen ums Haus, ehe er weit nach Mitternacht in sich zusammenfällt. Eine plötzliche Ruhe, wie abgeschnitten die Welt.

Dann kommt der Schnee.

Er füllt das Tal mit dicken Flocken, dämpft alle Geräusche zu einer bloßen Ahnung, als Patrik am Morgen auf die Terrasse tritt. Er ahnt den Wald, den Bach, ahnt auch die Felswände und Gipfel, obwohl er keine zehn Meter weit sehen kann und seine vom Schlaf noch empfindlichen Augen gegen das plötzliche Weiß zusammenkneifen muss. Er ahnt, wo er ist, am Fuß der Palfelhörner, ohne sich wirklich sicher zu sein. Nichts ist sicher in diesen Verwirbelungen, haltlos kommen sie ihm vor, leichtfertig, als wäre in ihnen die Welt entwurzelt, als schwebte in ihnen das Massiv des Hochkalterstocks einen Fußbreit über dem Boden. Auf den Schläfen spürt er einen Druck, dabei hat er gestern nichts getrunken. Er geht in die Knie und streichelt die Katze, die sich mit einer weißen Haube auf dem Kopf an ihm vorbei durch die Terrassentür drückt und vor das Sofa setzt, sich die Flocken von den Barthaaren leckt. In der Küche stellt er ihr die Reste der Leber hin. Ada kommt in Laufschuhen und Laufklamotten aus ihrem Zimmer und macht sich Frühstück, nimmt eine Schale und die Müslipackung aus dem Küchenschrank, einen Löffel aus der Geschirrschublade. Er reicht ihr die Milch, und sie setzt sich neben ihn auf die Eckbank, gießt Milch in die Schale, fängt an zu essen.

»Guten Morgen«, sagt er.

»Morgen.«

»Gut geschlafen?«

Ada nickt, kaut, beobachtet die Katze, die ihre Mahlzeit beendet hat und mit hoch erhobenem Schwanz aus der Küche stolziert.

»Du bist ja schon angezogen.«

»Ich geh laufen, ich will die Uhr ausprobieren.«

»Hast du mal rausgeguckt?«

Sie sieht kurz durch die Terrassentür, zieht die Stirn kraus, löffelt weiter.

»Egal.«

»Egal ist das nicht. Bei dem Wetter kannst du auf keinen Fall laufen.«

»Warum?«

»Zu gefährlich.«

Bedächtig führt Ada die letzten Löffel zum Mund, trinkt die Milch aus der Schale. Sie stellt die Schale in die Spüle und wendet sich zum Flur, macht ein paar schnelle Schritte, und er erkennt beinahe zu spät, was sie vorhat, springt auf und rennt los, drängt sich an ihr vorbei, streift ihre Schulter und drückt sie dabei an die Wand, dreht sich um, versperrt den Weg zur Wohnungstür mit der ganzen Breite seines Körpers. Ada duckt sich und versucht, unter seinem linken Arm durchzukommen. Er senkt den Arm, und sie prallt mit dem Kopf in die Beuge seines Ellenbogens, weicht zurück, versucht es rechts, windet sich mit einer halben Drehung in ihn hinein, sodass er kurz das Gleichgewicht verliert und einen Ausfallschritt nach hinten machen muss. Er atmet schwer, kann nur flüstern, flüstert, *hör auf, bitte*, während er mit der rechten Hand Adas Schulter festhält. Sie weicht erneut zurück. Ihr Brustkorb hebt und senkt sich, der Kopf sitzt tief zwischen den Schultern, und er fürchtet, dass sie gleich noch einmal angreift, sich wieder und wieder gegen ihn wirft, bis er sie überwältigen und mit aller Kraft, die ihm noch bleibt, festhalten muss. Zur Beschwichtigung streckt er die Arme aus. Wie man ein Tier beschwichtigt, dem man im Wald begegnet, aber Ada ist schon wieder bei sich, richtet sich auf und betrachtet ihn einmal von oben bis unten.

»Warte wenigstens, bis ich mich umgezogen habe«,

sagt er mit zittriger Stimme, »und zieh dir die dicke Jacke über.«

Für einen Moment stehen sie verloren im Wirbeln vor dem Haus. Vergeblich sucht Patrik nach der schmalen Straße, die sich vom Ferienhaus hinunter ins Tal windet, wischt sich übers Gesicht, über die Augen. Als Ada klein war, sind die Flocken noch als einzelne Wunder gefallen, ein Wunder auf Adas Nasenspitze, ein Wunder auf ihrer Wange, auf ihrer Stirn. Jetzt ist das Tal wie mit weißem Honig ausgegossen. Eine dichte, beinahe elastische Substanz, gegen die er mit jedem Schritt ankämpft, parallel zum Hang, dann, nach einer plötzlichen Abzweigung, die nur durch einen Markierungspfosten noch zu erkennen ist, in Kehren bergauf. Sie nehmen den Weg, den sie gestern zu der Aufforstung gegangen sind, Ada ein paar Meter voraus, die Uhr am linken Handgelenk dicht vor den Augen. Mit dem rechten Zeigefinger wischt und tippt sie darauf herum. Es ist still; die Schritte werden gedämpft vom frischen Schnee, nur die Uhr sagt mit unerschütterlichem Optimismus regelmäßig Adas Werte an:

Du hast einen Kilometer geschafft.

16 Minuten und 25 Sekunden.

Dein Puls beträgt 117.

Eine weibliche Stimme, angenehm tief und sanft, sodass Patrik kurz innehält, noch immer mitgenommen von dem Kampf mit Ada, zittrig, wie nach einer Schlägerei oder einer im Stehen entgegengenommenen Diagnose. Er blickt ins Tal hinunter, dorthin, wo er das Tal vermutet, wo er die Ache vermutet, in der die Rinnsale und Bäche von den umliegenden Hängen zusammenfließen, dorthin, wo die Ache in die Salzach fließt und die Salzach für ein paar Hundert Meter in einen Kanal gefasst unterirdisch fließt und erst hinter dem Ortskern wieder ins Freie tritt. Er wischt sich übers Gesicht, richtet den Blick hangaufwärts. Obwohl er nur kurz stehen geblieben ist, wird Adas Gestalt schon unscharf, verblasst das Hellblau ihrer Jacke zu einem unbestimmten Grau. Er muss sich beeilen, aufholen, geht schneller jetzt. Der Schnee verhängt den Weg mit unzähligen Vorhängen, und er stampft vorgebeugt durch sie hindurch Adas Fußstapfen hinterher, bis sich der Weg nach einer Abzweigung verstetigt und gleichmäßiger ansteigt. Rechts, so nah, dass er sie anfassen kann, die schartige Felswand, links der abfallende Hang, wo gestern zum Tal hin noch eine Geröllsohle zu sehen war. Brocken verschiedener Größe, durchsetzt von Kies und abgerissenen Ästen. Längst sind sie unter dem Schnee verschwunden, Patrik ahnt sie als wellige Unebenheiten in der glatten Decke, wendet den Blick ab, ehe er sich wieder zu verlieren droht, erhöht gegen den Schmerz noch einmal das Tempo. In der Kälte ist es besonders schlimm: die unteren Rückenwirbel wie zementiert, das linke Knie steif von der Meniskusresektion, die er zwei Jahre vor Peking vornehmen lassen musste. Die dadurch entwickelte Arthrose. Nahezu ungedämpft mahlen die Knochenköpfe aufeinander, die Knorpel sind verschlissen von Zehntausenden Würfen, Zehntausenden Drehungen, Zehntausenden Stauchungen des Gelenks beim Setzen des Beins vor dem Abwurf. Patrik atmet schwer, zieht die Luft tief in die Lungen.

Ganz schwach nur riecht der Schnee, löst anders als der Regen nicht die fetten Gerüche aus der Erde, sondern nur ein wenig Kalk von den Steinen, auf die er fällt. Er hört die Uhr jetzt nicht mehr, deshalb weiß er nicht, wie weit und wie lange sie schon gegangen sind. Im grenzenlosen Weiß sind die Zeiten und Entfernungen nicht zu bestimmen, nur an seinen brennenden Lungen spürt er, dass er sich tatsächlich bewegt, am stechenden Schmerz im rechten Oberschenkel, wo vor einer Ewigkeit die Sehne gerissen ist.

»Ada, warte bitte.«

Der Ruf verstummt, kaum dass er seine Lippen verlassen hat, verliert sich in den wattigen Flocken. Ada dreht sich nicht um. Unbeirrt schwebt sie weiter, eine Traumgestalt, für die die Schwerkraft nicht gilt, während sie ihn immer heftiger zu Boden drückt. Zwischen ein paar dürren Fichten verliert er Ada aus dem Blick. Windgebeugt ragen die Stämme aus dem Fels, kahl im unteren Drittel, darüber die hinter den Schleiern erblassten Zweige. Er bleibt stehen, stützt die Hände auf die Knie. Am Wegrand liegen ein paar Felsblöcke, und er setzt sich für einen Moment, ruft noch einmal vergeblich hinter Ada her, schließt die schneeblinden Augen.

Alle Kraft ist verbraucht, nichts ist mehr da.

Er spürt den Schnee auf seinem Gesicht, sanft, fast mild. Die wahre Kälte sitzt im Stein, kriecht ihm von unten in die Knochen. Ein großes Zittern durchläuft seinen Körper, eine große Scham, als er an Kara denkt, an ihren Zustand nach Adas Geburt, den er insgeheim immer für eine Schwäche gehalten hat. Patrik reißt die Augen auf, sieht erst nichts, dann nur wenig: die dunkle Fläche der Felswand, die hellere Fläche des Himmels, eine Bewegung zwischen den Bäumen, eine Gestalt.

Ada kommt zurück.

Die Stimme der Uhr geht ihr voraus, er hört sie, bevor er Adas Keuchen hört, hört, dass sie zwei Kilometer in 37 Minuten und 53 Sekunden geschafft hat, dass ihr Puls 133 beträgt.

»Wo warst du denn?«, fragt sie.

»Ich musste Pause machen«, sagt er.

»Mir ist kalt.«

»Mir auch.«

»Ich will nach Hause.«

»Ich auch.«

Sie muss ihm aufhelfen, beide Hände legt sie um seinen Oberarm, und er lacht unsicher, als sie ihn nach oben zieht.

»Was ist denn los?«

»Nichts, nur das Knie. Geht schon.«

Bergab ist es noch schlimmer, andere Schmerzen, in den Schienbeinen, am rechten Vorderfuß. Ada bleibt jetzt näher bei ihm, dreht sich öfter um, wartet, wenn er zurückbleibt. Am Hang sind sie die einzigen Menschen, zwei dunkle Punkte im Schnee, ihre Spuren, kaum dass sie die Füße gesetzt haben, schon wieder verschwunden.

Die Uhr redet und redet.

Zeit, Entfernung, Puls, Durchschnittsgeschwindigkeit, Kalorienverbrauch, Tendenzen, dass sie die letzten fünfhundert Meter langsamer gegangen sind als die fünfhundert Meter davor, Prognosen, dass sie beim gegenwärtigen Tempo ihr Ziel um 11.05 Uhr erreichen werden. Vergeblich hackt Ada aufs Display, um die Uhr zum Schweigen zu bringen.

»Ich krieg das Scheißding nicht aus!«

Sie weint jetzt fast. Er legt einen Arm um ihre Schultern, und sie gehen eine Weile dicht nebeneinander, bis der Weg in den steilen Kehren zu schmal wird. Unter seinem schweren Tritt löst sich Geröll, vor ihm rutscht Ada zweimal aus, auf einem Stein knickt sein Fuß um, und er muss lachen, als er spürt, dass nichts Schlimmes passiert ist. Er ahnt jetzt die Nähe des Ferienhauses. Er ahnt das Dach, er sieht den schwarzen Giebel, wie er sich aus dem Weiß abzuheben beginnt, dann haben sie ihr Ziel erreicht, die Uhr teilt es ihnen mit. In der Ferienwohnung wirft Ada ihre Jacke in den Flur, streift die Schuhe ab, geht ins Bad, kurz darauf das Rauschen der Dusche. Er lässt die Sachen liegen, hängt nur seine eigene Jacke an die Garderobe und stellt die nassen Stiefel vor die Tür, setzt in der Küche eine Kanne Pfefferminztee auf.

Die Katze ist verschwunden, für immer, er spürt es sofort.

Er holt das Laptop aus seinem Zimmer, stellt es auf den Esstisch, fährt es hoch. Wieder muss er ewig warten, bis der Browser bereit ist; Dampf kräuselt in einem dünnen Faden aus der Kanne, während der Tee zieht. Er öffnet YouTube und gibt den Namen ins Suchfeld ein, klickt auf das zweite Video von oben. Auf dem Bildschirm lädt das Video in einem sich drehenden weißen Kreis. Die ersten Bilder sind grob verpixelt und unscharf, die Tonspur ein entferntes Rauschen, nur erahnen lassen sich der blaue Himmel über Sacramento, der Schwenk zur Laufbahn und zu den Läuferinnen hinter den Startblöcken, dann wechselt die Einstellung, und das Bild stabilisiert sich. Auf Bodenhöhe zoomt die Kamera von der Ziellinie bis zum Start durch die Hürden, klaustrophobisch die sich scheinbar ins Unendliche verjüngenden Rechtecke, dann wechselt die Einstellung, das Stadion von oben, der grüne Rasen, darüber die eingeblendete Grafik der Startliste.

Bahn 3

Kara Jedrzejczyk

Oregon State University

Ada kommt aus dem Bad und setzt sich in T-Shirt und Jogginghose zu ihm auf die Eckbank, ein Handtuch als Turban um den Kopf gewunden. Ihre Haare riechen nach Kokos und Passionsfrucht, die Uhr trägt sie nicht mehr. Dann wechselt die Einstellung, in Nahaufnahme das Gesicht von Adams auf Bahn 1, Foster auf Bahn 2, auf Bahn 3 Kara, ruhig, fast stoisch, die Haare in einem strengen Pferdeschwanz nach hinten gebunden, sodass ihre Züge nackt in der gleißenden Sonne liegen. Patrik dreht sich zu Ada, will etwas sagen, aber sie hat es schon verstanden. Das Gesicht ihrer Mutter ist angespannt unter der scheinbaren Ruhe, die Lippen ein schmaler, entschlossener Strich, tief in den Augen, blau und stetig, das Wissen, in absoluter Bestform zu sein. Die Kamera zoomt auf das glitzernde Kreuz um Karas Hals, dann schwenkt sie weiter, in Nahaufnahme das Gesicht von Hayes auf Bahn 4, von Devers auf Bahn 5, roh, aggressiv, unbesiegbar, danach die anderen, Denby, Perry, Carruthers.

»Ich weiß noch, wo ich war«, sagt er zu Ada. »Im Trainingslager auf Mallorca, natürlich haben die das Rennen dort nicht im Fernsehen gezeigt, ich wusste nur, dass es um 15.15 Uhr Ortszeit startet, neun Stunden Zeitverschiebung, also bin ich bis nach Mitternacht aufgeblieben, obwohl ich total kaputt war.«

Er erinnert sich an sein Hotelzimmer, ein enger, schmuckloser Raum. Wenn er die Arme ausstreckte, konnte er die gegenüberliegenden Wände berühren, weiße Wände, weiße Möbel, das weiße Bett wie immer zu kurz und zu schmal für seinen mächtigen Körper. Ein weiß gefliester Boden, die Fliesen schon kühl von der Nacht, fünf Schritte von der Tür zum Balkon und wieder zurück. Immer wieder schaute er auf die TAG Heuer mit den Leuchtziffern an seinem Handgelenk, während er barfuß durch das dunkle Zimmer ging. Das, was er später im Video sah, was er jetzt sieht, die hinter den Startblöcken tänzelnden Läuferinnen und ihre letzten Rituale, die gemurmelten Stoßgebete, das Küssen der Ringe und Kettenanhänger, konnte er sich damals nur vorstellen. Für einen kurzen Moment umschließt Kara das Kreuz mit der rechten Hand, macht einen Strecksprung und schlägt sich mit den flachen Händen drei Mal auf die Oberschenkel und drei Mal auf die Wangen, dann wechselt die Einstellung in die Totale, und die Läuferinnen treten in die Startblöcke, stützen sich mit den Händen ab, strecken das hintere Bein noch einmal durch, ehe sie die endgültige Startposition einnehmen.

Das Bild scheint einzufrieren.

Acht erstarrte Körper, über die Startlinie gebeugt, am Kipppunkt, ohne zu kippen, quälende Augenblicke, in denen das Bild aufgrund der schlechten Internetverbindung noch einmal verschwimmt, bevor Kara ganz plötzlich aus der Unschärfe in die Schärfe des ersten, hart gesetzten Schritts explodiert. Weil der Ton nur ein Rauschen ist, kein Kommentar, keine wahrnehmbaren Geräusche aus dem Inneren des Stadions, haben sie den Startschuss nicht gehört. Auf Mallorca, auf dem Balkon, auf den er um 0.15 Uhr getreten war, darauf vertrauend, dass das Rennen in Sacramento auf die Sekunde pünktlich starten würde, meinte er den Knall am Himmel über der Bucht von Alcúdia zu hören, während er auf die Lichter der Strandpromenade und des Hafens hinabsah, zu den Sternen am wolkenlosen Himmel hinauf. Es war windstill und mild, und er sog die Luft ein, behielt sie in den Lungen, während er in Gedanken mit Kara lief, die erste Hürde anlief, die erste Hürde übersprang.

»Sie hat gewusst, dass sie Devers und Hayes eigentlich nicht schlagen kann«, sagt er zu Ada, »aber bei den Hürden kann immer was passieren, du gehst da so flach drüber, dass du bei der geringsten Kleinigkeit hängen bleibst, oder du machst einen falschen Schritt und kommst zu früh oder zu spät an die Hürde, dann ist dein ganzer Rhythmus im Arsch.«

Ada nickt, ohne den Blick vom Bildschirm zu nehmen. Dort erreicht Kara die zweite Hürde mit etwas Rückstand, anders als Devers ist sie nie eine schnelle Starterin gewesen. Sie ist zu groß, ihre Beine sind zu lang, sodass sie erst nach zwanzig, dreißig Metern ihre volle Geschwindigkeit auf die Bahn bringt, aber dann fliegt sie, es gibt kein anderes Wort dafür, wie sie den Boden ab der dritten Hürde nicht mehr zu berühren scheint, den Vorderfuß vor der vierten Hürde nur leicht aufsetzt und über die Hürde fließt, das Schwungbein gestreckt, das Nachziehbein in der Scherbewegung horizontal abgewinkelt, wie sie das Schwungbein aufsetzt und mühelos ihren Schritt wiederfindet. Karas Oberkörper ist gerade und vollkommen ruhig, aus ihrem Gesicht ist jede Anspannung gewichen. Sie läuft, wie sie immer laufen wollte, wie sie zuletzt als Kind in den Stockyards von Chicago gelaufen ist, frei und unbeschwert, es ist Kara, wie sie sein soll, und er hofft, dass Ada es auch erkennt:

Ihre Schönheit, ihr Talent, die harte, harte Arbeit.

Sie lässt Foster hinter sich, schließt zu Adams auf, nähert sich Devers und Hayes, die nahezu gleichauf in Führung liegen. Eine Euphorie erfasst Patrik, genau wie auf dem Balkon in Puerto de Alcúdia. Er ist sich ganz sicher, dass er damals mit den Händen am Geländer die Augen schloss und sein hart gegen die Rippen schlagendes Herz spürte und wusste, ohne es wissen zu können, dass Kara das Rennen ihres Lebens lief.

»Ich war ihr so nah«, sagt er zu Ada.

Es spielt keine Rolle, dass sie das Rennen nicht gewinnt. Es spielt keine Rolle, dass Devers auf den letzten fünfzehn Metern davonzieht, natürlich zieht sie davon, *it's Gail fucking Devers*, sagte Kara später am Telefon, und ihre Stimme überschlug sich fast, als sie ihm das Rennen nacherzählte, während er in Unterhose auf der Kante des Hotelbetts hockte, aus dem Schlaf gerissen, aber hellwach, und in der Dunkelheit ihrer Stimme lauschte.

»... und ich bin ganz leicht an der neunten hängen

geblieben, nur so ein bisschen, und ich hab gedacht, o Gott, das war's, aus, vorbei, aber dann hab ich Hayes direkt neben mir gespürt, wie sie voll in die zehnte tritt, aber so richtig, und da hab ich alles rausgehauen, wirklich alles, verstehst du?«

»Ich versteh dich.«

»I know you do.«

Sie schwiegen eine Weile. Nur ihr Atem war zu hören, leicht verzerrt in der Verbindung über Kontinentalmassen und einen Ozean hinweg, und er presste das Handy noch fester an sein Ohr, flüsterte, als er wieder zu sprechen begann.

»You did great, baby.«

»I know.«

»I wish I could have been there.«

Die Einstellung wechselt, und Kara stürzt mit weit vorgestreckter Brust als Zweite ins Ziel, gerät ins Stolpern und fällt auf die Knie, bleibt schwer atmend auf der Tartanbahn liegen. Neben ihm zieht Ada die Luft ein.

»Es ist nichts passiert«, sagt er, »mach dir keine Sorgen.«

Die Einstellung wechselt. Devers winkt ins Publikum, Hayes steht vornübergebeugt da, das Gesicht blank vor Enttäuschung. Ohne einander eines Blickes zu würdigen, klatschen sie ab, im Hintergrund rappelt Kara sich hoch und hockt sich auf die Fersen, schaut zur Anzeigetafel, endlose Sekunden bis zur Einblendung des Ergebnisses, dann schlägt sie die Hände vors Gesicht.

12,87.

Noch nie ist sie unter dreizehn Sekunden gelaufen.

Er wird Ada einmal erklären müssen, was diese Zahlen bedeuten, dreizehn Sekunden, die siebzig Meter, die er nie geworfen hat. Er wird mit ihr den Wettbewerb von Athen schauen müssen, wird ihr die Fehler zeigen müssen, die er selbst beim besten Versuch seines Lebens gemacht hat, wird dafür das Video kurz anhalten müssen, so wie er das Video jetzt anhält, um sie anzusehen. Ganz klar sitzt sie vor ihm, aufrecht, und erwidert seinen Blick. Auf ihrer Stirn ein dunkler Punkt, den er noch nicht kennt, unter dem rechten Auge blüht ein Feld kleiner Mitesser, trockene, gerötete Stellen auf den Wangen. Die vielen Fehler der letzten Jahre im Gesicht dieses Kindes. Er wird sie ihr einmal erklären müssen, klickt auf *Play*, damit das Video weiterläuft. Kara winkt und wirft Kusshände ins Publikum, küsst ihre Tochter über die Jahre hinweg, dann wechselt die Einstellung, ein wilder, trunkener Schwenk über die Zuschauertribünen, bevor das Bild aus dem offenen Stadion gleitet und endgültig verloren geht.

Wolkenlos, betäubend blau der Himmel über Sacramento.